Christoph Güsken
Der Glöckner von St. Lamberti

Bisher vom Autor bei *KBV* erschienen:

Der Tod fährt Rad
Das Wunder von Hiltrup
Das Mordkreuz von Tilbeck
Der Glöckner von St. Lamberti
Kopflos am Aasee
Der dunkle Lord von Münster
Der Totensammler

Christoph Güsken wuchs in Mönchengladbach auf, studierte in Bonn und Münster und war Buchhändler in Köln. Er verfasste Texte im Geist der legendären Monty Pythons, u. a. für die »Springmaus«. Seit 1995 lebt er als freier Autor in Münster, schrieb zahlreiche Krimis, einige wenig ernste Romane und Hörspiele. *Der Glöckner von St. Lamberti* ist der vierte Kriminalroman um den schrägen Ex-Hauptkommissar de Jong, der bei seiner Suche nach dem Sinn des Ganzen ständig über die schlimmsten Verbrechen stolpert. www.christoph-güsken.de

Christoph Güsken

Der Glöckner von St. Lamberti

1. Auflage 2019
2. Auflage 2023

© KBV Verlags- und Mediengesellschaft mbH, Hillesheim
www.kbv-verlag.de
E-Mail: info@kbv-verlag.de
Telefon: 0 65 93 - 998 96-0
Umschlaggestaltung: Ralf Kramp
unter Verwendung von © Dietmar Rabich /
Wikimedia Commons / »Münster, St.-Lamberti-Kirche,
Turm -- 2017 -- 2088« / CC BY-SA 4.0
Lektorat: Volker Maria Neumann, Köln
Druck: CPI books, Ebner & Spiegel GmbH, Ulm
Printed in Germany
ISBN 978-3-95441-481-9

Vorbemerkung

Dies muss gesagt werden, damit klar ist, dass es sich nicht um Unachtsamkeit oder ein dummes Versehen handelt: Mir ist bewusst, dass über Münster kein Türmer wacht, sondern eine aufrechte Türmerin. Allerdings geht es in dieser Geschichte um Mord, und das ist keine Kleinigkeit. Und weil ich unserer geschätzten Türmerin ein langes und erfülltes Leben wünsche, handelt dieses Buch von einem männlichen Türmer. Damit Zufälle mit real existierenden Personen nicht nur rein zufällig, sondern völlig ausgeschlossen sind.

*Zwölf Beamte der Narrenbrüderschaft
hoben ihn auf ihre Schultern,
und eine Art herber und verachtender Freude
strahlte auf dem mürrischen Gesichte des Zyklopen,
als er unter seinen mißgestalteten Füßen alle diese Köpfe
schöner, gesunder und wohlgestalteter Menschen sah.*

Victor Hugo, Der Glöckner von Notre-Dame

*Wäre ich Glöckner, würde ich läuten.
Aber ich bin Türmer.
Da bleibt mir nichts als Tuten und Blasen.*

Ralf Schöpping

1. Kapitel

Als Hiltrud Noll am späten Abend des 23. Juni 2020 durch die Innenstadt radelte, konnte sie nicht ahnen, dass ihr Tod eines der meist diskutierten Ereignisse des Jahres werden würde.

Es war schon nach 23 Uhr, und die kopfsteingepflasterten Straßen waren so gut wie menschenleer; dafür hatten starke Windböen gesorgt, die angriffslustig durch die Gassen und über den Domplatz fegten, und jetzt kamen erste, noch vereinzelte fette Regentropfen hinzu – die Ouvertüre des vom Wetterbericht angekündigten und in diesen Minuten hereinbrechenden Gewitters.

Hiltrud, Studierende der Bioinformatik im sechsten Semester, waren die Regentropfen reichlich egal. Sie hatte sich gerade von ihrem Freund getrennt, deshalb passte das Wetter perfekt zu ihrer aufgewühlten Stimmung. Ken, Langzeitstudent der Orientalistik und hauptberuflich Straßenmusiker, hatte sich strikt geweigert, mit ihr nach Freiburg zu gehen, wo sie ihr Qualifikationsprofil durch ein Studium des *Embedded systems Engineering* bereichern wollte.

»Ich dachte, unsere Beziehung steht für dich an erster Stelle«, hatte sie enttäuscht gesagt. Und er: »Was erwartest du von mir? Mein Umfeld ist hier, und das will ich nicht einfach so aufgeben.«

Mein Umfeld. Und: einfach so aufgeben. Hiltrud verzog den Mund und schüttelte widerwillig den Kopf. Im Klartext hieß das doch: Mit der Gitarre in der Fußgängerzone zu stehen und *Don't think twice* zu näseln, war ihm wichtiger als ihre Zusatzausbildung in Freiburg, die für sie *die* Chance war weiterzukommen. Und von der er dann ja schließlich später auch profitieren würde. »Wie denkst du dir das überhaupt: dass wir beide von den paar Euromünzen leben, die die Leute in deinen Hut werfen? Werde endlich erwachsen.«

»Und du solltest dir überlegen, was dir wirklich wichtig ist, ob sich in deinem Leben alles nur um Geld und Karriere dreht«, hatte er trotzig erwidert, weil er es nicht ausstehen konnte, wenn man ihn als unerwachsen bezeichnete, und dann hinzugefügt: »Überhaupt bist du doch diejenige, für die die Karriere an erster Stelle steht. Und danach kommt erst mal gar nichts. Hast du dir eigentlich schon mal überlegt, was das mit mir macht?«

Vielleicht hatte er sogar recht. Aber wer hatte eigentlich verfügt, dass eine Beziehung immer an erster Stelle zu stehen habe?

Aber all das müsste eigentlich gar nicht erzählt werden. Nur, dass auffrischende Böen die Plastikstühle der Restaurants umwarfen und die vereinzelten Tropfen sich inzwischen zu einem ergiebigen Platzregen zusammengefunden hatten. Hiltrud Noll hatte nicht einmal Regenzeug dabei, aber auch das war ihr egal. Stur radelte sie geradeaus und hatte keinen Blick für das, was links oder rechts von ihr geschah. Und schon gar nicht für das, was über ihr passierte – aber genau das wurde ihr zum Verhängnis. Natürlich ist es durchaus möglich, dass sie im allerletzten Augenblick doch etwas wahrnahm. Etwas Vages, kaum Merkliches. In dem Moment, als sie direkt am Turm der Lambertikirche vorbeifuhr, mag sie einen Schatten bemerkt haben, der für einen winzigen Augenblick die Scheinwerfer, die die Kirche anstrahlten, verdunkelte. Wie der Flügelschlag eines großen Vogels.

Und dann prallte etwas Schweres mit voller Wucht auf sie und ihr Fahrrad und machte einen Strich durch all ihre Zukunftspläne. Einen endgültigen Strich.

* * *

War dies schon tragisch genug, kam das Verwirrende erst noch: Als die Kripo am Tatort eintraf, fand sie nicht eine, sondern zwei Leichen vor: Hiltrud Noll und Ralf Schöpping, den Türmer von St. Lamberti. Ein später Spaziergänger, der kurz vor Mitternacht, nachdem das Gewitter sich ausgetobt hatte, seinen Hund Gassi führte, hatte die beiden Körper entdeckt, zerschmettert in einer Blutlache auf dem Lambertikirchplatz – *dem* touristischen Treffpunkt der Stadt. Man konnte von Glück sagen, dass um diese Zeit alle Touristen schliefen und ihre neugierigen Smartphones mit ausgeschalteten Displays ganz nah bei ihnen auf den Nachttischen lagen.

Der Tatort wurde abgeriegelt, und die Spurensicherung nahm ihre Arbeit auf. Aber, Moment mal: Konnte man überhaupt von einem Tatort sprechen? Natürlich war es noch viel zu früh, belastbare Aussagen zu machen, aber so viel schien doch festzustehen: Jenes Schwere, das mit voller Wucht die Radfahrerin erschlagen hatte, war der Türmer selbst gewesen, der aus mehr als siebzig Metern vom Kirchturm herabgestürzt war. Weder er noch die Radfahrerin konnten das überleben. Bedeutete das, dass Herr Schöpping Hiltrud Noll erschlagen hatte? War demnach Frau Noll das Opfer und er der Täter, wenngleich genauso tot? Oder sollte man ihn eher als die Mordwaffe bezeichnen? Um das zu beantworten, musste geklärt werden, ob der Türmer noch am Leben gewesen war, als er hinunterstürzte. Und wenn ja, ob der Sturz vorsätzlich oder aus Versehen erfolgt war. Nur im ersten Fall wäre es Mord, im zweiten jedoch ein tragischer Unfall. Eine weitere Möglichkeit: Der Verstorbene war zwar vorsätzlich gestürzt, nur der Aufprall auf die Radfahrerin war ein Versehen – ein fahrlässiger Suizid mit Todesfolge sozusagen, der vermeidbar gewesen wäre, hätte Hiltrud Noll nur ein wenig mehr auf ihre Umgebung geachtet. Stellte sich jedoch heraus, dass der Türmer schon tot gewesen war, bevor sein Körper herabstürzte, wäre eine völlig neue Situation entstanden: Denn dann musste man davon ausgehen, dass er die Mordwaffe war und es galt, denjenigen zu finden, der den Mord begangen hatte – und warum. Alles in allem waren es genug rätselhafte Fragen, über die die Presse schon bald so ausgiebig spekulieren sollte, dass sogar hochrangige Sportereignisse wie die Champions League zurückstehen mussten.

Ein Nebeneffekt der ›Blutnacht von St. Lamberti‹, wie die Presse sie vollmundig nannte, war, dass viele zum ersten Mal überhaupt davon erfuhren, dass der Kirchturm bewohnt war.

Der Korrektheit halber müsste man sagen: dass er bis jetzt bewohnt gewesen war.

2. Kapitel

Wenn er es einrichten konnte, begab sich Exkommissar Niklas de Jong montags gern in die Innenstadt, hauptsächlich, um mit Kurt Schmedebach ein Schwätzchen zu halten. Schmedebach war der Inhaber von *Schmedebach Tabakwaren*, einem winzigen Ladengeschäft in der Fußgängerzone. Es führte aber nicht nur Tabakwaren, sondern auch diverse Süßigkeiten, Fernseh- und Tageszeitungen und neuerdings Münster-Souvenirs. Das stickige, düstere Innere roch nach Pfeifentabak und bedrucktem Papier. Wettfreudige konnten hier in aller Ruhe ihre Lottoscheine ausfüllen und dabei über die miserable Weltlage diskutieren.

Der Besuch lief immer gleich ab, wie nach einem ungeschriebenen Drehbuch, das allen Beteiligten seit Langem in Fleisch und Blut übergegangen war: Kurz bevor de Jong die schwere Ladentür aufdrückte, trat ihm ein Mann in den Weg, um die fünfzig Jahre alt, kahlköpfig und mit einem ausladenden Doppelkinn.

Meistens trug er einen abgewetzten Pulli über einem verschwitzten Hemd, in der kalten Jahreszeit zwängte er sich in einen etwas zu kurzen, speckigen, graugrünen Parka.

Der Mann stellte sich als Rambo vor, grinste dann und sagte: »aber nicht *der* Rambo. Die Betonung ist auf der zweiten Silbe, Rambeaux, also keine Verwandtschaft.«

Dieser Hinweis erfolgte jedes Mal aufs Neue, obwohl de Jong – so wie jeder andere, den der Kahlköpfige anquatschte – seinen Namen längst kannte. Das galt auch für die Geschichte, die stets folgte: Rambeaux war gerade erst aus der Haft entlassen, seinen Haftentlassungsschein hatte er dabei und sicherheitshalber laminieren lassen, damit er durch den intensiven Gebrauch nicht unleserlich wurde. Aber jetzt kam das Problem: Da er obdachlos war und ehemaliger Strafgefangener, wollte keiner ihm einen Job geben. Und wie sollte er eine Wohnung bekommen, wenn er keinen Job hatte? Ein tragischer Kreislauf.

»Der Hauptmann von Köpenick lässt grüßen«, sagte de Jong jedes Mal.

Dann ließ der Exkommissar zwei Euro springen – als Spende und Starthilfe für den Obdachlosen, was dieser mit einem schiefen Lächeln quittierte, als könnte er sich gerade noch die Bemerkung verkneifen, dass zwei Euro nicht eben weit reichen würden, es sei denn, man wollte damit nur sein schlechtes Gewissen beruhigen.

»Überleg dir eine neue Geschichte, dann wird auch das Honorar üppiger«, sagte de Jong und betrat den Laden.

So verlief es meistens. Nur heute nicht. De Jong stand an der Ladentheke und hatte weder die alte Geschichte von der Haftentlassung gehört, noch war er zwei Euro losgeworden.

»Hat Rambo seinen freien Tag?«, erkundigte er sich bei Schmedebach.

Kurt Schmedebach, Ende vierzig, war klein und hatte die Figur eines Menschen, der wenig von Sport hält, lieber viel sitzt und seine Zeit damit verbringt, dem schnellen Hunger nachzugeben. Er war auffällig korrekt gekleidet – Jackett über einem weißen, gebügelten Hemd, dazu eine passende Krawatte. Was seine Sicht auf die Welt als Ganzes anging, musste man ihn als glühenden Pessimisten bezeichnen. De Jong hielt ihn sogar für einen der führenden Pessimisten seiner Zeit.

»Der war schon länger nicht mehr da«, sagte Schmedebach mit einem sauren Grinsen. »Tja, nicht nur die Kunden bleiben einem weg, was? Sondern sogar die Schnorrer.«

»Der kommt schon wieder.«

»Darauf wette ich.« Schmedebach ließ ein schnaufendes Lachen hören. »Selbst wenn sich kaum Kundschaft blicken lässt, einer muss schließlich da sein, der sie mir vertreibt.«

»Wie laufen denn die Geschäfte so?«, versuchte de Jong ein anderes Thema, ohne viel Hoffnung auf gute Nachrichten.

»Fragen Sie besser nicht«, meinte der Ladenbesitzer, aber weil der Rat ja offenkundig zu spät kam, fügte er hinzu: »Wenn das so weitergeht, kann ich zumachen.

Glauben Sie nicht, was? Aber was beklage ich mich. Das kommt ja wohl kaum überraschend.«

»Für mich schon«, meinte de Jong, obwohl das kein bisschen stimmte. Wenn es nach Schmedebach ging, war er immer kurz vorm Zumachen.

»Kein Wunder. Sehen Sie sich die City an: Nur noch die großen Ketten mit ihren Filialen, die sich hier breitmachen. Gegen die hast du null Chancen. Und was kommt dabei heraus: gähnende Langeweile.«

»Das wird schon wieder.«

»Und das Internet macht alles noch schlimmer. Die Smartphone-Generation. Sie denken doch nicht, dass die noch einen Fuß vor die Tür setzt, um einzukaufen.«

»Wenn einer mal reichen würde«, gab de Jong zu.

»Fragen Sie die mal, ob es regnet oder die Sonne scheint. Dann gucken die nicht nach oben, sondern googeln die Wetterlage.«

»Naja«, meinte de Jong. »Sicher sind nicht alle so.« Er nahm eine Tageszeitung aus dem Ständer. *Die Blutnacht von Sankt Lamberti* lautete die Titelschlagzeile. Der Exkommissar legte sie auf den Tresen und kramte Kleingeld hervor, als sein Handy klingelte.

»Hier ist Eugen«, meldete sich eine männliche Stimme. »Kann ich dich kurz sprechen?«

Eugen Küppers und de Jong waren lange Zeit Kollegen gewesen. Seit Jahren trafen sie sich regelmäßig zum Bier und erörterten wichtige Dinge, die Weltlage und was früher alles besser gewesen war. Meistens waren die Dinge aber nicht so eilig, dass sie nicht warten konnten. »Klar«, sagte de Jong.

»Was macht die Schriftstellerei?«

»Keine Ahnung. Rufst du etwa deswegen an?«

»Natürlich nicht. Was ist mit übermorgen? Bleibt's bei neunzehn Uhr im *Knipperdolling*?«

»Ja, so wie immer. Wie lange machen wir das jetzt schon?«

»Was ist denn los? Hab ich dich bei irgendwas gestört?«

»Wieso denn?«

»Na, weil du so grantig bist.«

»Bin ich doch gar nicht. Vielleicht sagst du endlich mal, was ich für dich tun kann.«

Küppers ließ einen langen Moment verstreichen, bis de Jong sich schon fragte, ob er tatsächlich den Anlass seines Anrufs vergessen haben könnte. »Erinnerst du dich vielleicht noch an den Oktober 2005?«

»Dunkel«, sagte de Jong vage, dann präzisierte er: »Ehrlich gesagt, nein.«

»Ich hab dir damals den Arsch gerettet.«

Das half de Jong allerdings auf die Sprünge. Obwohl es nicht ganz zutraf, weil es genau genommen nicht sein Arsch gewesen war: Damals waren er und Giulia noch zusammen gewesen. Nach einer späten Party war sie auf dem Nachhauseweg mit dem Rad in eine Polizeikontrolle geraten, aufgrund ihrer alkoholisierten Hochstimmung spontan durchgestartet und hatte die Beamten abgehängt, dabei auch noch eine rote Ampel überfahren. Küppers, der jede Gelegenheit nutzte, um zu betonen, was für eine beeindruckende Frau Giulia sei – etwas zu oft, fand de Jong –, hatte damals versprochen zu sehen, was er für de Jong tun könne. Und so war die Angelegenheit schon bald recht glimpflich ausgegangen, regelrecht im Sande verlaufen. Wie Küppers das damals gedreht hatte, wollte de Jong auch heute noch nicht wissen.

»Stimmt, ja«, sagte de Jong. »Du meinst diese Sache.«

»Genau. Und jetzt wäre die Gelegenheit da, dass du dich revanchieren kannst.«

Nicht, dass de Jong einen Gefallen einfach so annehmen und sich nicht dafür revanchieren wollte. Aber wenn er ehrlich war, dann passte es ihm gar nicht so gut, dass sich ausgerechnet jetzt die Gelegenheit dazu bot. Er plante nämlich, an einem der nächsten Tage Giulia zu besuchen, seine Ehemalige – in Giulias Sprachgebrauch, der von de Jong bis heute nicht akzeptiert wurde –, die irgendwo in Frankreich an einem Workshop mit dem Thema »kreatives Schweigen« teilnahm. Der Besuch war nicht so ganz ohne, weil sie in keiner Weise mit ihm rechnete, sodass es aus ihrer Sicht möglicherweise wie ein Überfall aussah. De Jong dagegen sah es lieber als eine gelungene Überraschung.

»Du kennst doch Achim, meinen Neffen«, sagte Küppers. »Achim Bühlow.«

De Jong kannte ihn nicht, erinnerte sich aber, dass Küppers, selbst kinderlos, in seinen Neffen immer regelrecht vernarrt gewesen war. Da war schlichtweg nichts gewesen, was er dem Jungen hätte abschlagen können. Und jetzt war so viel Zeit vergangen, dass der Kleine längst erwachsen sein musste.

»Achim hatte es eigentlich auf die Steuerbranche abgesehen«, fuhr Küppers fort. »Kostennutzenrechnungen, Freibeträge, Gewinn- und Verlustrechnungen – so was hat ihn immer fasziniert, schon als Kind. Seinen

Mathelehrer hat er damit schier in den Burn-out getrieben. Aber dann, eines Tages, geschah etwas, das er als eine Art Damaskuserlebnis beschreibt.«

»Das tut mir leid«, sagte de Jong, nicht ganz passend.

»Jedenfalls kam er von einem auf den anderen Tag damit, dass er zur Kripo wollte. Unbedingt und ohne Diskussion. Tja, was soll ich dir sagen: Genauso ist es gekommen. Und jetzt hat der Junge seinen ersten Mordfall. Na ja«, klang es fast enttäuscht, »wie es aussieht, ist es gar kein Mordfall, sondern Suizid.«

»Immerhin«, meinte de Jong anerkennend.

»Aber jetzt kommt das kleine Problem: Achim ist noch jung, unerfahren und grün hinter den Ohren. Erschwerend kommt hinzu, dass er dazu neigt, Entscheidungen zu treffen, die sich nachher als Fehlentscheidungen erweisen. Verstehst du, was ich meine?«

»Nicht so ganz.«

»Egal, das wäre jedenfalls der Gefallen, um den ich dich bitte: Kannst du ihm zur Seite stehen?«

Offenbar hatte Eugen Küppers die Sache wieder einmal nicht zu Ende gedacht. Das war schon immer seine Schwäche gewesen.

»Sonst gern«, antwortete de Jong. »Aber die Sache ist die: Wie du doch weißt, bin ich kein Bulle mehr.«

»Ach ja«, erinnerte sich der Mann am Telefon. »Du bist jetzt Schriftsteller.« So wie Küppers das sagte, hörte sich das an, als wäre das mit dem Schriftsteller nur eine Ausrede, um nicht mehr Bulle sein zu müssen. Womit er übrigens nicht so ganz unrecht hatte: Lange Zeit hatte der Exkommissar sich mit Kriminalromanen abgemüht, war es aber eines Tages leid gewesen, sein einziger Leser zu sein. Also hatte er, dem skurrilen Rat eines Freundes folgend, sich ein weibliches Pseudonym zugelegt und einen erotischen Frauenroman geschrieben, auf den er nicht stolz sein konnte, der sich absurderweise aber recht gut verkaufte. Diese äußerst fragwürdige Schriftstellerkarriere als Frau, zusammen mit gelegentlichen Vorträgen auf Kripo-Fortbildungen zum Thema »Entschleunigung in der polizeilichen Ermittlungsarbeit« ergaben zwar kein fürstliches, aber immerhin ein erträgliches Auskommen.

»Das ist ja der Gefallen«, sagte Küppers. »Sonst wäre es nur eine Bitte.«

»Verstehe«, sagte de Jong.

»Ich meine doch nicht, dass du ihm den Bullen vorspielen sollst. Ich sehe dich eher als eine Art Ratgeber. Väterlichen Freund, wenn du so willst.«

»Und wenn nicht?«, fragte de Jong, aber Eugen Küppers hatte sein Ja schon fest eingeplant. »Ich sag ihm Bescheid, dass er dich anrufen soll. Die Kollegen wissen schon Bescheid. Ehrlich, das rechne ich dir hoch an.«

»Tu doch so was nicht«, sagte de Jong und wollte eigentlich noch auf das Finanzielle zu sprechen kommen, aber der andere hatte schon aufgelegt.

3. Kapitel

Joachim Bühlow erinnerte de Jong an eine heimische Vogelart, deren Name ihm nicht einfallen wollte. Jedenfalls auf den ersten Blick. Grüngraues Federkleid, der Kopf, der sich ruckartig auf dem dünnen Hals mal hier, mal dorthin reckte, die staksigen Bewegungen, mit denen das Tier durch das Gras stolzierte. Das gesamte Äußere des Kommissars war vogelhaft: der leicht rundliche, aber keineswegs füllige Körperbau, die Vorliebe für Grautöne, was sowohl seine federkleidartige Strickjacke, als auch das asketisch kurz geschnittene Haar anging. Seine wie ein Krummschnabel geformte Nase. Und zu all dem kam eine hektische Angewohnheit: Nachdem er de Jong bemerkt und bevor sie einander begrüßt hatten, hatte er sich mindestens dreimal ruckartig umgesehen, als befürchtete er eine Attacke aus dem Hinterhalt.

De Jong hatte gerade den Tabakladen verlassen, als Bühlow sich bei ihm meldete. Als Erstes hatte er sich für die Hilfe bedankt, noch bevor de Jong dazu kam, sie anzubieten. Dann hatten sie sich vor dem Turm von St. Lamberti verabredet, wo de Jong gegen vierzehn Uhr eintraf.

Ein blauer Himmel spannte sich über die Stadt, und mittendrin stand eine Sonne, die ihr Möglichstes tat, um alle, die hinaufschauten, für das Unwetter der vergangenen Nacht zu entschädigen. Es gelang ihr nicht hundertprozentig, was man jedoch nicht ihr ankreiden konnte, sondern den polizeilichen Absperrungen, die den Touristen immer noch den Zugang zu Kirche und Kirchplatz verwehrten, sodass sie sich neugierig gaffend hinter ihnen versammelten.

De Jong begrüßte einige der alten Kollegen. Sie schienen es ganz normal zu finden, dass er hier aufkreuzte und plötzlich wieder einen auf Ermittler machte. Wie immer Küppers das gedreht hatte, wollte de Jong auch dieses Mal nicht wissen – und das galt möglicherweise auch für die Tatsache, dass sein Neffe diesen Fall überhaupt bekommen hatte.

»Genau. Dann wollen wir mal.« Bühlow machte den Kollegen von der Spusi, die ihn gar nicht zur Kenntnis zu nehmen schienen, ein Zeichen und bedeutete dann de Jong mit einer fahrigen Geste, ihm zu folgen.

De Jong war sich immer noch nicht sicher, ob der Junge wirklich seine Hilfe wollte oder nur zu höflich war, sich die Einmischung seitens seines Onkels zu verbitten.

Bühlow zückte einen Schlüssel und öffnete eine unscheinbare Holztür auf der dem Kirchplatz abgewandten Rückseite von St. Lamberti. Stufe für Stufe stiegen sie eine enge, steinerne Wendeltreppe hinauf, die kein Ende nehmen wollte. Das Licht war spärlich, und es roch muffig. De Jong zog den Kopf ein, um nicht anzustoßen, und bemühte sich, mit dem jungen Kollegen Schritt zu halten. Unterwegs überlegte er sich flapsige Bemerkungen, um das Eis zu brechen. Dass es ihm als kein Wunder erscheine, wenn jemand nach einem derart beschwerlichen Hinaufweg den denkbar schnellsten Hinabweg wählte, so was in der Art. Aber abgesehen davon, dass ihm das nicht flapsig genug erschien, machte ihm, je höher sie stiegen, das Reden immer mehr Mühe – und er hielt den Mund, um Atemluft zu sparen.

Endlich standen sie in der Turmstube. Es war ein seltsam unspektakulärer Anblick: Nach all der Kraxelei den mittelalterlichen Turm hinauf befanden sie sich in einem bieder eingerichteten, immerhin achteckigen Wohnraum. An der Wand stand ein Schreibtisch mit einem Laptop. Vor dem Schreibtisch ein Stuhl, gegenüber ein Sofa, das mit grünem Stoff bezogen war und ein wenig durchgesessen wirkte. Über dem Sofa prangte ein Bild, eine recht kitschige Stadtansicht von Münster in Öl. Ein piefiges, trautes Heim, weit oben auf einem Kirchturm.

»Das ist ja seltsam«, sagte de Jong verwundert. »Ich wusste gar nicht, dass die Kirche auch an Studenten vermietet.«

»Das ist ein Arbeitsplatz«, erläuterte Bühlow ernst, scheinbar immun gegen de Jongs Flachserei. »Der Arbeitsplatz des toten Herrn Schöpping.«

»Woran hat er denn gearbeitet?«

»Der Türmer ist so eine Art Wachposten. Vom Turm aus hält er Ausschau nach Bränden oder feindlichen Heeren, die im Anmarsch sind. Genau.«

»Ach«, sagte de Jong, der sich wegen der feindlichen Heere für eine Sekunde fragte, ob der andere seinerseits gescherzt hatte.

Hauptkommissar Bühlow deutete auf ein Kupferrohr, das an der Wand lehnte. »In dieses Horn muss er jede halbe Stunde blasen.«

Das Instrument war etwa siebzig Zentimeter lang und erinnerte mit seinem am Ende nach oben gebogenen Schalltrichter entfernt an ein Alphorn. Natürlich hätte es für die Alm mindestens fünfmal so groß sein müssen; so reichte es vielleicht gerade für das Fußballstadion.

De Jong folgte Bühlow hinaus ins Freie auf die schmale, gerade mal einen Fuß breite Balustrade, die den kleinen Raum umgab. Massive steinerne Rosetten bildeten die Grenze zwischen dem Betrachter und der bodenlosen Tiefe gleich dahinter. Ein kleiner Seitenblick hinunter auf die Dächer der Häuser und die winzigen Menschlein tief unter ihnen genügte de Jong, um weiche Knie zu bekommen. Er atmete schwer, tastete sich an der Turmwand entlang und kehrte rückwärts wieder in die Stube zurück.

»Schöpping ist hier hinabgestürzt«, sagte Bühlow, dem die Höhe nichts auszumachen schien. »Die Frage ist, ob es ein Unfall war oder Selbstmord. Oder sogar Mord.«

»Mord?«, wunderte sich de Jong. »Deutet denn irgendetwas darauf hin?«

»Nicht direkt. Bis jetzt jedenfalls nicht.«

De Jong hatte sich wieder gefangen und nahm den Raum ein wenig in Augenschein, während der Hauptkommissar ihm weiter Bericht erstattete. »In den Taschen des Toten haben wir den Schlüssel zu seiner Wohnung gefunden, einen Fahrradschlüssel und ein bisschen Geld.«

Über dem Schreibtisch war mit Stecknadeln ein Schwarzweißfoto an der Wand befestigt, auf dem eine Gruppe Grundschüler, teils in kurzen Hosen, mal schief, mal herausfordernd in die Kamera grinste. *Ostern 1969* stand auf einem Pappschild, das einer von ihnen in der Hand hielt.

»Ja, und dann noch ein Rezept«, sagte Bühlow. »Genau.« Dieses »genau« schien eine Angewohnheit zu sein.

»Ein Kochrezept?«, fragte de Jong, mäßig interessiert.

»Nein. Ein Augenarztrezept. Könnte doch vielleicht wichtig sein.«

»Wichtig wofür?« De Jong hörte dem Kommissar nicht so richtig zu. Er hatte ein Fernrohr entdeckt, das auf ein Stativ montiert war. »Das ist ja ein richtig teures Gerät«, sagte er anerkennend.

»Naja, vielleicht ist es ein Hinweis. Das Rezept, meine ich.«

De Jong beugte sich hinunter, kniff ein Auge zusammen und führte das andere zum Okular des Fernrohres. Er blickte in ein Zimmer. Es war ein Schlafzimmer und befand sich so nahe vor ihm, dass er das Gefühl hatte, hineingreifen zu können. Im nächsten Moment trat eine Frau in den Sichtbereich des Fernrohrs, ebenso zum Greifen nahe. Genauer gesagt war es nur ihr

Oberkörper. Sie kehrte ihm den Rücken zu, er sah ihren Hals, die Spitzen ihres kurzen, blonden Haars, die bloßen Schultern und den schwarzen Streifen eines BHs, dessen Verschluss ihre Finger auf routinierte Weise öffneten. Der BH fiel zu Boden und sie wandte sich dem Fenster zu.

»Das Teleskop gehört zur Ausstattung«, erklärte Bühlow. »Um Brände zu entdecken. Genau.«

De Jong war so davon in Anspruch genommen, die Brüste der unbekannten Frau durch das Fernrohr zu betrachten, dass Bühlows Bemerkung wie aus weiter Ferne zu ihm drang. »Brände«, murmelte er. »Klar.«

Der junge Kommissar trat neben ihn, und de Jong, als könnte Bühlow sehen, was er sah, riss sich wie ein beim Spannen ertappter Pennäler vom Fernrohr los.

»Das ist der Abschiedsbrief«, sagte Bühlow. Er reichte de Jong ein Blatt Papier. Es war ein liniertes DIN-A4-Blatt, herausgerissen aus einem Schreibheft. Es enthielt nur wenige Wörter, säuberlich mit Kugelschreiber geschrieben:

Ihr denkt, daß das hier oben ein ruhiger Job ist. Aber ihr habt ja keine Ahnung. Hic Rhodus, hic salta.

R.S.

»Rhodus?«, wunderte sich Bühlow. »Was meint er denn damit?«

»Eine Redensart. Es ist Latein und bedeutet: Hier ist Rhodos, hier springe.«

»Ist hier denn etwa Rhodos?«

»Nein. In diesem Fall wird er den Turm gemeint haben.«

»Springe«, wiederholte Bühlow. »Genau.«

»Damit spräche also eine Menge für Selbstmord«, sagte de Jong und klang richtig erleichtert. Es würde also doch noch was mit dem Trip nach Frankreich.

Bühlow dagegen sah skeptisch aus. Für einen Moment schien er wieder in sich zu gehen und innere Zwiesprache zu halten. »Meinen Sie?«, fragte er.

»Wer schreibt so was schon hin, bevor er von einem Turm stürzt, wenn er nicht dazu entschlossen ist?«, meinte de Jong.

»Trotzdem«, sagte Bühlow. »Finden Sie nicht, dass das für einen Abschiedsbrief recht kurz ist? Wenn es um den eigenen Tod geht, bringt man normalerweise etwas mehr zustande als zwei Zeilen.«

»Ja, schon«, gab de Jong zu. »Aber Redseligkeit ist nicht jedem gegeben. Gerade wenn es um so ein sensibles Thema geht.«

Der junge Hauptkommissar nickte, obwohl ihn das offenkundig nicht überzeugte. »Aber ein Abschiedsbrief, auch wenn er lang und ausführlich wäre, ist noch kein Beweis für einen Selbstmord.«

»Nein«, gestand ihm de Jong zu. »Doch in der Regel geht man schon davon aus, dass ...«

»Zum Beispiel könnte er den Brief geschrieben haben und fest entschlossen gewesen sein, sich umzubringen. Und dann kam etwas dazwischen. Genau.«

»Woran denken Sie dabei?«

»Er wurde ermordet.«

»Aber Sie haben selbst gesagt, dass darauf nichts hindeutet.«

Bühlows hektische Armbewegung ließ de Jong zurückzucken. »Mein Onkel«, erklärte Bühlow, »hat mir erzählt, dass Sie ein Spezialist auf diesem Gebiet seien.«

»Auf welchem Gebiet?«

»Todesfälle, die Unfälle zu sein scheinen. Oder Suizide. Und die sich dann als echte Mordfälle entpuppen. Weil Sie die Sache durchschauen.«

Endlich begriff de Jong, was hier gespielt wurde: Küppers hatte de Jong überhaupt nicht als väterlichen Freund engagiert. Deshalb die Enttäuschung in seiner Stimme, als er den Mordfall erwähnt hatte, der leider gar kein richtiger war: Küppers gönnte seinem geliebten Neffen unbedingt, dass er einen Mordfall bekam und keinen lausigen Selbstmord. Deshalb hatte er den sogenannten Spezialisten ins Spiel gebracht. De Jong sollte alles geben, aus dieser Sache, die leider ziemlich eindeutig Selbstmord war, einen Mord zu stricken.

»Hören Sie«, sagte er. »Wir werden das alles genau untersuchen. Ob der Abschiedsbrief überhaupt einer ist oder vielleicht nur der Anfang eines Schreibens, das von den Schattenseiten des Türmerberufs handelt. Ob er überhaupt von Schöpping stammt. Wir werden mit seinen Angehörigen sprechen. Das ist alles Routine. Dabei stehe ich Ihnen gern zur Verfügung.« De Jong machte ein zerknirschtes Gesicht, wie ein Arzt, der einem Patienten traurige Nachrichten überbringt. »Aber wenn es nun mal Selbstmord war, können wir so lange recherchieren, wie wir wollen. Es wird kein Mord daraus.«

»Genau«, sagte Bühlow.

4. Kapitel

Als Achim Bühlow vorschlug, sich nach Feierabend noch irgendwo zu treffen, um sich als neue Kollegen ein wenig zu beschnuppern, wollte de Jong, der sich aus Prinzip nicht viel aus Beschnuppern machte, schon absagen. Auch weil er den Abend eigentlich dazu nutzen wollte, seine Frankreichreise zu planen und auf geschickte Art und Weise auszutesten, wie Giulia zu einem Überraschungsbesuch stand, ohne zu verraten, was er vorhatte. Nur um sicherzugehen, dass es am Ende nicht zu viel zerschlagenes Porzellan gab und er sich dann wünschte, es lieber gelassen zu haben. Aber natürlich war ihm klar, dass das nur vorgeschoben war und er für eine kurze SMS keinen ganzen Abend brauchte.

So ging de Jong gegen acht an Bord der *Nostromo II*, eines monströsen, ausgedienten Schleppkahns, der seit Ewigkeiten im Hafenbecken vor Anker lag und neuerdings ein Restaurant war. Es war geradezu ein Bild von einem Sommerabend, und das Gedrängel war entsprechend groß. Hinzu kam, dass die *Nostromo II* sich nicht als schlichtes Restaurantschiff verstand, sondern als kultureller Treffpunkt der Indi-Szene. Flyern, die zwischen den Speisekarten steckten, war zu entnehmen, dass für diesen Abend ein Liedermacher namens Knut sein Repertoire vorstellen wollte.

Bühlow hatte in dem Gedrängel Gott sei Dank schon einen Tisch erobert, noch dazu einen auf dem Sonnendeck mit Blick auf das Hafenbecken und das rege Treiben auf dem Kreativkai gegenüber. »Schön, dass das geklappt hat«, begrüßte er de Jong, indem er sich von seinem Platz erhob und ihm artig die Hand schüttelte.

»Sollen wir nicht Du sagen?«, schlug de Jong vor. »Ich bin Niklas.«

»Achim«, sagte Bühlow und nahm wieder Platz.

Das Bier kam, der junge Kommissar hob sein Glas. »Also dann, auf Ihr Wohl.« So viel zum Du sagen.

De Jong war vor allem neugierig auf das Damaskus-Erlebnis, das Küppers erwähnt hatte.

Achim schüttelte den Kopf und wischte sich mit dem Ärmel Bierschaum vom Mund. »Sie dürfen nicht alles glauben, was mein Onkel erzählt.«

»Keine Sorge«, sagte de Jong, »da besteht keine Gefahr.«

»Onkel Eugen hat diese Legende vom Damaskus-Erlebnis erfunden: das junge, aufstrebende Steuerberater-Talent, eines Tages unterwegs mit seinem schicken, weißen Audi auf der Autobahn, als ihn ein Licht blendet, heller als die Morgensonne, und eine Stimme fragt: Warum willst du dein Leben mit Steuererklärungen vergeuden? Warum gehst du nicht dorthin, wo das Leben pulsiert, nämlich zur Kripo?« Bühlow grinste säuerlich, und de Jong grinste zurück, aber nicht weil er die Legende besonders komisch fand. Hier in der Kneipe schien der junge Kommissar seine Hektik abzulegen und ein bisschen aufzutauen. So sehr, dass er sogar zur Ironie fähig war.

De Jong wollte das lobend erwähnen, doch just in dem Moment schnitt ihm Knut, der Liedermacher das Wort ab, indem er sich als Knut, der Liedermacher vorstellte und seinen ersten Song ankündigte. Und der wurde ausreichend verstärkt, sodass alle übrige akustische Kommunikation unterbunden wurde; Bühlow und de Jong blieb nichts anderes, als die Aussicht zu genießen und Bier zu trinken.

Der Song endete, Applaus folgte. Knut verlor keine Zeit und hatte dank seines Mikros auch keine Mühe, sich gegen das allgemeine Kneipengemurmel durchzusetzen. Seine Ansagetexte waren lange, raumgreifende Monologe, die ein Vielfaches der Zeit beanspruchten, die die Songs einnahmen: Wie er auf die Idee zu dem Song gekommen sei, in welcher Lebensphase er damals gewesen sei und welcher Frau er gerade nachgetrauert habe, welche schlimmen Dinge er habe mit ansehen müssen und was das mit ihm gemacht habe. De Jong erinnerte sich an die Siebzigerjahre. Auch damals war es für Liedermacher geradezu obligatorisch, Frauen nachzutrauern.

Knut sang ein aufwühlendes Lied über Facebook und die NSA, schrummelte auf seiner Gitarre und warnte in einem aufwühlenden Refrain, der ihn stimmlich an seine Grenzen brachte, vor der totalen Kontrolle. De Jong konnte kein bisschen von dem verstehen, was sein Gegenüber zu sagen hatte, was Bühlow aber nicht davon abhielt, weiterzureden. Seine Lippen formten etwas, de Jong ließ ihn reden und tippte stattdessen die geplante SMS an Giulia in sein Smartphone. *Wie schweigt man auf Französisch?*, tippte er. *Würde dir gern ein wenig dabei zuschauen. Niklas.*

»Das Ganze ist nur wegen Birthe passiert«, schallte es von Bühlow herüber. Es war etwa zwanzig Minuten später, und sie waren beim dritten Bier. Der Künstler hatte soeben sein Instrument weggelegt und eine viertelstündige Pause verhängt.

»Birthe?«, fragte de Jong neugierig.

»Eine tolle Frau.« Bühlow kramte mit dem Daumen auf seinem Smartphone nach einem Foto, fand aber offenbar keins, also gab er es wieder auf. »Das Blöde war, dass sie auf jemand anderen stand. Genau. Jens Hosselmann, einen Kerl, der auf die Polizeiakademie in Hiltrup ging.«

»Pech gehabt«, sagte de Jong mitfühlend.

»Ja, aber ein Gutes hatte die Sache: Hosselmann hatte eine andere und war insofern nicht im Geringsten interessiert. Also hab ich mir dann doch die berühmte Frage gestellt.« Mit feierlichem Gesicht erwartete Bühlow de Jongs Einwurf: Welche berühmte Frage denn? Aber der Einwurf blieb aus, also sprach er weiter: »Was hat er, das ich nicht habe? Das ist die Frage. Und ich kam zu dem Schluss, dass ich lieber nach dem fragen sollte, was er nicht hat. Und ich schon.«

De Jong war neugierig. »Nämlich?«

»Es war mein Berufsziel. Steuerberater.«

»Was ist daran falsch?«

»Auf den ersten Blick nichts. Aber auf den zweiten umgab mich meine berufliche Zukunft wie eine Aura der Langeweile, wie der lähmende Mundgeruch eines abgesicherten Lebens mit Urlaubsanspruch, dreizehntem Monatsgehalt und komfortabler Absicherung im Alter.«

Der Hintergrundlärm schwoll wieder ein wenig an, also beugte sich Achim Bühlow vor, und tatsächlich vermeinte de Jong den Hauch eines solchen Geruchs wahrzunehmen.

»Das Bullendasein dagegen verspricht Lebensgefahr und Nervenkitzel, Abenteuer, dem Tod ins Auge sehen. Kugelsichere Westen. Blut, Schweiß und Todesverachtung, kurz gesagt: Männlichkeit pur.« Bühlows Stimme geriet ins Schwärmerische. »Also alles, worauf Frauen stehen, und ganz besonders emanzipierte Frauen wie Birthe. Genau. Erotisch gesehen eine ganz neue Liga.«

»Naja.« Jetzt nickte de Jong. »Schätze, Sie haben sich dann auch in Hiltrup beworben.«

»Das war das Damaskus-Erlebnis, genau: Ich hab die Karriere als Steuerberater geschmissen.« Das zerknirschte Grinsen bereitete de Jong darauf vor, dass die Geschichte aber trotzdem kein Happy End hatte. »Erst nach einer ganzen Weile ergab sich eine Gelegenheit, Birthe die neue Lage zur Kenntnis zu bringen. Und dann haben wir uns mal an einem Sonntag zum Münster-Tatortgucken verabredet – ich fand das passend. Aber noch vor dem Ende rückt sie damit heraus, dass sie sich in einen Typen verliebt habe, der in der Schadensabteilung einer Kfz-Versicherung arbeitete.«

»Also wollen Sie mir jetzt gestehen«, scherzte de Jong, »dass Sie gar kein Kommissar sind, sondern in Wirklichkeit für den ADAC arbeiten?«

»Genau«, meinte Bühlow und grinste gequält. »Aber im Ernst: Ich bin dabei geblieben. Und jetzt meint mein Onkel, der Supercop, dass ich so eine Art Kurt Wallander werden müsse. Mordfälle aufklären, die alle Normalsterblichen für Unfälle oder Selbstmorde halten. Ein Aufklärergenie.«

»Und dazu ist der Fall Schöpping wohl wie geschaffen.«

»Denkt er.« Bühlow nickte resignierend.

De Jong wollte ihm noch zu bedenken geben, dass auch die Aufklärung von Selbstmordfällen durchaus eine sinnvolle Aufgabe sein könne. Aber ein knackendes, mikrofoniertes Husten ließ ihn zusammenzucken. Der Liedermacher hatte wieder auf seinem Auftrittsstuhl Platz genommen, die Pause war zu Ende.

* * *

Es war noch recht früh am Abend, so gegen elf, als de Jong nach Hause radelte. Eigentlich hatte er mit Bühlow ganz gemütlich auf der *Nostromo II* gesessen, aber im Laufe des Abends schien sich die Hoffnung, Knut könne irgendwann zum Ende kommen, zunehmend als trügerisch zu erweisen. Stattdessen drehte der Liedermacher immer mehr auf, packte alte Schinken gegen Atomkraft, Volkszählung und Mittelstreckenraketen aus der Mottenkiste und sang von mindestens drei weiteren Beziehungen, denen er nachtrauerte. De Jong bereiteten vor allen Dingen die ausgedehnten Zugaben Kopfzerbrechen, die ja erst noch bevorstanden und von denen niemand letztlich ermessen konnte, wie lange die dauern würden. Also zahlte er seine Biere und verabschiedete sich.

Er strampelte den Kanalseitenweg entlang in nordöstlicher Richtung. Der Gesang ließ ihn nicht so leicht entkommen, er verfolgte ihn über die Wasseroberfläche des Kanals – fast hämisch klangen die Uralt-Akkorde von *This land is your land* in einer von Knut eigenhändig eingedeutschten und im Jahre 1972 frisch aktualisierten Fassung an sein Ohr. Erst nach etlichen Kilometern wurde es stiller und die Geräusche der Sommernacht gewannen wieder die Oberhand. De Jong hielt kurz an, um sie zu genießen. Und genau in diesem Augenblick segelte urplötzlich und völlig geräuschlos von oben ein Gegenstand heran, verfehlte de Jongs Kopf um Millimeter, um schließlich mit einem zischenden Laut auf dem Kiesweg aufzuschlagen.

Der Exkommissar fuhr herum und nahm eine Silhouette auf der Kanalbrücke wahr, die er gerade unterquert hatte. Vor ihm auf dem Weg lag eine Bierdose, die noch halbvoll war. Das Getränk schäumte und kroch wie ein wütender Wurm auf den Gehweg in Richtung Böschung.

Ohne zu zögern ließ de Jong sein Rad fallen und hastete die Steinstufen hinauf, die auf die Brücke führten. Der Werfer der Büchse stand immer noch da und machte keinerlei Anstalten zu fliehen. Er war schlank, fast schmächtig und schwankte leicht.

»Hey, was soll der Scheiß?«, beschwerte sich de Jong. »Willst du mich umbringen oder was?«

»Ja ... das heißt nein!«, wimmerte der Mann. Er war offenkundig betrunken, trug einen teuren Anzug und polierte, schwarze Schuhe, die mit irgendetwas besudelt waren. »Nein, bitte, das wollte ich nicht. Entschuldigen Sie vielmals. Mir ist die Hand ausgerutscht, und dann ... ich weiß auch nicht, ehrlich ...«

»Sie sollten nach Hause gehen«, sagte de Jong. »Schlafen Sie Ihren Rausch aus.«

Das Kopfschütteln war so inbrünstig, dass auch Schultern und Oberkörper mitmachen mussten. »... haben vielleicht gut reden. Wo soll ich denn hin, verdammt noch mal, können Sie mir das mal freundlicherweise erklären?«

»Sagen Sie mir, wo Sie wohnen, dann begleite ich Sie«, bot de Jong an, obwohl er natürlich lieber nach Hause wollte.

»Hallo? Was rede ich denn die ganze Zeit: Ich kann nicht mehr zurück!« Ein Sabberfaden hing vom rechten Mundwinkel des Mannes herab. »Das ist vorbei. Deswegen will ich ja Schluss machen!«

»Schluss machen?«

»Springen!« Ungeduldig wedelten die Arme des Mannes, als führten sie ein Eigenleben. Dass er das jetzt auch noch erklären musste! »Was denken Sie denn, warum ich um diese Zeit hier auf der Brücke stehe. Schluss und aus!«

»Aber das ist doch Unsinn«, meinte de Jong. »Sie glauben doch nicht ernsthaft, dass Sie tot sind, wenn Sie von dieser Brücke springen. Sie werden nur nass.«

Erneutes, dieses Mal eindeutig resigniertes Kopfschütteln. Als hätte de Jong dem Besoffenen mit diesem Einwand die letzten Illusionen genommen.

Der Exkommissar streckte die Hand aus. »Kommen Sie, ich bringe Sie nach Hause.«

»Geht nicht, hab kein Zuhause mehr.«

De Jong versuchte es anders: »Wie heißen Sie?«

»Spohn, Konrad Spohn.«

»Ich heiße de Jong. Sagen Sie mir jetzt Ihre Adresse, Herr Spohn.«

Der Mann stampfte mit dem Fuß auf. »Keine Adresse! Hören Sie schlecht. Haben Sie vielleicht eine?«

»Ich habe ein Hausboot hier in der Nähe«, sagte de Jong.

»Also gut.«

»Also gut was?«

»Dann gehen wir dahin.«

»Nein«, sagte de Jong.

»Wieso denn nicht?«

»Weil ich nicht auf Besuch eingerichtet bin und es ziemlich spät ist. Deshalb.«

»Nur für *eine* Nacht!«, quengelte Spohn, dessen Lebenswille plötzlich neu erwacht zu sein schien. »Was ist denn schon dabei? Ich mache auch überhaupt keine Umstände, versprochen.«

De Jong schwante, dass er sich gerade selbst in eine Klemme manövriert hatte. »Herr Spohn, haben Sie eine Frau oder Freundin, die ich anrufen kann?«

»Nein. Ein für alle Mal: das schon gar nicht! Null, nada! Kommen Sie mir nicht mit der, ja?«

»Mit der? Also haben Sie eine?«

Spohn schnaufte nur und geriet noch mehr ins Schwanken.

»Also dann«, sagte de Jong und machte sich auf den Rückweg zu seinem Fahrrad. »Passen Sie auf sich auf und machen Sie keine Dummheiten.« Er lief die Treppe hinunter, stieg auf und radelte los.

Der Mann rief etwas hinter ihm her. De Jong stoppte, drehte sich um. Spohn kam die Steinstufen heruntergestolpert, verhaspelte sich auf den letzten beiden und landete im Gras. Immerhin versuchte er nicht, von der Brücke zu springen.

De Jong trat in die Pedale.

* * *

Wenige Minuten später hievte er sein Rad an Bord des *Alten Mädchens*. Eigentlich stammte das alte Hausboot aus den Niederlanden und der korrekte Name lautete *Het Oude Meisje*. Ein Ping meldete den Eingang einer SMS. De Jong warf einen Blick zum Himmel, der übersät war von Sternen. Dann holte er das Handy aus der Tasche und öffnete die Nachricht.

Wir verstehen hier Schweigen nicht nur akustisch. Es schließt auch das Schreiben von Textnachrichten ein. Gruß Giulia.

PS: Übrigens, falls du wieder planen solltest, unangemeldet hier aufzukreuzen, fände ich das keine gute Idee :-(Also spar dir die Mühe.

De Jong warf einen weiteren Blick in den Nachthimmel. Myriaden von Welten, die niemals ein Mensch betreten würde. Von denen viele schon seit Tausenden von Jahren gar nicht mehr existierten. Der Anblick war so großartig, dass er ihn am liebsten mit jemandem wie Giulia geteilt hätte.

Aber sie wollte ja lieber schweigen und das ohne seine Gesellschaft.

Na gut, dann sollte sie eben schweigen. Selber schuld.

»Ahoi, Käpt'n!«, ertönte es direkt neben ihm, vom Ufer aus. Vor Schreck fiel de Jong das Handy aus der Hand und schlitterte über das Achterdeck. »Hab ich Sie ja doch noch gefunden.«

Spohn versuchte, in einer versöhnenden Geste die Arme auszubreiten und kam dabei bedenklich ins Schlingern.

»Ich hab doch eben gesagt, ich ...«, setzte de Jong hilflos an.

»Nur für eine Nacht, Käpt'n. Sie werden meine Anwesenheit gar nicht bemerken.«

5. Kapitel

Auch für den jungen Hauptkommissar verlief der Rest des Abends anders als geplant. Nach de Jongs Flucht vor dem Liedermacher hatte Bühlow zunächst vorgehabt, noch eine Weile zu bleiben. Nicht dass ihn Knuts Gesang besonders fasziniert hätte, aber er hatte die Uhrzeit im Blick und kalkulierte kühl: Das Konzert hatte schon anderthalb Stunden gedauert, die Pause nicht eingerechnet. Also war davon auszugehen, dass Knut sich innerhalb der nächsten vielleicht zehn Minuten von seinem Stuhl erheben und verbeugen, Ovationen entgegennehmen und dann die obligatorischen Zugaben angehen würde. Bühlow schätzte grob gerechnet eine halbe Stunde, bis der aktivere Teil des Abends beginnen konnte.

Schon vor einiger Zeit war ihm nämlich an einem der Nachbartische ein Mädchen aufgefallen. Und jetzt, da de Jong seinen Stuhl geräumt hatte, bot sich ihm ein freier Blick auf ihr langes, nur leicht gewelltes, dunkelbraunes Haar, das sympathische Gesicht und den versonnenen, in die Ferne gerichteten Blick. Sie war nicht in Begleitung hier. Und Achim Bühlow, der frischgebackene Kripomann und Leiter der Mordkommission, hatte nicht vor, nach der Pleite mit Birthe ewig Single zu bleiben.

Knut hatte seine Version von *This land is your land* zum Vortrag gebracht. Er stand auf, verbeugte und bedankte sich, das Mädchen klatschte höflich. Man sah ihr an, dass auch sie nicht besonders angetan war von dem Konzert. Viele zahlten jetzt und gingen, aber klar war, dass erst nach den Zugaben wieder Kommunikation möglich sein würde: Also ließ Bühlow ungeduldig einen Protestsong gegen das Waldsterben über sich ergehen, ein Liebeslied über eine weitere Beziehung, der Knut nachtrauerte, und dann noch einen eindringlichen Appell, denen da oben nicht zu trauen. Bühlow suchte fieberhaft nach einem Vorwand, sich zu der Frau an den Tisch zu setzen, aber er wollte auch nicht aufdringlich wirken und von vorneherein alles verderben.

Endlich hatte er eine Idee, wie er es anstellen konnte, und fasste sich ein Herz. Aber sein Hintern hatte sich noch nicht einmal einen halben Zentimeter von der Sitzfläche entfernt, da stand wie aus dem Nichts ein Kerl neben dem Mädchen, jünger als er, sportlicher und doppelt so schön wie er, und entschuldigte sich wort- und gestenreich für sein Zuspätkommen. Zum Zeichen, dass sie ihm vergab, schenkte sie ihm ein besonders versonnenes Lächeln, worauf er an ihrem Tisch Platz nahm.

Knut winkte noch einmal mit seiner Gitarre, dann machte er Schluss; nur, Bühlow hatte jetzt nichts mehr davon.

Er zahlte und ging von Bord.

* * *

Hauptkommissar Joachim Bühlow wohnte am Staufenplatz, einem der Zentren der Stadt, was Straßenkommunikation anging. Es gab eine Kneipe, eine Bäckerei, viele Bänke und Tischtennisplatten, umgeben von ein paar Bäumen und würdigen Gründerzeitfassaden. An den Abenden traf sich hier eine bunte Mischung. Leute saßen auf Bänken, spielten Tischtennis auf Steinplatten, rauchten oder wischten über ihr Smartphone. Senioren ließen ihre Hunde kacken und packten den Kot in knallrote Plastiktüten, Teenager hingen herum und tranken Bier. An manchen Abenden konnte man sich vorstellen, dass es hier immer schon so zugegangen war – die Smartphone-Junkies einmal ausgenommen. Eine heile, verträumte Ostviertel-Welt.

Dabei vergaß man oft, dass es sich eben auch um einen beliebten Verkehrsknotenpunkt handelte: Allein sechs Straßen führten auf den Platz zu, unentwegt im Schritttempo befahren von Parkplatzsuchern, Trabanten gleich, die bis zum Ende der Zeiten um einen Planeten kreisen in der trügerischen Hoffnung, eines Tages auf ihm parken zu können. Und unmittelbar nebenan auf den Gleisen rumpelten die Züge gemächlich in Richtung des nahen Hauptbahnhofs.

Bühlow hatte sich an das ständige Rumpeln und Quietschen längst gewöhnt, denn sein Zimmerfenster blickte aus dem vierten Stock direkt auf die Schienen hinunter. Alles in allem war es eine winzige Wohnung, selbst für eine Person, überdies knarrten die Dielen, und im Bad roch es feucht. Aber die Miete war erschwinglich und Bühlow stolz darauf, so zentral zu wohnen. Dafür musste man eben Abstriche machen.

Wie so oft war im Hausflur das Licht ausgefallen, aber Bühlow war darauf vorbereitet und öffnete im Schein seiner Handy-Taschenlampe den Briefkasten. Werbebroschüren, eine Gratiszeitung und ein Brief purzelten heraus. Er packte alles in den Papiermüll, bis auf den Brief, den er beim Hinaufgehen öffnete. Schon auf den zweiten Blick erkannte er den Briefkopf der *Westfalen Heim GmbH*, die Eigentümerin des Hauses war.

Er schloss auf, ging hinein, machte Licht und warf den Schlüssel auf den Tisch. Dann entfaltete er den Brief:

Betr: Fällige Modernisierung unserer Wohnimmobilien

Sehr geehrte/r Mieter/in,
wie wir Ihnen schon im August des letzten Jahres mitteilten, beabsichtigt die Westfalen Heim GmbH, den Wohnwert der von Ihnen gemieteten Immobilie zu optimieren und zu diesem Zweck schon bald umfassende Renovierungsmaßnahmen durchzuführen. Wir sind untröstlich, Sie davon in Kenntnis setzen zu müssen, dass aufgrund der erheblichen, vom Eigentümer dafür aufzuwendenden Mittel eine deutliche Mieterhöhung unumgänglich sein wird.

Da im Übrigen die Liste derer, die eine Luxusimmobilie mitten in diesem gleichermaßen pulsierenden wie urigen

Stadtteil Münsters erwerben möchten, schon jetzt lang ist, möchten wir Sie bitten, uns zeitnah mitzuteilen, ob Sie gewillt sind, den künftigen, weit höheren Mietzins begleichen zu wollen. Für diesen Fall benötigen wir aktuelle Einkommensnachweise der letzten drei Monate sowie entsprechende Vermögensnachweise. Wenn Sie es jedoch vorziehen sollten, sich nach einem neuen Zuhause umzusehen, wünschen wir Ihnen schon heute viel Glück bei Ihrer Wohnungssuche!

Für Fragen wenden Sie sich bitte an Herrn Schwarzlappen, Ihren Ansprechpartner bei der Westfalen Heim.

Mit freundlichem Gruß

Das können die doch nicht machen, dachte Bühlow, während ihm gleichzeitig schwante, dass sie es konnten. Er schüttelte den Kopf und warf den Brief auf den Tisch, aber das Papier entfaltete sich trotzig und segelte auf den Boden. Das kam ja wohl einer Kündigung gleich.

»Blöde Scheiße«, zischte Bühlow.

Und als ob das noch nicht reichte, kam dann auch noch ein Anruf.

»Hauptkommissar Bühlow«, meldete sich Bühlow müde.

»Herr Kommissar, wir haben uns noch nicht kennengelernt«, informierte ihn eine schnarrende Altmännerstimme, als wäre allein das Neuigkeit genug, um anzurufen, ohne sich für die späte Störung zu entschuldigen. »Mein Name ist Gonski. Rembert Gonski. Doktor Rembert Gonski.«

»Was kann ich für Sie tun, Doktor?«

Ein krachendes Räuspern schien so laut und direkt in Bühlows Ohr zu explodieren, dass er beinahe das Telefon fallen gelassen hätte. »Ich habe den Vorsitz des Vereins zur Pflege Westfälischen Brauchtums inne, der Ihnen sicher ein Begriff ist. Aber das hier nur am Rande. Sie sollten hier und jetzt nur wissen: Die unglückliche Frau Noll war meine Nichte.«

»Die unglückliche Frau Noll?«, fragte Bühlow nach und bereute es im selben Moment bitter, denn das war genau die falsche Nachfrage.

»Jene Frau, deren tragischen Tod aufzuklären Sie und Ihre Behörde sich zur Aufgabe gemacht haben!«, bellte Gonski entrüstet. »Seit dieser schlimmen Tat muss ich täglich Hanebüchenes in der Presse lesen: Es sei ein bedauernswerter Unfall, ein tödliches Versehen, ein dummer Zufall! Damit muss Schluss sein. Höchste Zeit, dass die würdelosen Spekulationen ein Ende haben und endlich die Wahrheit ans Licht kommt.«

»Genau«, stimmte der Hauptkommissar zu. »Da bin ich ganz bei Ihnen.«

»Der Tourismus mag ja ein hohes Gut sein, und ich als Vertreter des Westfälischen Brauchtums weiß, wovon ich spreche, wenn ich …«

Bühlow wusste es nicht und erfuhr es auch nicht, da in diesem Moment ein langer Güterzug vorbeidonnerte, einer von denen, die kein Ende nehmen und sich auch kein bisschen beeilen. Er ging zum Fenster und schloss es. Das Rattern wurde etwas leiser.

Und ein erneutes, gewehrschussartiges Räuspern kündete davon, dass der Anrufer noch nicht fertig war. »… muss Sie außerdem ersuchen, Herr Kommissar, nicht aus den Augen zu verlieren, dass die Person, die letztlich kaltblütig ermordet wurde, meine bedauernswerte Nichte ist und nicht der Mann oben im Turm.«

»Nun ja, das ist noch nicht hundertprozentig erwiesen«, gab Bühlow vorsichtig zu bedenken.

Gonski schnaufte unwillig. Wenigstens räusperte er sich nicht. »Widersprechen Sie mir ruhig, wenn ich mich irre, aber ihn muss man doch wohl zunächst einmal als Mordwaffe verstehen, meinen Sie nicht?« Er deutete ein verhaltenes Räuspern an, das Bühlow als Warnung auffasste. »Wenn er nicht sogar Mordwaffe und Mörder in Personalunion war. Um zu wissen, dass so etwas keineswegs ungewöhnlich ist, muss man nur den Fernseher einschalten.«

»Das werde ich«, versprach Bühlow.

»Vielleicht ist es ja ein wertvoller Hinweis für Sie, wenn ich Ihnen außerdem mitteile, dass Hiltrud sich in letzter Zeit über einen Stalker beklagt hat.«

»Bestimmt. Wir gehen diesem Hinweis auf jeden Fall nach.«

»Einen Mann, der ihr aufgelauert hat. Und von dem sie noch heute vor einer Woche geglaubt hat, dass er es dabei nicht belassen werde.«

»Nicht?«

»Dass er sich auf sie stürzen wolle. Das waren ihre Worte, Herr Kommissar.«

»Dass er sich auf sie stürzen wolle«, wiederholte Bühlow.

»Und genauso ist es ja dann gekommen.«

»Naja, in gewisser Weise ...«

»Abgesehen davon war ich immer schon der Meinung – und das können Sie gern in meinen zahlreichen Veröffentlichungen nachlesen –, dass es touristisch gesehen keinerlei Sinn ergibt, da oben auf dem Lambertikirchturm einen Verrückten einzusperren. Ich wusste, dass uns das eines Tages auf die Füße fällt.«

6. Kapitel

De Jong hatte seinen ungebetenen Gast im »Gästezimmer« untergebracht. Natürlich gab es auf dem *Alten Mädchen* kein Gästezimmer, er nannte es nur so, dabei diente der enge Raum eigentlich als Rumpelkammer. Der Exkommissar bewahrte dort ein altes Schlauchboot auf, das er beim Kauf schon auf dem Hausboot vorgefunden hatte, diverse Putzutensilien, Regenzeug und ein paar halbleere Farbeimer. Die Kajüte wies ein kleines Bullauge auf, das wenige Zentimeter über Wasserniveau durch eine staubblinde Scheibe auf den Kanal blickte.

Spohn war ziemlich weggetreten, hatte sich wortlos auf der alten, dreiteiligen Schaumstoffmatratze zusammengerollt und losgeschnarcht. De Jong konnte nur hoffen, dass er nicht kotzen musste.

Die Schnarcherei erreichte nämlich schon eine besondere Dimension. Sie brachte das Boot leicht zum Zittern und de Jong hätte gewettet, dass sich das Zittern auch auf dem nachtschwarzen Wasserspiegel des Dortmund-Ems-Kanals abbildete. Die besondere Qualität bestand darin, dass Spohn nicht einfach nur schnarchte. Der Rhythmus des Ein- und Ausatmens folgte einer geradezu opernhaften Dramaturgie: Rasselnd und schnaufend wie eine tonnenschwere Dampflokomotive, die sich mit angezogener Handbremse einen steilen Berg hinaufquält, wurde die Luft schier gewaltsam durch hoffnungslos verstopfte Mund- und Naseneingänge in den Körper gezerrt, Zentimeter für Zentimeter, Millimeter für Millimeter, immer langsamer – bis es irgendwo da drinnen nicht mehr weiterging. Es folgte ein dramatischer Moment atemloser Stille. Und dann – nur den Bruchteil eines Augenblicks, aber eine gefühlte Ewigkeit später, die Zeit für lebensrettende Maßnahmen war fast verstrichen – krachte der Ausatmer los mit der Urgewalt eines ausbrechenden Vulkans, walzte sich einer pyroklastischen Welle gleich durch den gesamten Schiffsrumpf – ein wütendes, alles verzehrendes Strafgericht. Und de Jong lag wach, starrte an die Decke und dachte darüber nach, ob es nicht eine Lösung sei, uneinsichtige Schnarcher auf die Teufelsinsel oder sonst wo hin in den Stillen Ozean zu verbannen, der dann die längste Zeit still gewesen wäre, und wenn schon nicht lebenslang, dann wenigstens nachts.

So viel zu dem Versprechen, dass de Jong Spohns Anwesenheit so gut wie gar nicht bemerken würde.

Gegen acht erklärte de Jong seine Einschlafversuche für gescheitert, duschte und zog sich an. Er machte ein paar besonders schwere Schritte über das Oberdeck.

Von unten keine Reaktion, das Schnarchen hielt unvermindert an. Am Ufer bemerkte de Jong einige Passanten, die sich zum Boot umdrehten, sogar ein Hund war dabei. Und dann war es das Klingeln eines Handys, das den Spuk beendete.

De Jong lief hinunter und fand das Gerät nicht sofort, er erinnerte sich zwar, es irgendwo abgelegt zu haben, aber nicht, wo. Auf der Suche stieß er kurz vor seiner Schlafkoje mit Spohn zusammen.

»Sagen Sie ihr, ich bin nicht da.« Mit dem aschfahlen Gesicht und den Ringen unter den Augen sah der ungebetene Gast gar nicht wie ein Mann aus, sondern eher wie der Geist eines Verstorbenen. »Und wenn doch, sagen Sie ihr, sie soll jemand anderen anrufen.«

Mit einer Handbewegung gebot de Jong ihm zu schweigen, denn er hatte sein Mobiltelefon geortet. Es lag auf dem Boden und war unter einen Schrank gerutscht. Noch bevor er es herausgefischt hatte, verstummte das Klingeln und das Display meldete vorwurfsvoll einen Anruf in Abwesenheit.

Der Geist eines Verstorbenen stand neben ihm und grinste. »Das ist ja ein Ding, dass wir den gleichen Klingelton haben. Ich dachte nämlich, das wäre für mich, sonst wäre ich gar nicht aufgewacht.«

»Ich hoffe, Sie haben nicht so schlecht geschlafen wie alle anderen in mindestens drei Kilometern Umkreis«, knurrte de Jong.

Spohns Gesicht, das allmählich wieder Farbe bekam, verzog sich in Zerknirschung. »Das tut mir so leid, ehrlich! Wenn ich geschnarcht habe – Maybritt hat hin und wieder erwähnt, dass sie es als störend empfinde …«

»Maybritt, Ihre Frau? ›Als störend empfinden‹ war ja wohl eine krasse Untertreibung.«

»Hören Sie zu, Käpt'n …«

»De Jong.«

»Absolut. Ich werde mich revanchieren. Und zwar hier und jetzt. Gibt es hier eine Bäckerei in der Nähe?«

»Nicht nur eine. Ein halbes Dutzend.«

»Also gut: Geben Sie mir nur ein paar Minuten. Zum Aufstehen, Frischmachen und so weiter. Ich mache uns ein Frühstück, das sich sehen lassen kann. Na, wie klingt das für Sie?«

De Jong überlegte noch, wie das klang.

»Doch, das müssen Sie mir erlauben, Herr de Jong. Ich bestehe darauf, mich für Ihre Gastfreundschaft erkenntlich zu zeigen.«

Es klingelte erneut, Spohn machte den Daumen hoch, winkte de Jong zu und verschwand im Gästezimmer.

Der Exkommissar drückte die Verbindungstaste. »De Jong?«

»Hier ist Achim Bühlow, Ihr neuer Kollege. Vielleicht erinnern Sie sich …«

»Ja, natürlich. Außerdem sind wir doch inzwischen beim Du.«

»Es geht um unseren Mordfall. Das heißt, wenn es dann einer ist. Um einen Teilaspekt gewissermaßen.«

»Einen Teilaspekt?«

»Der Tote, ich meine, der Türmer, ist ja vom Turm heruntergefallen, wodurch eine Studentin zu Tode kam.«

»Leider ja.«

»Genau. Und gestern spät abends rief mich ein Dr. Gonski an, der mit der seligen Frau Noll verwandt ist.

Aber nicht nur das. Er ist außerdem Vorsitzender des Vereins zur Pflege Westfälischen Brauchtums. Und er hat mich eindrücklich gebeten, diesen Aspekt der Tat nicht zu vernachlässigen.«

»Welcher Aspekt wäre das?«

Bühlow zögerte, er schien nach den richtigen Worten zu suchen. »Wenn ich ihn richtig verstanden habe, fürchtet er gewissermaßen eine Diskriminierung der Todesfälle. Presse und Mordkommission richten ihr alleiniges Augenmerk auf Schöpping und haken den Tod der Radfahrerin als billigen Unfall ab.«

»Das hat er gesagt? Als billigen Unfall?«

»Nicht mit diesen Worten, aber ...«

»Zieht er etwa ernsthaft in Erwägung, dass der tragische Unfall ein Mord gewesen sein könnte?«

»Nun ja, jedenfalls sprach er davon, dass der Türmer möglicherweise nicht nur Opfer, sondern auch und vor allem Mordwaffe gewesen sei.«

»Sie haben diese These doch hoffentlich ins Reich der Legende verwiesen«, meinte de Jong. »Oder wenigstens in die des Westfälischen Brauchtums.«

Hauptkommissar Achim Bühlow legte eine weitere Denkpause ein. »Frau Noll hatte ein Umfeld«, sagte er dann. »Familie, Freunde und Bekannte. Ich habe ihm zugesagt, dass ich mich umhöre. Nicht dass am Ende dann doch was dran wäre. Obwohl es noch so unwahrscheinlich klingt.«

»Das wäre natürlich ausgesprochen peinlich für die Kripo«, amüsierte sich de Jong. »Ein Desaster.«

»Kann ich Sie um etwas bitten, Herr de Jong?«

»Dich. Kann ich dich bitten, Niklas.«

»Genau. Ralf Schöpping hatte eine eigene Wohnung. Aber er war mit einer Frau namens Ronja Hinsbeck zusammen. Bisher konnte ich sie leider nicht erreichen. Dafür habe ich mich heute um eins mit einem Herrn Ufer verabredet. Er ist Schöppings Vorgesetzter bei der Stadt Münster, Abteilung Münster Marketing. Wenn du das übernehmen könntest, würde ich mich um die andere Sache kümmern.«

De Jong ließ sich mit der Antwort ein bisschen Zeit, die er gar nicht brauchte. Sein Überraschungs-Schweige-Urlaub war gestrichen, also hatte er bis auf Weiteres keine Verpflichtungen. »Also gut«, sagte er. »Gib mir am besten seine Nummer.«

Nachdem der Exkommissar sie notiert hatte, legte er auf und freute sich wenigstens auf das versprochene Frühstück. Er begab sich nach oben aufs Achterdeck, fand dort den leeren Tisch vor. Aber keinerlei Hinweise auf ein in Kürze stattfindendes Frühstück. Eine Weile stand er da, unter dem knallblauen Frühlingshimmel, ließ die sommerliche Luft auf sich wirken und starrte gedankenverloren auf die grünliche Wasseroberfläche des Kanals. Er lauschte den Singvögeln. Zwischen deren liebliche Gesänge mischte sich, noch verhalten zwar, aber schnell lauter werdend, ein unpassender, wenn auch vertrauter Ton. Ein schräger Misston. Das Geräusch einer alten Lokomotive, die gezwungen wurde, mit angezogener Handbremse einen steilen Hügel zu erklimmen. De Jong warf einen Blick über die Reeling und glaubte, die so vertrauten Vibrationen auf der Wasseroberfläche wiederzuerkennen.

* * *

Theobald Ufer von der Stadt Münster, Abteilung Münster Marketing, war ein gut genährter Mittvierziger mit rundem Gesicht, dessen untere Hälfte von einer Kombination aus Backen- und Kinnbart wie von einer säuberlich gestutzten Böschung eingefasst wurde. Er trug ein legeres, hellgraues Jackett und eine Krawatte, die einen Grauton dunkler war. Mit de Jong traf er sich um 12.30 Uhr in der Kantine des Regierungspräsidenten zum Mittagessen. Das Lokal befand sich am Domplatz in der fünften Etage und bescherte ein Sightseeing-Erlebnis der westfälischen Art: den fantastischen Rundblick über die alten Stadthäuser zum intensiven Geruch von Sauerkraut oder Grünkohl mit Pinkel.

Ufer hatte sich Hähnchengeschnetzeltes mit Salzkartoffeln, Gurkensalat, ein Mineralwasser und einen fettarmen Joghurt auf sein Tablett geladen. »Also dann, was halten Sie davon, wenn wir es uns drüben gemütlich machen«, meinte der Beamte und wies mit der Spitze seines rechten Ellbogens auf einen Tisch am Fenster, der gerade frei geworden war. Darauf verbliebene Essensreste und eine Papierserviette kündeten davon, dass hier jemand gesessen hatte, der Sauerkraut dem Hähnchengeschnetzelten vorgezogen hatte.

Ufer band sich eine weiße Serviette um, ergriff Messer und Gabel und wünschte einen guten Appetit. »Eine schlimme Sache«, sagte er dann nach dem dritten Bissen mit vollem Mund, während er seinen Kartoffeln mit dem Salzstreuer zusetzte. »Ich kann es jetzt noch nicht ganz glauben. Und dennoch muss ich sagen: Ich wusste lange Bescheid. Schon beim Einstellungsgespräch stand ihm das ins Gesicht geschrieben.«

»Was?« De Jong, der sich mit einem Kaffee begnügt hatte, hob die Porzellantasse und nippte daran. »Was stand denn da geschrieben?«

»Na, wie man das so sagt: dass dieser Mann nicht einfach war.«

»Nicht einfach?«

»Kompliziert. Ungewöhnlich. Sie wissen schon. Hinsichtlich des Suizides.«

»Sie meinen, da stand geschrieben, dass er Selbstmord begehen wollte?«

»Nein, so würde ich das nicht sagen, gewiss nicht, Herr …«

»De Jong.«

»Ich meine nur: Wenn so etwas dann passiert, dann reimt man sich im Nachhinein so manches zusammen, auf das man vorher gar nicht geachtet hat. Verstehen Sie, was ich meine?«

»Vollkommen«, sagte de Jong. »Aber was den Selbstmord angeht, so können wir von der Kripo das noch nicht bestätigen.« Er hatte nur der Einfachheit halber »Wir von der Kripo« gesagt, obwohl es nicht zutraf.

»Natürlich nicht.« Der Mann vom Münster-Marketing zog die Gabel aus dem Geschnetzelten und wedelte damit. »Sehen Sie, da oben dieser Job ist nicht ohne. Ganz allein auf dem Turm, ohne eine Aufgabe. Ich meine, eine richtige Aufgabe, Arbeit am Computer oder auch Handwerkliches. Von mir aus auch Literarisches. Aber stattdessen einfach nur anwesend sein und in regelmäßigen Abständen in ein Horn blasen …«

»Immerhin«, meinte de Jong.

»Herr Schöpping war jedenfalls ganz wild darauf.« Ufers Gabel deutete auf de Jong. »Sehen Sie, das hätte mich schon misstrauisch machen müssen. Dass jemand sich um diesen Job reißt. Stattdessen habe ich mir gesagt, sei froh, dass du überhaupt jemanden gefunden hast. Ist Ihnen der Film *Psycho* ein Begriff?«

De Jong nickte.

»Bis dahin hatte ich gedacht, einen Türmer zu suchen, das wäre in etwa so, als wollte man die Concierge-Stelle in *Bates Motel* neu besetzen.« Ufer warf einen selbstkritischen Blick auf sein Geschnetzeltes. »Aber davon abgesehen blieben bei mir die Alarmlämpchen aus, auch noch, als er um Arbeitszeitverlängerung ersuchte.«

»Er wollte länger arbeiten?«

»Ja, und zwar ohne Lohnausgleich, stellen Sie sich vor! Warum? Weil Geld ihm nichts bedeute, es sei eher so, dass er in seinem Beruf aufgehe. Also da fragt man sich doch ...«

»Aber Sie haben sich das damals eben nicht gefragt«, vermutete de Jong.

»Schöpping wollte wissen, ob ich etwas dagegen hätte, wenn er nicht nur die normale Arbeitszeit, sondern ganze Abende dort verbringen würde. Auch Vormittage.«

»An Arbeitsmoral hat es ihm also nicht gemangelt?«

»Ich habe mir nichts dabei gedacht, Herr Kommissar. ›Nur zu, wenn Sie wollen‹, habe ich gesagt. ›Ehrgeiz und Tatkraft weiß ich immer zu schätzen. Dass Sie sich nur keinen Turmkoller holen.‹«

»Einen Turmkoller?«

»Naja, Sie wissen schon: Selbstgespräche führen, Stimmen hören, sich Dinge einbilden. So was in der Art.«

»Und dann hat er sich doch einen geholt.«

Theobald Ufers zerknirschtes Gesicht bildete einen fast komischen Kontrast zu seiner übrigen Erscheinung – wie er da saß, die weiße, inzwischen leicht bekleckerte Serviette um den Hals, das Messer in der rechten und die Gabel in der linken Faust. »Aber das war damals nur als Scherz gemeint. Wie sollte ich denn ahnen, dass ...«

»Sicher tragen Sie keine Schuld an dem, was passiert ist.«

»Das sagen Sie so.« Ufer schien trotzdem dankbar für die Absolution und beendete sein Geschnetzeltes mit Salzkartoffeln. Unschlüssig betrachtete er den letzten Gang auf dem Tablett: den fettarmen Joghurt. »Nur als er es dann auf die Körbe abgesehen hatte, da habe ich dann doch so bei mir gedacht, Moment mal, was soll das denn jetzt? Aber man will ja immer das Beste für seine Mitarbeiter, verstehen Sie, was ich meine?«

»Was für Körbe?«

Für einen kurzen Moment blitzte etwas wie Enttäuschung darüber in Ufers Blick auf, dass ein Kripomann so wenig Allgemeinbildung besaß. »Die Täuferkörbe von St. Lamberti«, erklärte er.

»Sie meinen die Käfige, die am Kirchturm hängen?«

Gnädiges Nicken, gepaart mit einem deutlich zurückhaltenden Lächeln. »Nun ja, wir nennen Sie eben nicht Käfige. Schließlich wurden keine wilden Tiere darin gehalten, nicht wahr? Sie enthielten die sterblichen Überreste von Bernd Knipperdolling, Jan Bockelsohn und Bernd Krechting.«

»Die Wiedertäufer«, sagte de Jong und nickte.

»Wir nennen sie eigentlich auch nicht Wiedertäufer«, korrigierte Ufer erneut, und es klang fast so, als wäre ihm selbst peinlich, seine Besserwisserei so wenig im Griff zu haben. »Historisch korrekt ist die Bezeichnung Täufer.«

»Aber was hatte Schöpping damit vor?«

»Wenn ich das wüsste. Er wollte freien Zugang zu den Körben haben. Sie seien ja schließlich Teil des Turms und als Türmer fühle er sich in gewisser Weise auch für sie verantwortlich. Aber das geht natürlich überhaupt nicht, schon aus versicherungstechnischen Gründen.«

»Natürlich. Also haben Sie ihm das untersagt.«

»Allerdings.«

»Andererseits hätten Sie sich natürlich auch fragen können: Wenn das kein Turmkoller ist, was denn dann?«

Ufers Nicken hatte jetzt etwas Kleinlautes. Der Appetit auf seinen fettarmen Joghurt schien ihm vergangen zu sein. Und dann fiel ihm noch etwas ein: »Abgesehen davon wurde mir zugetragen, dass Herr Schöpping einen Gast beherbergen würde. Auch das ist streng untersagt, nicht nur, aber eben auch aus versicherungstechnischen Gründen. Dies wäre sogar ein Grund zur fristlosen Kündigung.«

»Die wollten Sie ihm ersparen?«

»Genau das.«

»Aber eben auch, weil dann die Concierge-Stelle wieder frei gewesen wäre.«

»Die Concierge-Stelle?«

»Von *Bates Motel*.«

Theobald Ufer führte die Serviette zum Mund und legte beides ab zum Zeichen, dass die Unterredung von ihm aus jetzt lange genug gedauert habe.

»Naja«, flachste de Jong, »was rede ich: Jetzt ist sie ja allemal wieder frei, auch ohne fristlose Kündigung, nicht wahr?«

Der Mann von der Stadtverwaltung erhob sich abrupt und griff nach seinem Tablett. »Ich habe ihn darauf angesprochen, und er versicherte mir damals, dass er sich der Bestimmungen jederzeit bewusst sei und niemals auf die Idee komme, einem Gast Zutritt zur Turmstube zu gewähren. Und ich hatte keinerlei Grund, ihm dahingehend zu misstrauen.«

Nachdem er sein schmutziges Geschirr losgeworden war, hatte Ufer es auf einmal eilig. Noch während de Jong einen Platz für seine leere Kaffeetasse suchte, hatte der Marketing-Mann schon den Aufzug abwärts genommen. De Jong entschied sich für die Treppe, blieb nach wenigen Stufen aber wieder stehen, weil ihn ein Anruf erreichte. Es war Bühlow.

»Ich habe gerade mit Frau Hinsbeck gesprochen.«

»Sollte ich die kennen?«

»Die Freundin Schöppings. Genau. Sie zweifelt nicht daran, dass er Selbstmord begangen hat.« Bühlow schien sich endlich damit arrangiert zu haben, dass sein schöner doppelter Mordfall gar keiner war. »Wenn es keiner wäre, würde sie das sehr wundern, hat sie gesagt.«

»Das klingt ja nicht gerade so, als wäre sie am Boden zerstört«, meinte de Jong.

»Das war ja auch nicht sie, sondern Frau Noll«, erklärte der junge Kommissar in einem milden, belehrenden

Ton, sodass de Jong ein paar Sekunden brauchte, um zu begreifen, dass Bühlow das gar nicht als geschmacklosen Scherz gemeint hatte. »Was würden Sie davon halten, wenn wir uns treffen, zusammenwerfen, was wir bis jetzt haben, und überlegen, wie es weitergeht?«

Was de Jong betraf, so war er hochzufrieden, dass der Fall, nachdem er einige hohe Wellen geschlagen hatte, jetzt wieder in sich zusammenfiel. Endlich konnte er sich auf wichtigere Dinge konzentrieren – wie etwa seinen neuesten Plan, Giulia betreffend, den er sich nach der jüngsten Schlappe ausgedacht hatte.

* * *

Mit Bühlow hatte er sich im *Lazaretti* verabredet, einem malerisch an der Aa gelegenen Eiscafé. Der junge Kommissar verspätete sich allerdings. De Jong ergatterte einen Tisch, der die ideale Mischung aus Sonnenschein und Schatten bot, und vertrieb sich die Wartezeit damit, mit dem Stuhl zu schaukeln und einer Gruppe Touristen dabei zuzuschauen, wie sie sich aufmachten, mithilfe ihrer Apps die Stadt zu erkunden. Den Blick ausschließlich auf das Display gerichtet, tappten sie quasi blind wie Maulwürfe am Bordstein entlang, nahmen langsam, aber stetig Kurs von der Überwasserkirche aus in Richtung Domplatz, wobei sie mit ihrem schleppenden Gang ein wenig an Untote erinnerten, die de Jong kürzlich in einer Trash-Serie gesehen hatte. Immerhin schafften sie es aber auf bewundernswerte Weise, nicht ein einziges Mal miteinander zu kollidieren.

»Ich hoffe, Sie warten nicht zu lange.« Bühlow, der wieder etwas gehetzt wirkte, nahm auf dem Stuhl gegenüber Platz.

»Du«, sagte de Jong.

Bühlow griff nach der Menükarte und sah sich die bunten Fotos darauf an. »Das Eis geht heute auf mich.« Er orderte einen Schokobecher.

De Jong bestellte ein Spaghetti-Eis. »Na, was hast du denn so über die selige Frau Noll herausgefunden?«, fragte er neugierig.

Der Hauptkommissar zuckte mit den Schultern. »Leider nichts, was uns so recht weiterhelfen würde. Dass das Fahrrad, mit dem sie unterwegs war, quasi neuwertig war. Sie hatte es erst vor zwei Wochen gekauft.«

»Immerhin«, sagte de Jong. »Man weiß nie, was später noch wichtig sein kann.«

»Dann habe ich noch mit einem gewissen Ken Hackenbeck gesprochen. Er studiert Orientalistik und verdingt sich als Straßenmusiker. Er war mit Frau Noll liiert.«

»Und auch nicht am Boden zerstört, nehme ich an«, witzelte de Jong.

»Naja, genau genommen war er zu diesem Zeitpunkt eben nicht mehr mit ihr liiert. Sie hatten sich an diesem Abend gestritten, weil sie von ihm verlangt habe, hier alles aufzugeben, um mit ihr nach Freiburg zu gehen, weil sie dort studieren wolle. Genau.«

»Was aufzugeben?«

»Die Straßenmusik. Und die Orientalistik. Hätte er gewusst, was passieren würde, hätte er sich natürlich nicht mit ihr gestritten, sagt er.« Bühlow zuckte mit den

Schultern. »Also insgesamt haben meine Nachforschungen nicht viel ergeben.«

»Immerhin«, sagte de Jong. »Jetzt kann sich der Herr vom Westfälischen Brauchtum nicht mehr beschweren.«

Bühlow schüttelte den Kopf. »Dr. Gonski hat mir eine Statistik unter die Nase gehalten: Die Wahrscheinlichkeit, dass jemand, der an einer Kirche vorbeifährt, von einem zufällig vom Turm herabstürzenden Körper erschlagen wird, sei so minimal, dass sie im nicht messbaren Bereich liege.«

De Jong sah dem silbernen Löffel dabei zu, wie er in seinem schmilzenden Spaghetti-Eis versank. »Ja, aber nehmen wir doch mal an«, widersprach er, »jemand plant tatsächlich, auf diese Weise einen anderen Menschen zu töten: Wie groß ist wohl die Wahrscheinlichkeit, dass das beim ersten und einzigen Versuch klappt? Und wer würde das denn überhaupt riskieren?«

Nach dem Eis orderten der Kommissar und der Exkommissar noch einen Kaffee, anschließend – wenngleich ausnahmsweise, was de Jong betraf – noch zwei Grappa. Inzwischen waren sich beide ziemlich einig darin, dass sie es mit einem tragischen Suizid, hervorgerufen oder mitverursacht durch einen Turmkoller, in Tatfolge mit einem um noch einiges tragischeren Unfall zu tun hatten. Dies bedeutete auch, dass ihre kurze Zusammenarbeit schon beendet war.

De Jong wünschte dem Jüngeren, dass er es möglichst bald mit einem echten Mordfall mit allen Schikanen zu tun bekomme, der sich in jeder Hinsicht sehen lassen konnte, und Bühlow seinerseits wurde nicht müde zu betonen, wie viel er in der wenn auch kurzen Zeit von de

Jong gelernt und von dessen Erfahrung profitiert habe. Schließlich winkte er die Kellnerin heran, um zu bezahlen, und de Jong bestand darauf, wenigstens die Grappas zu übernehmen.

Da vibrierte Bühlows Smartphone, das auf dem Tisch lag. Der Hauptkommissar meldete sich mit: »Ja?«

Nach einem kurzen Moment folgte noch ein Ja, allerdings nicht mehr in Frageform, dann ein »ach so« und schließlich ein alles andere als freudig überraschtes: »Tja, das ist wirklich eine Neuigkeit. Haben Sie vielen Dank.« Bühlow tippte auf *Beenden* und legte das Gerät zurück auf den Tisch. »Das war Laura Hattkämper, die Rechtsmedizinerin. Die Obduktion der Leiche Schöppings gestaltete sich mühsam, da die durch den Sturz hervorgerufenen Verletzungen erheblich waren. Und trotzdem ...« Bühlow legte eine Pause ein, die de Jong irgendwie nichts Gutes ahnen ließ, und füllte sie obendrein mit einem leisen Seufzer.

»Trotzdem was?«

»Trotzdem hat Dr. Hattkämper einige Verletzungen gefunden, die nicht durch den Sturz verursacht wurden, sondern dem Opfer bereits vorher beigebracht worden sein müssen. Eine Verletzung am Hinterkopf, eine Schürfwunde, die ihrer Meinung nach auf einen Kampf hindeutet, dann noch Kratzspuren an den Schultern und ein Hämatom unterhalb des linken Ohrläppchens, das auf einen Faustschlag hinweist ...«

»Woraus sie was schließt?«, unterbrach de Jong ungeduldig und mit ungutem Gefühl.

»Doktor Hattkämper ist sich zu achtundneunzig Prozent sicher, dass wir es nicht mit einem Suizid zu tun haben. Es war Mord.«

7. Kapitel

De Jong musste das erst mal verdauen. Natürlich konnte er sich auf den Standpunkt stellen: Selbstmord oder Mord – das ist ja eh nicht mehr meine Baustelle. Aber irgendwie schien sein junger Würde-gern-Kollege auf seine Unterstützung zu zählen, und de Jong, nicht nur wegen des spendierten Spaghetti-Eises, fühlte sich dem Jungen im Wort. Schließlich hatte er ihm gerade eben noch einen echten Mordfall gewünscht. Wollte er jetzt aussteigen, nachdem der Wunsch in Erfüllung gegangen war?

Vom Hausboot her wehte eine scharfe, leicht essiglastige Brise, die de Jong schon wahrnahm, als er noch über hundert Meter vom *Alten Mädchen* entfernt war. Der Grund dafür war, wie sich herausstellte, dass sein Logiergast in der Zwischenzeit das Deck geschrubbt hatte, um sich »für alles zu revanchieren«, wie er es nannte, und ein wenig nützlich zu machen. Dummerweise hatte er sich im Putzmittel vergriffen und statt der biologischen Holzpflege den Kloreiniger in den Eimer gekippt.

»Aber das ist noch nicht alles«, deklamierte er geheimnisvoll, verschanzte sich dann für über eine Stunde in der Küche und verwehrte Jong den Zutritt, dem nichts anderes übrigblieb, als so lange am Bug auf und ab zu gehen.

Endlich wurde er zu Tisch gebeten. Bei Kerzenlicht wartete auf dem Achterdeck ein Gourmet-Menü mit fünf Gängen, mit zartem Braten, grünem Salat, gehackten Schalotten, Rotweinsoße und pochierten Pfifferlingen.

»Das haben Sie alles gekocht?«, staunte der Exkommissar.

»Nicht gekocht. Gezaubert. Kreiert.« Spohn war nicht mehr wiederzuerkennen. Der lebensmüde Besoffene der vergangenen Nacht hatte sich in einen smarten, jungen Kerl verwandelt, der sich in Sternekoch-Manier eins von de Jongs Handtüchern als Küchenschürze umgebunden hatte. »Greifen Sie zu, Herr de Jong. Sie haben einem Menschen in Not geholfen.« In einer Geste universaler Dankbarkeit breitete Spohn die Arme aus. »Und das soll Ihr Lohn sein.«

De Jong griff zu, wenn er sich auch beim Hauptgang zurückhielt: Sauerbraten im Teigmantel an Rosenkohl-Püree war nicht sein Ding.

»Im Internet findest du alles, wonach dir der Sinn steht«, schwärmte Spohn mit vollem Mund, und der Überschwang ließ ihn zum Du übergehen. »Rotbarsch an geraspelter Schokolade, gefüllt mit Griespudding – nur als Beispiel. Hirschlasagne, überbacken mit Harzer Roller. Du gibst es nur ein und schon kriegst du bergeweise Rezepte.«

De Jong genoss den teuren Rotwein und war dankbar, dass sein Gast sich bei der Auswahl aus dem allwissenden Internet auf halbwegs genießbare Gerichte beschränkt hatte. Alles in allem war es doch ein angenehmer Abend. Warum hatte er nicht öfters Gäste, fragte er sich im Stillen, und als hätte Spohn das gehört, kam er endlich mit dem um die Ecke, was wohl von Anfang an Zweck der feierlichen Inszenierung gewesen war: »Ich hab mich gefragt, ob Sie wohl was dagegen hätten, wenn ich noch eine Nacht bleibe. Oder sagen wir zwei.« Seine Hand schnellte nach oben wie ein Stoppschild. »Sagen Sie erst mal nichts, überlegen Sie es sich in aller Ruhe. Ich weiß, das ist viel verlangt. Aber Sie würden meine Anwesenheit gar nicht bemerken.«

»Darauf wette ich«, meinte de Jong skeptisch.

Sein Gegenüber überhörte die Ironie. Und dass de Jong sich das in aller Ruhe überlegen sollte, war wohl auch nicht so ernst gemeint. »Also, was sagen Sie?«, fragte Spohn schon ungeduldig, sobald er Wein nachgegossen hatte.

»Zwei Tage und das war's?«

»Exakt. Naja, sagen wir allerhöchstens eine Woche, nicht mehr.«

»Eine Woche? Ausgeschlossen.«

Zuerst sah Spohn so aus, als hätte er sich das schon so gedacht. Dann schüttelte er fassungslos den Kopf. »Sie wollen mich also von heute auf morgen rausschmeißen?«

»So in etwa.«

»Aber das geht nicht.«

»Und wieso nicht?«

»Weil mir hier etwas klar geworden ist. Etwas Wichtiges.«

»Und das wäre?«

Konrad Spohn, der angeblich Obdachlose, malte mit seiner Gabel in den Soßenrest auf seinem Teller ein Gesicht. »Wissen Sie, da, wo ich wohne, da gibt's alles. Du hast beheizten Fußboden, selbstreinigendes Klo, Badewanne mit Internetzugang. Alles in der besten Wohnlage, grün und trotzdem citynah. So richtig luxuriös, nicht so eine Bruchbude wie das hier.«

»Danke sehr«, sagte de Jong.

Die Gabel kam hoch und verharrte in der Luft wie der Stab eines Dirigenten. »Aber dann, eines Tages, wird dir klar, dass du das alles gar nicht brauchst. Diesen ganzen Scheiß. Den verschwenderischen Luxus genauso wenig wie die armselige Protzerei. Weil du nämlich etwas anderes willst, verstehst du?«

»Nein«, sagte de Jong. »Wovon reden Sie überhaupt?«

»Das weiß ich doch noch nicht genau. Nur, dass jetzt so etwas ansteht. Absolut. In meinem Leben, meine ich.«

»Und deshalb wollen Sie hier wohnen?« Für de Jong war die Sache eigentlich ausgemacht: Wer sein Hausboot als Bruchbude beschimpfte, hatte alles Recht auf Asyl verwirkt. »Das ist doch nicht Ihr Ernst.«

Spohn holte Luft für eine Antwort, hielt die aber plötzlich an und blickte auf seine teure Armbanduhr. Was er dort sah, schien ihm einen Schock zu versetzen: »Was, schon so spät?« Er gähnte. »Tut mir leid, ich hab die Zeit völlig vergessen. Wissen Sie was: Ich hau mich hin, und wir reden morgen weiter, okay?«

De Jong kam nicht dazu zu sagen, was er davon hielt; zwei Sekunden, nicht mehr, da war sein Gast schon unter Deck verschwunden. Hielt der ihn eigentlich für bescheuert, fragte sich der Exkommissar, den nichts davon abhalten konnte, hinunterzugehen und den Kerl achtkantig von Bord zu werfen. Stattdessen blieb er aber sitzen und schüttelte den Kopf.

Und das war eben auch noch nicht alles.

So etwa zehn Minuten hörte de Jong den Stadtgeräuschen zu und verlangte seinen Geruchsrezeptoren alles ab, um die reine, frische Nachtluft einzuatmen, die sich allmählich hinter dem beißenden Kloreinigergeruch hervorwagte. Danach wollte er die Küche betreten – nur um die gebrauchten Teller und Gläser in die Spüle zu stellen. Aber er fand die Küche nicht mehr wieder, weil sie begraben war unter einem Gebirge aus benutztem Geschirr, klebrigen Töpfen, Tellern und Schüsseln und halb verkohlten Pfannen. Auf den zahlreichen und mit vielfarbigen Soßenklecksen gesprenkelten Hochebenen des Gebirges und in den Tälern zu seinen Füßen erstreckten sich ausgedehnte Rotwein- und Olivenölpfützen, obendrein adernförmige Rinnsale aus etwas, das flüssig gewesen und dann erkaltet war. Dazwischen, wie verendetes Wild, Pfifferlingreste und zertretene Schalotten. Eine gleichermaßen faszinierende wie Furcht einflößende Welt.

Da stand de Jong in der Tür, und hinter ihm kündeten die ersten Geräusche davon, dass sich das Schnarchorchester warmspielte. Seufzend überließ er den Geschirrberg seinem Schicksal, begab sich in seine Schlafkammer und zog das Kissen über den Kopf.

Sein letzter Gedanke, bevor er in einen flachen Halbschlaf hinüberdämmerte, galt dem Kielholen, wobei ihn nicht die moralische Fragwürdigkeit jener archaischen Strafmethode interessierte, sondern die technische Machbarkeit: Ließ sich so etwas auch auf einem Hausboot auf dem Dortmund-Ems-Kanal bewerkstelligen?

* * *

Als er am nächsten Morgen gegen acht aufwachte, herrschte idyllische Stille. Auf Deck flatterte ein Zettel, den sein Gast vermutlich auf dem Tisch hinterlassen hatte:

Bin joggen. Warten Sie nicht mit dem Frühstück
Konrad S.
PS: keine Sorge, um die Küche kümmere ich mich schon
noch.

De Jong hob den Zettel auf und holte sich einen Kugelschreiber. *Kümmern reicht nicht*, kritzelte er unter die Nachricht. *Sie müssen renovieren, anderenfalls können Sie gleich nach Hause joggen. Aber schönen Dank für das leckere Abendessen, de Jong.*

Zu seinen aktiven Zeiten hatte der Exkommissar sich viel auf seine kriminalistische Intuition eingebildet. Er war kein begabter Spurenleser, auch das mathematisch genaue Kombinieren lag ihm nicht so. Wenn er mit irgendetwas glänzen wollte, war ihm immer nur die Intuition geblieben. In den meisten Fällen bedeutete das, spontanen Ideen zu folgen, momentanen Eindrücken

Beachtung zu schenken und zu hoffen, dass das zu irgendetwas führt. In diesem speziellen Fall war ihm eine Bemerkung Bühlows im Gedächtnis geblieben. Sie betraf eine gewisse Frau Hinsbeck, die Freundin des ermordeten Türmers: Wenn es kein Selbstmord wäre, würde sie das sehr wundern, hatte sie gesagt.

Na und?, dachte er. Sie hatte sich sein Ableben eben anders vorgestellt. So was gab's.

Trotzdem, beharrte die Intuition. Wenn die Polizei bei dir aufkreuzen und dir mitteilen würde, dass deine Freundin von einem Bus überfahren wurde, würdest du dann antworten: Och, das hatte ich jetzt aber gar nicht erwartet? – Da stimmte doch was nicht.

Und das war der Vergleich, dachte de Jong, der hinkte nämlich hinten und vorn. Trotzdem besorgte er sich von Bühlow Frau Hinsbecks Nummer.

»Ach ja«, sagte der junge Kommissar bei der Gelegenheit, »erinnern Sie sich noch an das Rezept, das bei dem Toten gefunden wurde?«

De Jong wollte sich schon ärgern, aber Bühlow kam selbst drauf: »Ich meine du«, verbesserte er sich.

»Das Rezept eines Augenarztes.«

»Was ist denn damit?«

»Ich hab's mir noch mal angesehen. Es steht gar nichts drauf. Kein Medikament oder so. Keine krakelige Arztunterschrift. Es ist nur das Formular.«

»Tja, da haben wir Pech«, sagte de Jong. »Aber Sehschwäche als Todesursache scheidet ja wohl aus.« Er legte auf, rief Ronja Hinsbeck an und verabredete sich mit ihr in den Redaktionsräumen des *Westfalian Observer*; das war das Blatt, für das sie arbeitete.

* * *

Auf dem Weg dorthin machte er im Hansaviertel halt. Früher war das eine ideale Wohngegend für Studenten gewesen, die billigen Wohnraum zu schätzen wussten, für WGs, denen es nichts ausmachte, bei halbwegs bezahlbaren Mieten in renovierungsbedürftigen Altbauten zu hausen. Die Veredelung des Hafens zur hippen Ausgehmeile der Stadt aber hatte eine Wende eingeleitet. Der neue Kreativkai lockte allerlei Künstler, aber auch solche, die sich nur vage für Kreativität interessierten, aus ganz Westfalen an, und für die sah das Viertel nicht renovierungsbedürftig, sondern richtig urig aus. Uriges aber hatte immer schon alle Hippen angezogen, vor allem junge Leute mit reichen Eltern, die es für ihre geliebten Zöglinge gern auch etwas teurer hatten. Und so war schon abzusehen, wie es kommen würde: Am Ende blieben die Hippen unter sich und sahen zu, wie sich all das Urige, das sie hergelockt hatte, vor ihren Augen in luxussanierte und toprenovierte Ödnis verwandelte.

Natürlich gab es immer noch die verkorksten Hinterhöfe und die Nischen mit renovierungsbedürftigen Altbauten. In einem von ihnen hatte Ralf Schöpping, der Türmer von Münster, gewohnt, im Erdgeschoss eines vierstöckigen Miethauses mit wenig uriger, dafür altersfleckiger Fassade. Sein Name stand in vergilbter Schrift neben einer von acht Klingeln.

Frau Breitschuh, die Vermieterin, öffnete de Jong. Sie war eine kompakte Mittsechzigerin mit einer Vorliebe für großblumig gemusterte Textilien, die den Exkommissar misstrauisch fixierte.

»Ja, was wollen Sie denn wissen?«, fragte sie, nachdem de Jong sein Anliegen vorgebracht hatte. »Ich kannte den Mann doch gar nicht.«

»Aber er hat bei Ihnen gewohnt.«

Die alte Dame nickte. »Ja, hin und wieder. Meistens war er nicht da, wissen Sie? Aber die Miete hat er immer pünktlich bezahlt.«

»Darf ich die Wohnung sehen?«

Von Wohnung konnte eigentlich nicht die Rede sein. Es gab ein winziges Zimmer mit einem kleinen Klappfenster, das auf einen schmucklosen Garageninnenhof blickte, und ein Badeklo, das über keine Lüftung verfügte. Ein feuchter Muff mischte sich mit dem Geruch von Zwiebeln und Rotkohl, der aus der Vermieterküche herüberwehte – Frau Breitschuh speiste offenbar gerne deftig.

»Hier hat er also gewohnt«, sagte de Jong und nahm selbst wahr, wie in seiner Stimme etwas wie Bewunderung für eine außergewöhnliche Leistung mitschwang, als schaute er die Eiger Nordwand hinauf, und fügte hinzu: Hier ist er also hochgeklettert.

»Naja, er war ein ruhiger Mieter, der Herr Schöpping. Eigentlich nur zu empfehlen. Keine Feste, keinen Lärm. Und keinen Damenbesuch – aber das war ja wohl selbstverständlich.«

Unter dem Klappfenster befand sich ein schmaler Schreibtisch, der Schöpping offenbar als Ablage gedient hatte. Auf der Tischplatte lagen, sorgfältig zusammengefaltet, zwei Tageszeitungen. De Jong entfaltete die zuoberst liegende. *Nevinghoff:* »*Die MPB verbreitet Terror*«, lautete die Titelgeschichte, die der zweiten: *Die Schneekönigin von Münster und ihr geheimes Imperium.*

Hinter de Jong räusperte sich Frau Breitschuh. »In einer Viertelstunde kämen dann zwei Studenten, die sich die Wohnung ansehen möchten«, drängte sie.

»Gleich zwei?«, wunderte sich de Jong und ging an einer Art Schuhregal in die Hocke, das sich neben dem Bett an die Wand schmiegte. Es enthielt aber keine Schuhe, sondern Zeitungen. Stapelweise. De Jong zog einige heraus. Es waren keine vollständigen Ausgaben, sondern nur einzelne Seiten, denen eins gemeinsam war: Sie enthielten Artikel über Kira Nevinghoff, die Schneekönigin von Münster.

»Warum nicht? Ich habe nichts gegen WGs. Solange sie mir unterschreiben, dass sie keine Feste feiern.« Frau Breitschuh räusperte sich erneut.

»Wissen Sie vielleicht, ob er irgendwas mit dieser Frau Nevinghoff zu tun hatte?«

Die Vermieterin schüttelte energisch den Kopf. »Wie gesagt: kein Damenbesuch.«

»Und was ist mit seiner Freundin? War sie nicht eine Ausnahme?«

»Welche Freundin?«, verlangte Frau Breitschuh mit schneidender Stimme zu wissen. »Davon weiß ich nichts. Er hat mir unterschrieben, dass er keine hat.« Sie drängelte. »Also, wenn sonst nichts mehr ist ...«

Beim Hinausgehen kamen de Jong zwei bärtige Jungs entgegen, die ihn neugierig musterten, als sie ihn aus Frau Breitschuhs Wohnungstür treten sahen. »Hast du schon unterschrieben?«, fragte der eine.

»Nee«, sagte de Jong. »Ich kauf mir lieber einen Kleiderschrank. Der kostet nicht so viel, außerdem hast du mehr Platz.«

8. Kapitel

Ronja Hinsbeck war eine zierliche, schlanke Frau Anfang vierzig. Sie hatte ein auffällig helles Lächeln, wie de Jong fand, das ihre Gesellschaft sehr angenehm machte. Die Zeitung, für die sie arbeitete, war ein Online-Magazin, und die Redaktion bestand aus nur zwei Schreibtischen mit Computern in einem Büro, das der *Westfalian Observer* sich mit einer Werbeagentur teilte. Das Büro befand sich mitten in der City, man blickte aus dem Fenster auf die städtischen Bühnen gleich gegenüber.

Den Grund für ihre vermeintlich herzlose Reaktion auf den Tod ihres Lebensgefährten erfuhr de Jong schnell: Ralf Schöpping war schon seit fünf Jahren nicht mehr mit ihr liiert gewesen. Anlass für die Trennung sei seine zunehmend pessimistische und schwarzseherische Art gewesen.

»Die, wie Sie vermuteten, auch zu dem Entschluss führte, sich das Leben zu nehmen?«, sagte de Jong.

Ronja Hinsbeck trug ihr blondes Haar kurz. Ihre Bluse war zitronenfarben wie auch der Rock, der ebenfalls ziemlich kurz ausfiel. »Wir hatten schon seit einiger Zeit keinen Kontakt mehr«, erzählte sie. »Nur hin und wieder. Erst hatte er dieses winzige Zimmer im Hansaviertel. Und dann hat er mir von Lamberti vorgeschwärmt und welch einzigartige Aura der Kirchturm ausstrahle.«

»Er hat den Job also gern gemacht?«

»Wenn Sie von Job reden wollen.«

»Er war so eine Art Glöckner oder so?«

»Falsch. Glöckner waren früher für das Geläut zuständig. Der Türmer hielt nach Feinden oder Feuersbrünsten Ausschau. Heutzutage ist er eine Sehenswürdigkeit, nichts weiter. Die Touristen fotografieren ihn und winken ihm zu. Füttern verboten. Das funktioniert so ähnlich wie beim Rattenfänger von Hameln, den Kölner Heinzelmännchen oder Queen Mum.«

»Abgesehen von der pessimistischen und schwarzseherischen Art«, meinte de Jong.

Sie nickte. »Die hat er da oben wohl kultiviert. Und es kam dann noch so ein rechthaberischer Zug dazu. Er weigerte sich, andere Meinungen gelten zu lassen. Das habe ich früher nie an ihm bemerkt.«

»Wie lange kannten Sie sich denn?«

»Wir haben uns kennengelernt …«, Frau Hinsbeck überlegte, »vor einer Ewigkeit. Ralf war gerade von Osnabrück hergezogen und wollte einen Verlag gründen, um seine Werke herauszubringen. Ich war damals noch im Volontariat bei *Antenne Münster* und fasziniert, einen echten Schriftsteller kennenzulernen.«

»Er hat Werke verfasst?«

»Skandale der Geschichte – das war sein Thema. Er plante, ein Buch zu schreiben, worin er beweisen wollte, dass die Aburteilung und Hinrichtung der Wiedertäufer nach neuesten Erkenntnissen ein krasser Justizskandal gewesen seien. Aber ich glaube, daraus ist nie etwas geworden.«

»Und aus dem Verlag?«

»Ist ein Hirngespinst geblieben.«

Ronja Hinsbeck stand auf, und ein zitroniges Parfüm umwehte de Jongs Nase. Sie trat an ein Wandregal, auf dessen Brettern sich Zeitungen stapelten, stellte sich auf die Zehenspitzen und nahm etwas vom obersten Brett, das sie de Jong reichte. Es war eine abgegriffene, rote Kladde im DIN-A4-Format. »Wenn es Sie interessiert, hier drin sind noch mehr Sachen, die er geschrieben hat«, sagte sie. »So eine Art Tagebuch, glaube ich. Ich hab es aber nie gelesen.«

»Darf ich sie mir ausleihen?«, fragte de Jong, während er die Seiten durchblätterte. Sie waren liniert und mit einer krakeligen Handschrift beschrieben, die klein und schlecht zu entziffern war.

Frau Hinsbeck nickte. »Ich wünsche Ihnen viel Spaß bei der Lektüre.« Ihr Handy, das auf dem Schreibtisch lag, brummte und bewegte sich einen Millimeter seitwärts. Sie griff danach und wischte mit dem Daumen über das Display.

»Ich hätte noch eine Frage«, sagte de Jong, der befürchtete, dass das Gespräch gleich zu Ende sein würde. »In seiner Wohnung – naja, sagen wir Unterschlupf – habe ich stapelweise Zeitungen gefunden. Und die Artikel darin hatten so gut wie alle etwas mit einer gewissen Frau Nevinghoff zu tun.«

»Ach das«, meinte Frau Hinsbeck. »Wissen Sie, wer das ist?«

»Die Schneekönigin aus dem Märchen. Soviel ich weiß, ging es damals um Mietwucher und überteuerte Luxussanierungen. Aber das Meiste ist an mir vorbeigegangen. Wir hatten während dieser Zeit eine Mordserie, die uns voll und ganz gefordert hat.«

»Kira Nevinghoff ist eine prominente Springreiterin. Es gab Zeiten, da war sie die absolute Nummer eins. Sie kommt aus den besten Verhältnissen, wie man so sagt, und besitzt in Münster etliche Häuser. Damals, vor etwa fünf Jahren, wohnten wir in einem. Sie wollte es kernsanieren und Wohnungen für den gehobenen Bedarf schaffen. Und das rief den Commandante auf den Plan.«

»Aber der ist doch schon lange tot?«

»Einen Moment.« Frau Hinsbeck erhob sich erneut und wandte sich ihrem Schreibtisch zu. Sie zog Schubladen auf und kramte darin herum. »Er gründete damals die Kampagne für Proletarifizierung, als Gegenbewegung zur Gentrifizierung. Sie besetzten unser Haus und verbarrikadierten sich. Nach zwei Wochen wurde dann doch geräumt und luxussaniert, aber Frau Nevinghoff hat einen Preis dafür zahlen müssen. Nach dieser Aktion war sie die Schneekönigin. Ronny ist es zu verdanken, dass man die Frau nicht nur mit dem Turnier der Sieger, sondern vor allem mit rücksichtsloser Gentrifizierung in Verbindung bringt.«

Frau Hinsbecks Kopf tauchte aus dem Schubladeninneren des Schreibtischs auf. Als sie wieder de Jong gegenüber Platz nahm, hielt sie einen Bilderrahmen in der Hand und zeigte ihn de Jong. Auf dem Foto sah man zwei Männer, Arm in Arm, die die Fäuste in die Luft reckten: auf der linken Seite erkannte de Jong Ralf Schöpping. Der andere war größer und kräftiger von Statur, trug das Haar lang und einen Bart, den er sich gut bei Ernesto Guevara abgeguckt haben konnte.

»Das ist der Commandante, nehme ich an«, sagte de Jong.

»Mit bürgerlichem Namen heißt er Ronald Langhorn. Übrigens haben wir ein Interview mit ihm in unserer aktuellen Ausgabe.«

»Die beiden scheinen gute Freunde gewesen zu sein.«

»Für eine gewisse Zeit vielleicht.« Die Journalistin zuckte mit den Schultern. »Ich würde aber eher sagen, sie waren so was wie Kampfgefährten für die gemeinsame Sache.« Sie warf noch einen Blick auf das Foto und stellte es auf den Schreibtisch. »Ich hatte damals den Eindruck, dass Ralf den Commandante bewundert hat. Er wäre gern so wie er gewesen.«

»Einer, den alle bewundern.«

»So in etwa.«

»Wie ist es damals weitergegangen?«

»Wir haben eine neue Wohnung gesucht, aber keine gefunden. Dann bekam Ralf den Türmerjob. Er zog ins Hansaviertel und ich in den Süden.«

»Sie beide haben sich damals getrennt?«

Sie nickte. »Das kam nicht über Nacht. Ralf war eben kein einfacher Mensch.«

Der Anrufer versuchte es erneut. De Jong bildete sich ein, dass das Smartphone ungeduldiger als zuvor auf der Schreibtischplatte hin und her rutschte. Ronja griff nach dem Gerät. »Tut mir leid«, sagte sie, »aber ich habe eigentlich seit fünf Minuten einen Termin ...«

»Bin schon weg«, sagte de Jong, stand auf und ging zur Tür. Blieb abrupt stehen und hob den Arm. »Noch eine allerletzte Frage«, sagte er und wurde sich plötzlich bewusst, wie columbohaft er sich benahm. »Wissen Sie zufällig, ob Herr Schöpping eine Sehschwäche hatte? Wo er doch weder Brille noch Kontaktlinsen trug.«

Sie sah de Jong fragend an. »Nicht, dass ich wüsste«, meinte sie. »Warum fragen Sie?«

»Wir haben in seiner Tasche das Rezeptformular eines Augenarztes gefunden.«

»Nein«, wiederholte Ronja Hinsbeck. »Aber was weiß ich schon? Wir waren seit fünf Jahren getrennt. Und jünger ist keiner geworden.«

De Jong ließ die Gelegenheit zu einem platten Kompliment verstreichen. »So viel steht schon mal fest«, sagte er und verabschiedete sich.

9. Kapitel

Am Nachmittag wurde es noch wärmer, das Klima nahm fast mediterrane Züge an. Kein Lüftchen wehte, der Dortmund-Ems-Kanal war eine spiegelglatte Fläche, die nur selten von Sportpaddlern zerschnitten wurde. An den grasbewachsenen Ufern weiter südlich herrschten Freibadverhältnisse.

Das *Alte Mädchen* lag in siesta-hafter Stille da. Spohn war immer noch joggen, vermutete de Jong, da er kein Schnarchen hörte. Vielleicht hatte er sich auch verirrt oder sich durch die Lauferei in der Hitze einen Sonnenstich zugezogen und lag irgendwo in einer Notfallambulanz. Der Notizzettel befand sich jedenfalls immer noch an seinem Platz.

De Jong beschloss, die versaute Küche erst mal als gesperrte Zone zu betrachten. Vielleicht würde er für die Sanierung die Hilfe einer Firma für Tatortreinigung in Anspruch nehmen müssen, aber das verschob er auf später. Er machte einen Bogen um die Sperrzone, holte seinen Computer an Deck und schaltete ihn ein. Er gab *Westfalian Observer* ein. Neben dem Leitartikel mit dem Titel *Politikmüdigkeit und wie man sich wachhält*, bot die aktuelle Ausgabe des Online-Magazins Diverses zum Anklicken an: Innenpolitik, Außenpolitik, Europapolitik. Es gab auch eine Buchbesprechung und eine Sparte *Praktische Tipps zu Fitness und Gesundheit*: *Orgasmus beim Radfahren – wie funktioniert das?* Die Sportseite beschäftigte sich mit dem immer gleichen Thema: *Die Preußen im Abstiegskampf*. Zum Schluss noch das Interview aus der Reihe *Münsteraner Köpfe*. Diesmal mit Ronald Langhorn alias der Commandante.

Langhorn äußerte sich darin zu seinem Verhältnis zu der Stadt, die er früher auf politischer Ebene mitgeprägt habe. Er beschwor die Zeiten der Proletarifizierung und betonte, dass sie immer noch unverzichtbar sei in Zeiten skrupelloser Gentrifizierung. Man müsse sich nur mal vorstellen, wie es hier in zehn Jahren aussehen würde, wenn die momentane Entwicklung so weitergehe: Eine Stadt voller Gutbetuchter, aus der jedes Leben gewichen sei. Keine Kioske, keine Pommesbuden mehr, nur Boutiquen, Lifestyle-Läden und Marmeladenmanufakturen. Ein Biotop selbstverliebter Egomanen, die Biokisten abonnierten und ihre Kinder mit dem SUV zum Flötenunterricht kutschierten. Ein soziales Pulverfass.

De Jong las ziemlich schnell darüber weg und hielt wieder an, als er den Namen Schöpping las. Also doch, dachte er. Aber das Statement des Commandante war nur die übliche Betroffenheitstheatralik. Er habe mit dem Türmer Seite an Seite gekämpft und sei deshalb mehr als bestürzt über seinen tragischen Tod. Weshalb er sogar daran gedacht habe, ihm sein neues Buch, das in den nächsten Tagen auf den Markt kommen werde, zu widmen. Und dann natürlich auch ...

»Hey, wieder zurück an Bord, Käpt'n?«

De Jong erschreckte sich zu Tode. Hinter ihm stand Spohn, wie aus dem Nichts aufgetaucht, schwitzend und grinsend.

»Wo kommen Sie denn her?«

»Hab dir doch gesagt, du merkst nichts davon, dass ich da bin.« Der Übernachtungsgast hielt zwei vollbepackte Plastiksäcke hoch, die er in den Händen hielt. »Hab die Küche renoviert. Wie abgemacht.«

»Und was ist mit dem Joggen?«

Spohn zuckte mit den Achseln und machte sich mit den Säcken auf den Weg aufs Festland. »Sport ist nicht so mein Ding«, meinte er. Dann drehte er sich noch mal um. »Also was ist? Noch mal drüber nachgedacht?«

De Jong, immer noch perplex, zog die Schultern hoch. Insgeheim hoffte er auf ein weiteres leckeres Abendessen. »Eine Nacht wird schon noch gehen.«

Spohn stellte den Sack in der rechten Hand auf dem Boden ab, hob den Arm und salutierte breit grinsend. »Aye, Sir!« Dann schnappte er sich die Tüte und setzte seinen Weg in Richtung Mülltonne fort.

De Jong wandte sich wieder dem Computer zu und gab Langhorns Namen in die Suchleiste ein. Er bekam jede Menge Meldungen aus den Medien über das Wirken des Commandante, aber nicht das, was er suchte: eine Telefonnummer. Für einen Moment erwog er sogar, im Telefonbuch nachzuschauen, verwarf die Idee aber gleich wieder: Wer stand denn heutzutage noch im

Telefonbuch? Also kehrte er zu einer Meldung im Internet zurück, die sich mit Langhorns neuem Buch beschäftigte, das im *Antifada-Verlag* erschienen war. Der hatte eine Website mit Telefonnummer. Und dort bekam er die Nummer des Commandante schließlich, nachdem er sich überzeugend als Sympathisant präsentiert hatte.

Langhorn, der sich mit einer näselnden Stimme meldete, willigte recht schnell in ein Treffen ein. Sie verabredeten sich für 17.00 Uhr im *Guantanamera*.

* * *

Das war eine Szenekneipe – eigentlich eher eine Kellerwohnung, die man vor sehr langer Zeit gastronomisch umgerüstet hatte. Ganz in der Nähe des Bahnhofs gelegen, so gut wie ohne Tageslicht, vollgestopft mit sepiafarbenen Fotos hinter Glas, auf denen Fidel Castro, Che Guevara, General Sandino und andere vollbärtige Revolutionärs-Ikonen aus ferner Vergangenheit grinsten. Ein Wasserschaden, der ebenfalls vor langer Zeit, möglicherweise während der Kubakrise, der Räumlichkeit zu schaffen gemacht hatte, verlieh ihr noch heute, vermischt mit Biergeruch und schon lange erkaltetem Tabakrauch, ihr unverwechselbares Aroma.

Trotz Vollbart sah man Langhorn an, dass er die goldenen Zeiten der Revolution nicht miterlebt hatte. Nicht nur, weil er eindeutig jünger war – de Jong schätzte ihn auf Ende vierzig –, sondern auch, weil der Rest seines Outfits eher bourgeois als altrevolutionär war: langes Haar, zum Pferdeschwanz gebunden, Seiden-T-Shirt und ein winziges Tatoo auf dem linken Oberarm – das passte nicht so recht in den spätrevolutionären Muff des *Guantanamera*.

Langhorn und de Jong saßen einander an einem winzigen Tisch gegenüber. De Jong hielt sein Bierglas fest, weil sich immer wieder Gäste vorbeischoben und den Tisch dabei bedenklich zum Wackeln brachten.

»Schöne Kneipe«, lobte de Jong.

Der Commandante deutete auf das Foto an der Wand direkt neben ihm. Es zeigte nicht nur Che und Fidel mit dem üblichen siegesbewusst bärtigen Grinsen, sondern auch Ho Chi Minh und Yassir Arafat. Und in ihrer Mitte Langhorn, alle sieben in grünen Uniformen, auf Kalaschnikows gestützt. »Das ist natürlich eine Montage.«

»Sieht man gar nicht«, heuchelte de Jong.

»Na gut, was willst du wissen, Bruder?«, fragte der Commandante leutselig.

Dem Exkommissar fiel ein, dass er Interesse für das Buch vorgespielt hatte, damit Langhorn sich mit ihm verabredete. »Eigentlich wollte ich mit Ihnen über einen Freund sprechen«, sagte er. »Ralf Schöpping.«

»Schöpping.« Für einen Moment sah es so aus, als fühlte der andere sich verschaukelt. »Der arme Kerl, der sich vom Turm gestürzt hat.«

»Sie kannten ihn, habe ich gehört.«

»Flüchtig, ja. Damals, in der großen Battle of St. Mauritz, haben wir Seite an Seite gestanden. Wie Brüder.«

»Sie sprechen von dieser Proletarifizierungs-Sache?«

»Die ist mein Baby.« Der Commandante nickte und hielt sein Bier hoch in das schummerige Licht, das an der Decke brummte. »Und aktuell wie nie, hätte ich damals echt nicht gedacht.« Er trank schlürfend und stellte den Humpen wieder auf den Tisch. »Früher gab es noch sozialen Wohnungsbau, weißt du? Heute gibt es nur noch Wohnraum für die mit den besonders breiten Hintern, und selbst die können ja nicht überall wohnen. Glaub mir, erst wenn sie das letzte Kuhdorf gentrifiziert haben, werden sie merken, dass in einer Welt, die nur schick und teuer ist, es sich selbst dann nicht zu leben lohnt, wenn man es sich leisten kann.«

»Wahr gesprochen«, meinte de Jong. »Amen.«

»Das ist aus meinem Buch.«

»Noch mal zu Schöpping«, sagte de Jong.

Der Commandante schien nicht begeistert zu sein über diesen Themenwechsel, ließ sich aber darauf ein. »Wie gesagt, er war ein komischer Kerl. Hatte nicht viel für Gesellschaft übrig. Insofern war er wohl nicht der geborene Revolutionär, eher ein Eigenbrötler.«

»Aber haben Sie denn nicht Seite an Seite gestanden?«

»In dieser einen Sache schon. Aber da ging's ja auch um seinen eigenen Arsch.«

»Im *Westfalian Observer* stand, dass Sie über Schöppings tragischen Tod mehr als bestürzt seien. Dann war das gar nicht so ernst gemeint?«

»Schon, warum auch nicht. Der Mann war ganz in Ordnung.« Langhorn betrachtete eine Weile das montierte Foto an der Wand, schien in eine Vergangenheit einzutauchen, die es nie gegeben hatte. »Aber dass er mein Freund war, wäre zu viel gesagt. Niemand konnte Schöppings Freund sein. Der Turm war genau das Richtige für ihn. Wenn Sie mich fragen, ist es kein Wunder, dass er sich umgebracht hat.«

»Aber das hat er eben nicht.«

»Nicht? Was denn dann?«

»Es gibt Hinweise darauf, dass er hinuntergestoßen wurde.«

»Echt? Das ist ja ein Ding.« Langhorn wirkte nicht bestürzt, eher überrascht, diese kuriose Neuigkeit zu erfahren. »Wie hat man das denn rausgefunden?«

»Die Rechtsmedizin versteht sich auf so was.«

»Und wer war's?«

»Ich dachte«, sagte de Jong, »Sie hätten vielleicht eine Idee. Als alter Weggefährte. Deshalb wollte ich Sie ja sprechen.«

»Deshalb also.« Der Kämpfer gegen Gentrifizierung nickte nachdenklich und leicht vorwurfsvoll. »Für mich klingt es noch immer plausibel, dass er sich das Leben genommen hat«, beharrte er. »Als man ihn damals auf die Straße gesetzt hat, da war er ziemlich am Boden. Und den hat man ihm dann auch noch unter den Füßen weggezogen. Aber da waren diese vielen Menschen, die ihn unterstützt haben. Da oben auf dem Turm war er allein.«

»Eben nicht.«

»Na schön, dann eben nicht. Aber was fragst du mich? Mit Kirche und dem ganzen Aberglauben hab ich nichts am Hut, und schon gar nichts mit Kirchtürmen. Also bin ich wohl der Letzte, der dir sagen kann, was da oben passiert ist. Vielleicht ist ihm ja Gott begegnet.«

»Irgendwer ist ihm begegnet, und ich kriege schon noch raus, wer.« De Jong holte sein Geld hervor, um zu zahlen. Er erhob sich und winkte zum Abschied. »Schade, und ich dachte, Sie erzählen mir ein bisschen von Ihrem neuen Buch.«

* * *

Etwa zwei Stunden später. Feierabend mit Eugen Küppers. Seit ewigen Zeiten trafen sie sich im *Knipperdolling*, einer Kneipe, in der die Zeit zwar nicht stehen geblieben war, aber irgendwie langsamer zu vergehen schien, was auch das Nachdenken träger und schwerfälliger machte. Ob das so auch auf Everswinkel zutraf, den beschaulichen Ort, in dessen Mitte sich die Kneipe befand, war fraglich; dafür sprach allerdings, dass man zumindest den Eindruck hatte, dass sich hier seit Jahren kaum etwas verändert hatte. Das *Knipperdolling* war also der ideale Ort, um sich zu treffen und in bierseliger Atmosphäre, begleitet von den elektrischen Geräuschen eines Spielautomaten, der noch aus der Ära Adenauer stammte, darüber einig zu sein, dass früher vielleicht nicht alles, aber doch so einiges besser gewesen sei.

An diesem Abend stimmte eigentlich alles – das Lokal war gut besucht, aber auch nicht zu voll, um sich gemütlich zu unterhalten. Der Sommer steuerte einen rötlichen Sonnenuntergang und eine milde Brise dazu bei, dass es eine Freude gewesen war herzuradeln. Nur bei Küppers stimmte etwas nicht. Er wirkte angespannt, weigerte sich, selbst über eindeutig witzige Anmerkungen de Jongs zu lachen und schien überhaupt mit den Gedanken woanders zu sein. De Jong musste von sich aus davon anfangen, wie es mit dem »Gefallen« voranging, den sich Küppers auserbeten hatte, und wie sich sein Neffe als Kriminalist schlug, und selbst dazu gab sein Freund nur einige undefinierbare Brummgeräusche von sich und nickte unkonzentriert.

»Soll ich raten oder würdest du mir freundlicherweise mitteilen, was mit dir los ist?«, erkundigte sich de Jong dann noch vor dem zweiten Bier, weil es ihn nervte, dass die miese Stimmung allmählich auch auf ihn überging und seine Mundwinkel schwer machte.

»Ich sag dir eins«, knurrte Küppers, aber dieses Mal immerhin verständlich, »schaff dir niemals Nachbarn an.«

Nachbarn also. »Gut«, sagte de Jong. »Danke für den Tipp. Aber da draußen auf dem Kanal, auf dem ich wohne, sieht es zurzeit eh nicht nach Nachbarn aus.«

»Da freut man sich jahrelang auf ein neues Heim, richtet sich schön und gemütlich ein …« Kopfschütteln.

»Und was ist dann?«, fragte de Jong, als das Kopfschütteln nicht enden wollte.

»Und dann? Ich kann dir sagen, was dann ist: Gerresheim.«

»So heißt dein Nachbar, nehme ich an?«

Küppers starrte mit zusammengepressten Lippen in eine undefinierbare Ferne, wie ein Rebellenführer, der zum Gegenschlag gegen eine verhasste, aber haushoch überlegene Besatzungsmacht ausholt. »Weißt du, worüber der sich aufregt: dass ich *mein* Auto in *meiner* Einfahrt parke. Das lässt diesen Kerl nicht schlafen, stell dir das vor! *Mein* Auto in *meiner* Einfahrt!«

»Aber warum, ich meine …«

»Seine dämlichen Blumen, die er in seinem dämlichen Beet auf der anderen Seite des Zauns angepflanzt hat. Mein Auto nimmt ihnen angeblich die Sonne, und das macht die armen Blumen ganz traurig, dass sie die Köpfchen hängen lassen. Hast du schon mal so etwas Bescheuertes gehört?«

»Nein«, sagte de Jong. »Hast du denn nicht vorgeschlagen, dass er sie woanders hinpflanzt?«

Küppers lachte schnaufend. Als wäre de Jong auf eine Idee gekommen, wie sie lachhafter nicht sein konnte. »Aber das will er ja gerade.«

»Er will sie woanders hinpflanzen?«

Jetzt war das Auflachen so schrill, dass es de Jong durch Mark und Bein fuhr. »Du denkst doch nicht etwa, dass es dem Kerl um seine gottverdammten Blumen geht?«

»Nicht?«

»Er will mich fertigmachen, ist doch klar! Das mit den Scheißblumen ist nur vorgeschoben.« Küppers beugte sich vor und bat de Jong mit einer Geste um sein Ohr. De Jong wollte keinen Ärger und lieh es ihm. »Gerresheim ist Aktivist beim ADFC«, raunte Küppers. »Ein Radfahrfanatiker, so sieht's aus. Ich bin der böse Feind, bloß weil ich ein Auto habe. Tja, ein simples Weltbild hat seine Vorteile, was.«

»Dabei bist du gar nicht sein böser Feind«, versicherte de Jong, obwohl er sich dessen gar nicht so sicher war.

»Er ist mehr so der Eisenbahn-Typ.« Küppers verzog das Gesicht und schüttelte sich vor Abscheu. »Natürlich keine echten Eisenbahnen. Sondern eine elektrische, so was für Kinder. Er hat in seinem Schuppen eine aufgebaut und verbringt seine gesamte Freizeit damit.«

»Bis auf die Zeit, die er zum Blumenpflanzen braucht«, meinte de Jong.

»Also wenn du mich fragst, sagt das schon alles. Eine elektrische Eisenbahn!«

Das zweite Bier wurde serviert. Küppers, nach wie vor wütend, machte keine Anstalten, danach zu greifen, im

Gegensatz zu de Jong, der immer noch hoffte, dass es irgendeinen Weg gab, zum schöneren Teil des Abends zu kommen. »Also dann«, sagte er und hob sein Glas, »auf dein Wohl, Eugen.«

»Und jetzt kommt's«, fuhr Küppers fort, der sich während der letzten Minuten gedanklich nicht einen Millimeter weiterbewegt hatte. »Heute Morgen finde ich den gesamten Strauchschnitt aus seinem Garten auf meinem Gehweg. Er hat ihn über den Zaun geworfen, einfach so. So was muss ich mir nicht bieten lassen. Nein, das muss ich nicht.« Jetzt hob er sein Glas doch, trank es in einem Zug halb leer und stellte es wieder ab. Kicherte nervös. »Lehrer für Geschichte und Religion. Ich sag dir, Geschichtslehrer sind die Allerschlimmsten.«

»Naja, aber Lateinlehrer haben es auch in sich«, erhob de Jong vorsichtig Einspruch, und dann wagte er sich kurzentschlossen an einen radikalen Themenwechsel: »Abgesehen davon – sieh uns beide mal an: Was sagt man denn wohl über Bullen? Die sind ja wohl das Aller…«

»Und zu allem Überfluss diese Karnickelplage«, unterbrach ihn Küppers, der noch nicht fertig war. »Das kann man keinem erzählen.«

De Jong atmete erleichtert auf, aber zu früh.

»Drei Stück von den Viechern oder vier, keine Ahnung. Hoppeln ständig bei ihm auf dem Rasen herum. Und wenn da nur ein einziges Loch im Zaun ist, kommen sie schon rüber.«

»Hast du dir Folgendes schon mal überlegt«, warf de Jong ein, der inzwischen alles riskierte, »dass dieses Loch streng genommen gar nicht existiert?«

»Was?« Küppers runzelte die Stirn und starrte de Jong konsterniert an. »Blödsinn. Natürlich existiert es. Ich hab's doch gesehen.«

»Glaub ich nicht. Nur das Drumherum, das hast du gesehen. Das existiert. Aber wenn innendrin auch was wäre, dann wäre es ja kein Loch, verstehst du?«

Küppers grübelte noch einen Augenblick darüber nach, aber er war nicht in der Stimmung, sich mit billigen Scherzen verarschen zu lassen. Alles, was de Jong erreichte, war, dass Küppers jetzt auch auf ihn wütend wurde. »Sag mal, du findest das Ganze nicht zufällig auch noch amüsant?«, erkundigte er sich leise, aber mit schneidender Stimme.

»Nein, natürlich nicht. Kein bisschen«, versicherte de Jong und ärgerte sich über seine Unvorsichtigkeit. »Also gut, nehmen wir an, ein Hoppelhase verirrt sich auf deinen Rasen. Na und?«

Der Blick, der ihn von der anderen Seite des Tisches traf, war tiefgefroren. »Okay«, zischte Küppers. »Okay, ich freu mich drauf. Ich habe nichts gegen Kaninchen. Im Gegenteil. Am liebsten esse ich sie in Rotweinsoße.«

De Jong gab auf. Er trank sein Bier aus, stieß einen Seufzer aus, der länger dauerte als ein ICE bremst, und kramte dann sein Geld hervor, um zu zahlen.

»Du brichst schon auf?«, wunderte sich Küppers vorwurfsvoll.

»Wenn ich dir irgendwie behilflich sein kann, Eugen, ruf mich an.«

»Kannst du. Es ist ganz leicht: Du musst den Kerl nur umbringen.«

De Jong, der dabei war, das Geld auf den Tisch zu zählen, hielt inne. »Hör auf, Eugen. Oder noch besser: Hör dir mal selbst zu.«

»Das meine ich doch nicht ernst.«

»Wie beruhigend.«

»Aber ehrlich, Niklas: Du liegst nachts da und malst dir in allen Einzelheiten aus, wie du diesen Kerl umbringen würdest. Schritt für Schritt.«

»So was hab ich noch nie gemacht«, widersprach de Jong.

»Ich ja auch noch nicht. Hätte nie gedacht, dass ich das mal machen würde, das kannst du mir glauben.« Küppers grinste unsicher. »Hältst du mich jetzt für ein Monster oder was?«

»Nein, aber, ehrlich gesagt, mache ich mir ein bisschen Sorgen deinetwegen.«

»Betrachte es mal von dieser Seite«, empfahl Küppers und prostete de Jong mit seinem fast leeren Glas zu, »das sind auch wichtige Erfahrungen, die mich weiterbringen können. Beruflich, meine ich.«

»Beruflich? Was meinst du damit?«

»Wenn ich das nächste Mal bei der Kripo mit einem solchen Fall zu tun habe, dann weiß ich einfach besser, wie so einer tickt. So ein Täter, meine ich. Ich werde nicht einfach denken: Da ist einer, der hat seinen Nachbarn einfach abgemurkst. Ein gemeingefährlicher Soziopath. Ein kaltblütiger Mörder.«

»Nein?«, fragte de Jong. »Was denn?«

»Ich weiß dann einfach: So was hat immer zwei Seiten. Was, wenn der Mann seine Gründe für die Tat hatte? Wenn sein Nachbar ein Kerl war, der so wie er war einfach nicht weiterzuleben verdiente?«

Als der Exkommissar zurück nach Münster radelte, war der Himmel fast finster, aber eben nicht ganz. Am Horizont hatte sich ein winziger Streifen Helligkeit verschanzt, so als wäre noch nicht endgültig entschieden, ob es Nacht werden würde oder vielleicht doch wieder Tag. Leider hatte de Jong keinen Blick für das Naturschauspiel. Er dachte an Küppers und wusste nicht, ob sein Freund ihn nervte oder gruselte.

10. Kapitel

Das Venner Moor gab es gleich zweimal: im südlichen Niedersachen bei Ostercappeln und im nördlichen Nordrhein-Westfalen vor den Toren Münsters, in der Nähe von Senden, einem kleinen, mit Wasserschloss ausgestatteten Schlafdörfchen südlich der Stadt. Das Letztere beherbergte viele seltene Tierarten, darunter die scheue Maulwurfsgrille und den Ziegenmelker; vereinzelt wurde hier hin und wieder sogar die kurzflügelige Beißschrecke (*Merioptera brachyptera*) angetroffen. Abgesehen davon war es Schauplatz für Schauergeschichten jeglicher Art. Regelmäßig fanden geführte Wanderungen zum Thema Sagen und Legenden, aber auch gelehrte Exkursionen durch dieses einzigartige Naturschutzgebiet statt. Mehr und mehr diente es allerdings vorwiegend als Outdoor-Kulisse für diverse Sportarten wie Walking, Running und Picknicking. Die Beliebtheit des Moores als Nahausflugsgebiet für Biker, Wanderer und Walker trug mit dazu bei, dass die erwähnten seltenen Tier- und Pflanzenarten noch seltener wurden.

Charakteristisch waren drei rechteckige Teiche, die durch den Torfabbau entstanden waren und deren mooriges Wasser so schwarz war, dass man sich darin spiegeln konnte.

Laura Kiesekamp kannte das Moor in- und auswendig, weil sie fast jeden Morgen dort auflief. Sie wohnte nicht weit weg, am Rand von Senden, weil sie sich die astronomischen Mieten in der Stadt nicht leisten konnte. Laura studierte Sport, Englisch und Pädagogik auf Lehramt. Im Sommer lief sie immer gegen 6:30 Uhr los, dann traf man noch keine Spaziergänger oder Nordic Walker an und konnte den Hund frei laufen lassen. Der einzigartigen Natur um sie herum schenkte sie nur noch wenig Beachtung, sie ließ sich von ihrer Playlist beschallen, die durch Kabel direkt in ihr Ohr eingespeist wurde, und konzentrierte sich beim Laufen auf den holprigen, moorweichen Pfad direkt vor ihr. Bella, der Australian Shepherd, rannte voraus, kehrte wieder zu ihr zurück und lief wieder los. Ihn musste man natürlich schon im Auge behalten; wenn er etwas Jagdbares entdeckte, Kaninchen oder Eichhörnchen, konnte er durchstarten, und nicht selten endete die Jagd in einem der Moorteiche. Und später beschwerten sich die anderen Mieter über den fauligen Geruch im Treppenhaus. Am besten, man behielt den Hund in Reichweite, damit er nicht von einem Moment auf den anderen spurlos verschwand.

So wie jetzt.

Laura blieb stehen. »Bella!«, rief sie und hielt Ausschau in alle Richtungen. Links vom Pfad ging es in einen Birkenwald mit morastigem Erdreich, rechter Hand lag das schilfbewachsene Ufer des schwarzen Teiches.

»Bella, komm her!«

Der Hund kam nicht. Ein schlechtes Zeichen. Laura konnte den fauligen Geruch im Treppenhaus förmlich schon riechen. Sie ging ein paar Schritte. Dann entdeckte sie Bella mitten im Schilf. Die schlimmsten Befürchtungen wurden wahr: Nach einem Bad im Tümpel war der Hund nicht mehr wiederzuerkennen.

»Bei Fuß! Sofort!«

Der Hund gehorchte nicht. Er schnüffelte an irgendetwas, das er im Schilf entdeckt hatte. Hoffentlich kein Entenkadaver wie neulich. Laura ging näher heran, bis zum äußersten Rand des befestigten Weges. Sie starrte auf die schwarze Wasseroberfläche. Und was sie glaubte zu sehen, ließ sie das Musikkabel aus dem Ohr ziehen.

Da ragte etwas aus dem Wasser. Man erkannte es nicht sofort, weil es sich durch die Spiegelung im Wasser auf seltsame Weise verdoppelte. Aber es war eindeutig eine Menschenhand.

* * *

Hauptkommissar Achim Bühlows Tag hatte schon unschön begonnen. Beim hektischen Frühstück hatte er sich am heißen Kaffee die Zunge verbrannt, von unterwegs hatte er die *Westfalen Heim* angerufen wegen des Schreibens, das er bekommen hatte. Seine Hoffnung war, jemanden an die Strippe zu bekommen, der ihm bestätigen würde, dass das alles ein Irrtum sei. Oder der ihm, falls das nicht so sein sollte, die Frage beantworten konnte, wie er in so kurzer Zeit eine Wohnung finden sollte. Stattdessen blockierte eine automatische Stimme die Leitung, die ihm – für den Fall, dass er sich allgemein über die *Westfalen Heim* informieren wolle, riet, die Eins zu drücken. Falls es um ein bestimmtes Mietproblem gehe, die Zwei und bei einer völlig anderes gelagerten Problematik die Drei. Bühlow drückte die Zwei, worauf die Stimme ihr Bedauern zum Ausdruck brachte, dass sich leider zurzeit alle Mitarbeiter in einem Kundengespräch befänden und er, wenn es ihm nicht allzu viele Umstände mache, am besten später noch einmal anrufen solle. Bühlow versuchte es umgehend mit der Drei, aber mit dem gleichen Ergebnis. Also gut, dachte er, wenn es denn sein musste. Aber dann kam noch ein Anruf der Zentrale dazwischen, dass es im Venner Moor einen Leichenfund gebe und momentan kein anderer Kollege verfügbar sei.

Und angekommen am Tatort beziehungsweise Fundort in Senden, lief dann auch so ziemlich alles schief, was schieflaufen konnte. Zuerst begrüßte ihn Frau Dr. Hattkämper, die Rechtsmedizinerin, mit den Worten: »Sie denken wohl, Sie könnten alles mit mir machen, was?«

»Alles? Was meinen Sie denn?«

Dr. Hattkämper war um die fünfzig, von kleiner, aber muskulöser Statur und hatte Bühlow schon vom ersten Augenblick an gewissen Respekt eingeflößt. Jetzt wies sie auf die stark aufgedunsene, männliche Leiche, die vor ihr im Gras lag, in einer Lache aus schwarzem Schlamm, Knäueln von Wasserpflanzen, die von allerlei seltenen

Krabbeltieren bevölkert waren. »Der Tote hat mindestens sieben Tage hier im Tümpel verbracht. Glauben Sie etwa, Bühlow, es ist ein Spaß, sich damit zu befassen?«

»Nein«, stammelte Bühlow perplex. »Sicher ist es das nicht.«

»Erst diese unsägliche ...«, sie vermied offenkundig das Wort Schweinerei, » Sache auf dem Lambertikirchplatz und jetzt das hier.«

»Tut mir leid«, sagte der Hauptkommissar, »wenn ich gewusst hätte – also von dem Toten hier, also früher, dann hätte ich Ihnen ...«

»Jetzt lassen Sie mal.« Dr. Hattkämper grinste auf einmal breit. »Ich verarsche Sie doch nur. Immer cool bleiben, Kollege, okay?«

Genau dafür war es aber jetzt zu spät, und Bühlow ärgerte sich über sich selbst.

»Sicher wollen Sie wissen, um wen es sich handelt«, vermutete die Rechtsmedizinerin, da der Hauptkommissar es versäumte, sich danach zu erkundigen. »Tja, das herauszufinden ist bei Moorleichen eine mühsame Angelegenheit. Es sei denn ... zum Glück wurde das Plastik erfunden.« Sie reichte Bühlow ein DIN-A5-Blatt, das in Plastik laminiert war.

»Wer hat den Toten entdeckt?«

Dr. Hattkämper deutete auf eine junge Frau in Joggingklamotten. »Diese Dame, genauer gesagt, ihr Hund. Er heißt Bello.«

Bühlow wunderte sich, dass dieser Hundename nicht längst aus der Mode gekommen war. Er wandte sich an die Frau. »Achim Bühlow, Kripo Münster. Sie haben den Toten gefunden?«

»Laura Kiesekamp. Ich war's eigentlich nicht.«

»Sondern Ihr Hund Bello, ich weiß.«

»Bella. Es ist eine Sie.« Frau Kiesekamps Stimme klang leicht vorwurfsvoll. »Ich jogge eigentlich jeden Morgen hier mit dem Hund.«

»Was machen Sie beruflich?«

»Ich studiere in Münster an der Uni.«

»Und dann fahren Sie zum Joggen morgens so weit hier heraus?«

»Nicht weit. Ich wohne drei Minuten von hier entfernt. In Münster habe ich keine Wohnung gefunden.«

Das brachte Bühlow auf eine Idee. »Könnten Sie mir sagen, wie Sie an Ihre jetzige Wohnung gekommen sind? Haben Sie vielleicht die Telefonnummer des Vermieters?«

Laura Kiesekamp musterte den Hauptkommissar mit einem irritierten Blick.

Das Klingeln seines Handys rettete ihn aus der seltsamen Situation.

»De Jong hier«, meldete sich der Exkommissar. »Nur um zu erfahren, ob du schon was Neues hast.«

»Nein, eigentlich nicht. Nur eine neue Leiche. Genau. Aber so neu ist sie eigentlich nicht mehr.«

»Hat sie denn mit unserem Fall zu tun?«

»Nein, das wohl nicht. Aber von den Kollegen war keiner verfügbar. Der Mann lag schon über eine Woche hier im Moor. Irgendein namenloser, armer Teufel.«

»Namenlos gibt's nicht«, meinte de Jong. »Alle haben Namen, sogar arme Teufel. Gott sei Dank.«

»Stimmt.« Bühlow nahm sich den laminierten Bogen vor. »Der Tote hatte etwas dabei, das war aus Plastik, dem konnte das Moor nichts anhaben. Ein Haftentlassungsschein, und er lautet auf den Namen Rambeaux, Jean-Marie.«

Einen Moment herrschte Stille, dann sprach de Jong: »Sag das noch mal.«

11. Kapitel

War Bühlow zunächst irritiert von de Jongs plötzlichem Interesse an dem Toten aus dem Moor, verstand er es natürlich sofort, als er erfuhr, dass es sich um einen Bekannten de Jongs handelte.

Als de Jong per Taxi am Venner Moor eintraf, war der Tote schon auf dem Weg in die Rechtsmedizin; auch Laura Kiesekamp war bereits entlassen. Bühlow versprach de Jong, ihm sofort zu melden, falls sich in dieser Angelegenheit irgendwelche Erkenntnisse ergäben. Und de Jong fuhr zurück in die Stadt und begab sich in Schmedebachs piefigen Tabakladen. Weil der Erste, der ihm einfiel, wenn er an den Schnorrer dachte, Schmedebach war. Und vielleicht sollte er, de Jong, derjenige sein, der dem Ladenbesitzer die traurige Nachricht überbrachte.

Schmedebach war allerdings schon informiert. »Kam eben in den Lokalnachrichten«, sagte er und machte ein missmutiges Gesicht, allerdings kaum missmutiger als das, das er immer machte. »Tja, da zeigt sich wohl: Auch die Schnorrerei birgt so ihre Gefahren, was?«

»Meinen Sie wirklich?«, fragte de Jong zweifelnd.

»Wer weiß, vielleicht hatte er auch was anderes am Laufen«, mutmaßte Schmedebach vage.

»Irgendeine Idee?«

»Nicht die geringste.« Wie üblich verstand es der Ladenbesitzer, das Thema mit einem gekonnten Schlenker zurück auf sich selbst zu lenken. »Ich muss mich demnächst auch ganz neu orientieren. Da wäre es doch irgendwie ungerecht, wenn einer wie Rambo mit seiner Masche durchkäme.«

»Er hat Ihnen also nicht erzählt, ob er was am Laufen hatte? Oder ob er in irgendeinem Schlamassel steckte?«

»Soviel ich gehört habe, hatte er vor, sich zu verändern.«

»Verändern?«, fragte de Jong neugierig. »Im physischen Sinne?«

Der Tabakhändler zuckte mit den Achseln, als interessierte ihn das nicht weiter. »Am besten, Sie fragen seinen Nachfolger. Der sagt Ihnen bestimmt alles, was Sie wissen wollen.«

»Sein Nachfolger?«

»Picasso. Muss wohl ein Spanier sein.« Schmedebach grinste schief. »Ja, da können Sie mal sehen: Mit dem Laden geht's den Bach runter, aber Hauptsache, die Schnorrer finden noch ihre Kundschaft.«

* * *

Picasso war kein Spanier. Er war groß und kräftig, strohblond und stammte aus Aurich. Drei Monate vorher war er noch als Straßenmaler in Düsseldorf tätig gewesen – daher der Name –, aber leider nicht mit dem angestrebten Erfolg, sodass er irgendwann beschlossen hatte, das Handwerk des Schnorrers zu erlernen. De Jong traf ihn auf dem Domplatz, wo er sich zu einer frühen Mittagspause auf einer Bank niedergelassen hatte.

»Ich bin Niklas de Jong«, sagte der Exkommissar und nahm neben Picasso Platz. »Schmedebach, der Tabakhändler, sagt, Sie könnten mir was über Ihren Kollegen erzählen. Herrn Rambeaux.«

Picasso musterte de Jong eine Weile, während er seine Pommes mit Majo verdrückte. »Der war nicht mein Kollege, sondern ein Freund von mir. Wir hatten so was ähnliches wie eine WG.«

»Eine WG.« De Jong nickte verstehend. »Und jetzt haben Sie sein«, er suchte nach der passenden Bezeichnung, »Revier übernommen?«

Der Pseudo-Spanier nickte. »Und seine Geschichte.«

»Welche Geschichte?«

»Aus der Haft entlassen, kein Job. Kein Job, keine Wohnung. Keine Wohnung, kein Job.«

»Ach die«, sagte de Jong. »Und warum, ich meine …«

»Rambo hat sie mir vererbt.«

»Haben Sie eine Idee, wer ihn ermordet haben könnte?«

Picasso starrte de Jong geradezu schockiert an. Er kaute nicht mehr. »Rambo ist tot? Was erzählen Sie denn da?«

»Das wussten Sie noch nicht?«

»Nein, ich schwöre!« Fassungslos schüttelte der Schnorrer den Kopf. »Wer hat das getan?«

»Das werden wir herausbekommen. Ich hatte gehofft, Sie könnten mir sagen ...«

»Ich?« Etwas blitzte in Picassos Augen auf. Angst. »Aber warum denn? Ich habe nichts getan.«

»Wissen Sie zufällig, ob er Feinde hatte?«

»Feinde? – Nein, wer sollte denn ...« Der Schnorrer sah sich hektisch um, als fürchtete er, dass irgendein unbekannter Feind es genau jetzt auf ihn abgesehen haben könne. »Rambo war ein komischer Typ. Aber er hat nichts Böses getan. Nur die Leute um Geld angequatscht. Und dann diese Suche nach dem Schatz ...«

»Was denn für ein Schatz?«

»Keine Ahnung. War so eine fixe Idee von ihm. Ich hab keine Freizeit so wie andere Leute, hat er mal gesagt. Die gehen nach Hause und legen die Füße hoch. Aber wenn du einen Schatz suchst, hast du keinen Feierabend. Wenn Sie mich fragen, war das eine von seinen bescheuerten Geschichten. Er hatte 'ne Meise.«

»Sie sagten, Herr Rambeaux hat Ihnen diesen Platz und seine Geschichte vererbt. Also wusste er vielleicht, dass er sterben würde?«

»Nein, ganz anders.« Energisches Kopfschütteln. »Er wollte kein bisschen tot sein. Aber das hier«, mit einer Geste umfasste der verhinderte Maler das ehemalige Arbeitsumfeld Rambeauxs, »wollte er an den Nagel hängen.«

»Er wollte also aufhören?«

»Stimmt. Ein Haus kaufen. Eine Firma gründen. So genau wusste er das noch nicht.«

»Dann muss er also zu Geld gekommen sein?«

Picasso hatte seine Pommes auf. Er schleckte sich die Finger ab und erhob sich. »Tut mir leid, aber ich muss jetzt wieder ...« Er winkte kurz und warf im Gehen seine Verpackung in einen Mülleimer.

De Jong blieb noch eine Weile sitzen und sah Picasso dabei zu, wie er einem Touristenpaar in den Weg trat und sie mit seiner, beziehungsweise Rambeauxs, Geschichte behelligte. Sah, wie der Mann weiter drängte und die Frau ihre Brieftasche zückte. Hauptsache, die Schnorrer fanden ihre Kundschaft, dachte er.

* * *

Was Hauptkommissar Bühlow anging, so lieferte der erstaunlich schnell, noch am gleichen Nachmittag, und es passte zu dem, was sich de Jong nach seiner kurzen Unterredung mit Picasso schon gedacht hatte.

»Jean-Marie Rambeaux war ein stadtbekannter Schnorrer«, erklärte Bühlow. »Das heißt, er hat den Leuten eine Notlage aufgetischt, in der er gar nicht steckte. Etwas frei Erfundenes, nur damit sie ihm mit Geld aushalfen.«

»Ich weiß«, sagte de Jong.

»Genau. Und davon hat er dann gar nicht mal schlecht gelebt.«

»Das kommt darauf an.«

»Also, meine Kollegin hat einen Herrn aufgetrieben, den Herr Rambeaux öfter angesprochen hat.«

»Einen Stammkunden sozusagen.«

»Genau. Ihm hat Rambeaux etwas von einer Erbschaft erzählt. Ein Onkel, bis zu seinem Tod wohnhaft in Chalon-sur-Saône, soll ihm ein hübsches Sümmchen vermacht haben.«

»Wie viel genau?«

»Leider war nur die Rede von einem hübschen Sümmchen.«

»Da kann man nichts machen«, meinte de Jong. »Aber inwieweit kann das ein Mordmotiv sein?«

»Raubmord vielleicht?«, schlug Bühlow vor.

»Dann müsste, erstens, der Mörder von der Erbschaft gewusst haben. Und, allererstens, müsste Rambeaux die Summe in bar dabeigehabt haben.«

»Nicht unbedingt«, widersprach der Hauptkommissar. »Der Mörder kann auch nur *angenommen* haben, dass Rambeaux das Geld dabeihatte.«

»Trotzdem«, sagte de Jong.

»Und noch etwas«, fügte Bühlow hinzu. »Unser Zeuge will Rambeaux erst kürzlich gesehen haben. Auf dem Domplatz, wo er mit einer anderen Person gesprochen habe. Und dabei sei es zu einem heftigen Wortwechsel gekommen.«

»Er will ihn gesehen haben?«

»Das heißt, dass er sich nicht hundertprozentig sicher ist. Genau. Es war relativ spät abends, etwa vor einer Woche.«

»Also nach seinem mutmaßlichen Verschwinden?«

»Das Problem ist«, meinte Bühlow, »dass er ja gar nicht so richtig verschwunden ist. Er stand ja allein. Und niemand hat ihn vermisst.«

Zu allein, um wenigstens vermisst zu werden. Der Schnorrer, fand de Jong, war nicht zu beneiden gewesen.

* * *

Bis zum Abend dachte er noch des Öfteren über Jean-Marie Rambeaux alias Rambo nach. Und über Bühlows Bemerkung, dass von Verschwinden ja keine Rede sein könne, weil niemand den Mann vermisst habe.

Von Verschwinden konnte sehr wohl die Rede sein. Jeder, der existierte, konnte auch verschwinden. Beim Vermissen war es schon komplizierter. Wenn einen niemand vermisste, konnte einen schon ein klammes Gefühl von Nichtexistenz beschleichen. Wenigstens ein Gefühl begründeten Zweifels. Und dieser Zweifel bildete den Anfang aller Philosophie. Nur, bevor man sich nun fragte, ob die großen Denker wie Kant, Platon oder Schleiermacher in Wirklichkeit bedauernswerte Zeitgenossen gewesen seien, die nie zu einer Party eingeladen wurden, weil weder ihre An- noch Abwesenheit von irgendjemandem bemerkt wurde, hatte dieser Gedanke im Hinblick auf den Schnorrer allerdings einen Schönheitsfehler: Rambo war nämlich nicht einfach so verschwunden, so wie jemand beim Gehen »Ich wär dann jetzt mal weg!« in die Wohnung ruft, ohne zu bedenken, dass da niemand ist, der einen hört. Jemand hatte ihn aus dem Weg geräumt, weil ihm aus irgendeinem Grund sehr daran gelegen war, dass er von der Bildfläche verschwand.

Diesen noch nicht sehr ausgegorenen Gedanken, von dem man nicht sagen konnte, ob er überhaupt zu etwas führte, teilte er dann ausgerechnet mit Spohn – eine dumme Idee. Während seiner aktiven Zeit hatte es zu de Jongs Prinzipien gehört, Dinge, die einen aktuellen Fall betrafen, niemals an Außenstehende weiterzugeben. Aber was für die aktive Zeit gegolten hatte, musste nicht für die inaktive gelten. Abgesehen davon nutzte Spohn den lauschigen Abend, um de Jong auf dem Achterdeck zu einem Whisky einzuladen, den er im Supermarkt erstanden hatte. Und der Exkommissar wollte unbedingt, dass Spohn ihn das Getränk genießen ließ, ohne dass er sich endlose Monologe über Spohns Bänkerdasein anhören musste – über die kalte, seelenlose, menschenfeindliche Atmosphäre in den Banken, die unverantwortliche Zockermentalität und über Spohn selbst, der eines Tages erkannt hatte, dass er daran kaputt gehen würde, wenn er nicht schon längst daran kaputt gegangen war.

»Wenn Sie meinen Rat hören wollen, de Jong«, sagte er, ohne sich zu vergewissern, ob diese Bedingung zutraf, »überlassen Sie das der Polizei. Die werden schon herausfinden, wer den armen Kerl im Moor versenkt hat.«

»Was macht Sie da so sicher?«, wollte de Jong wissen.

»In meiner Zeit als Investmentbänker«, erzählte Spohn statt einer Antwort, »habe ich mir weiß Gott oft gewünscht, die Kripo stehe vor der Tür und mache den Laden dicht. Das kann doch nicht sein, dass wir einfach so davonkommen, hab ich oft gedacht ...«

Es folgte dann noch ein Monolog, gespickt mit Selbstanklagen und strotzend vor Selbstabsolutionen. De Jong ließ alles wie eine vertraute Melodie über sich hinwegrieseln, schaukelte auf den Hinterbeinen seines Stuhls und sah einer Frau nach, die am Kanalufer ihren Hund Gassi führte und Giulia sehr ähnlich sah. Spohn hielt allerdings nicht lange durch. Er gönnte sich den nächsten Whisky, erzählte ein bisschen weiter, aber noch während die Frau auf einer Bank in der Nähe eine Pause machte, schob Spohn geräuschvoll seinen Stuhl zurück und empfahl sich gähnend. De Jong blieb allein zurück und vernahm kurz darauf das vertraute Schnarchen.

Ihm war eine Idee gekommen. Er stand auf, ging ins Arbeitszimmer und kramte eine Weile auf dem Schreibtisch herum. Mit einer roten Kladde unter dem Arm ging er von Bord und verzog sich auf die Bank, auf der die Giulia-ähnliche Frau kurz zuvor eine Zigarette geraucht hatte. Die Handschrift war gewöhnungsbedürftig, also war es anfangs mehr ein Entziffern als ein Lesen.

Tuten und Blasen
(von Ralf Schöpping)

Wäre ich Glöckner, würde ich läuten.
Aber ich bin Türmer. Da bleibt mir nichts als Tuten und Blasen.
Will jemand wissen, wie sich das hier anfühlt? Wie auf dem Ausguck eines Walfängers, nur eben ohne Wale.
Und ohne Schiff.
Noch dazu auf dem Trockenen. Anstelle der unendlichen Weiten des Ozeans ist da unten nur eine ordentliche, kleine Stadt, die kaum Sensationelles zu bieten hat: nur hübsche, denkmalgeschützte Häuser, prächtig aufgemotzte Giebel, eine kopfsteingepflasterte Prachtstraße – der Stolz seiner Einwohner, eine Sehenswürdigkeit. Das Ganze ist eine einzige Puppenstube. Darin tummeln sich täglich Legionen lächerlich bunt gekleideter Touristen, die Tag für Tag heraufwinken und ihre Smartpho-

nes gen Himmel recken. Wäre es nicht so, dass ich hier oben bin und sie da unten, sondern umgekehrt, sie würden mir Futter herabwerfen, das sie im Touristenbüro erworben haben.

Tag für Tag tobt der gleiche Rummel: lärmende Schulklassen, Radfahrer, strotzend vor Selbstgerechtigkeit, abends rudelweise Erstsemester, angetrunken, mit stumpfen Gesichtern und Bierflaschen in der Hand. Behütete Langeweile allenthalben.

Und ich tute und blase.

Auch im Winter, wenn dort unten eisige Stille herrscht. Gestern stehe ich draußen auf der Balustrade. Es ist lausig kalt hier oben, um die null Grad, vielleicht sogar weniger. Arktischer Wind pfeift mir um die Ohren, schlimmer als auf einem Walfänger bei schwerer See. Unter mir, satte 75 Meter tiefer, die Stadt. Menschenleer die Straßen – bei diesen Temperaturen wagt sich nicht mal einer dieser eingebildeten Radfahrer vor die Tür.

Und wie ich hier am steinernen Geländer lehne, vernehme ich eine Stimme, die aus dem Blasen des Windes zu mir spricht: Na los, Türmer, denkst du, die da unten interessiert auch nur annähernd, was du hier oben so treibst? Ob du tutest oder bläst? Dass das wichtig wäre oder auch nur hörenswert? Die machen ihren Kram und keinen kümmert, dass du dir hier oben einen abfrierst. Also, worauf wartest du: Spring! Es ist ganz leicht und dauert nur wenige Sekunden. Ein bisschen Brausen in den Ohren und du hast es überstanden.

Aber die Stimme lügt: Ich bin nämlich gar nicht allein. Eine verlorene Seele zwar, aber nicht die einzige auf diesem Turm. Nicht der einzige Ausgestoßene, auf den die

Leute zeigen, weil sie ihn für merkwürdig und sonderbar halten.

Es folgten seitenweise Betrachtungen und Grübeleien über das Merkwürdig- und Sonderbarsein. Das mündete in Monologe über seine Trennung von Ronja. Dass »sie« ihn »aus heiterem Himmel« verlassen habe, dass sie ihm versichert habe, ihn noch zu mögen, aber all ihre Freunde und Bekannten ihn merkwürdig und sonderbar fänden und bei Einladungen Termine vortäuschten, um nur nicht mit ihm den Abend zu verbringen. Und am Ende die trotzige Behauptung, dass nicht sie ihn, sondern er sie verlassen habe. De Jong fand, dass all diese Aufzeichnungen durchaus ein Indiz dafür sein konnten, dass der Türmer aus freien Stücken hinabgesprungen war; aber diesen Punkt hatte die Rechtsmedizin ja längst geklärt.

Er stieß auf ein Stück Druckschrift, ausgeschnitten aus einem Buch oder einer Zeitschrift, mitten in den handschriftlichen Text geklebt:

»Es ist wirklich unglaublich, wie nichtssagend und bedeutungsleer, von außen gesehen, und wie dumpf und besinnungslos, von innen empfunden, das Leben der allermeisten Menschen dahinfließt. Es ist ein mattes Sehnen und Quälen, ein träumerisches Taumeln durch die vier Lebensalter hindurch zum Tode, unter Begleitung einer Reihe trivialer Gedanken.«

Kein Geringerer als Arthur Schopenhauer hat das gesagt. Wie recht der Mann hat und wie traurig es ist, dass er recht hat! Trotzdem, wenn ich diese Zeilen lese und den Namen ihres Schöpfers, überkommt mich Düsternis. Scham und Schuldgefühl überwältigen mich ob der philosophischen Schuld, die ich auf mich lud. Ich bin schuldig. Und hier oben zu verharren, ist meine verdiente Strafe.

Ungeduldig blätterte de Jong vor, überflog weiter ausufernde Tiraden von Selbstmitleid und nahm nur hier und da ein paar Halbsätze auf; auf diese Weise entging ihm, dass der Tonfall sich mit den fortschreitenden Seiten änderte. Als er es schließlich bemerkte, blätterte er noch einmal zurück:

Freitag:
 Es ist kalt hier oben – wie oft habe ich das schon erwähnt.
 Ich muss pinkeln, aber niemand hat es für nötig gehalten, eine Toilette einzubauen. Auch das ist nichts Neues, und mir bleibt nichts anderes übrig, als auf und ab zu gehen, zu hüpfen und meiner Blase Übermenschliches zuzumuten.
 Mit dem Fernrohr kann ich in die warm erleuchteten Fenster ringsum blicken. Schicken, jungen Leuten beim Luxusleben zusehen, wie sie zusammen kochen und danach eine Serie streamen. Pärchen, wie sie sich gemeinsam umziehen und getrennt zum Sport gehen. Hin und wieder sogar Wolllüstige, die sich zum heimlichen Stelldichein treffen. Ich bin umgeben von Menschen, die das Leben verwöhnt und die die Welt aus ihrer VIP-Perspektive betrachten, sich für auserwählt halten, weil sie sich die horrenden Mieten hier leisten können.

Nur dass sie nicht ahnen, dass es noch jemanden gibt, der über ihnen steht.

Stimmen höre ich immer noch. Sie wispern und murmeln, nur das Tuten und Blasen lässt sie verstummen. Ja, nennt mich ruhig durchgeknallt oder verrückt, aber es sind eben nicht s o l c h e Stimmen. Nicht von der Art, wie man sie in der Gummizelle hört. Denke ich jedenfalls. Nein, ich würde die Stimmen als real bezeichnen. Reale Stimmen von realen Menschen.

Präziser gesagt: Menschen, die einst real waren.

Die drei in den Eisenkörben. Van Leiden, Knipperdolling und Krechting. Ich weiß, ihr denkt, sie sind tot. Sind sie auch. Gefoltert und hingerichtet am klirrend kalten 22. Januar im Jahre des Herrn 1536. Aber die Seelen sind seitdem dort gefangen und leuchten, Nacht ein, Nacht aus. Touristen halten das Geleuchte für eine künstliche Installation, aber ich weiß: Die drei sind es. In den Körben. Von der Balustrade aus kann ich sie reden hören. Meistens streiten sie (hier ein Gedächtnisprotokoll):

»Hi, Bernie.«

»So heiße ich nicht. Zum hundertsten Mal: Mein Name ist Bernd.«

»Ich bin auch Bernd.«

»Genau. Deswegen nenne ich dich ja Bernie. Um euch beide zu unterscheiden.«

»Hast du das gesehen? Die da unten. Die hat mich fotografiert.«

»Wer denn?«

»Die mit den großen Titten. Hast du keine Augen im Kopf?«

»Quatsch, die kann dich überhaupt nicht sehen.«

»Jan, du kannst es immer noch nicht lassen, was?«
»Du bist doch bloß neidisch, Bernie.«
»Dann sag ich dir mal was: Das alles da unten hätte uns gehören können: die Kneipen voller Bier, die mondänen Cafés, die Luxusboutiquen, das Weibsvolk in den kurzen Röcken. Aber stattdessen hängen wir hier oben herum. Weil du es vermasselt hast.«
»Ach, hab ich das.«
»Ja, hast du. Weil du nie weißt, wann Schluss ist. König sein reicht dir nicht, nein, du musst auch noch die Weltherrschaft haben. Und dann auch noch so viele Frauen wie du willst.«
»Und du kannst ihnen nichts abschlagen. Nur den Kopf.«
»Sehr witzig. Weißt du was, Knipperdolling: Wenn ich du wäre, wäre ich ganz still.«
»Da muss ich ihm leider recht geben, Bernd.«
»Du kannst mich mal, Bernie.«
»Ich heiße Bernd, du Schwachkopf!«

Mir ist klar, dass mir niemand glaubt. Aber spielt das eine Rolle? Ich bin nicht allein, nur das zählt. Ein beruhigender Gedanke.

Heute war Jan sogar in meiner Turmstube. Zuerst hat er hämische Bemerkungen gemacht, wie luxuriös ich wohne im Vergleich zu seinem kargen Käfig, der am Turm baumelt, der zwar bessere Aussicht bietet, aber nicht mal über eine Sitzgelegenheit verfügt. Dann haben wir geredet. Er ist kein Spinner und findet es toll, dass jemand wie ich hier oben die Stellung hält.

»Sieh sie doch an, diese Menschen da unten, wie klein sie sind. Lächerlich klein.«

»Du hast recht«, sage ich, kneife ein Auge zu und zerquetsche einen dieser winzigen Zweibeiner auf dem Prinzipalmarkt mit dem Daumen.

Jan hat sich kaum verändert, sieht genauso aus wie auf zeitgenössischen Kupferstichen. Er ist ganz und gar nicht fanatisch, auch nicht verbohrt. Überhaupt nicht. Peinliche Befragung, anschließende Folterung und Hinrichtung haben aus ihm einen anderen Menschen gemacht, sagt er. Einen reiferen, nachdenklicheren.

»Glaub mir«, sagt er und grinst, ganz anders als auf den zeitgenössischen Kupferstichen. »Ich kenne mich aus, schließlich bin ich lange genug hier oben. Long John van Leiden.« Sein Lachen klingt eingerostet wie ein alter Dieselmotor, der nicht anspringen will. »Du darfst dich nicht unterkriegen lassen, das ist die Hauptsache, verstehst du? Merk dir immer: Die sind da unten, und du bist hier oben.« Der Täufer hat recht. Ich habe ihm viel zu verdanken. Und ich werde es ihm vergelten. »Ich werde dafür sorgen, dass dein Fall neu aufgerollt wird«, sage ich. »Das ist das wenigste, was ich tun kann.«

Aber er winkt ab. »Schnee von gestern«, meint er. »Viel wichtiger ist, dass du hier oben die Stellung hältst.«

Inzwischen ist mir klar, was er meint. Ich bin nicht nur ein läppischer Turmwächter. Ich bin so etwas wie das Auge Gottes. Ich sehe Rechtschaffenheit, Liebe und Leidenschaft. Nichts bleibt mir verborgen. Und so sehe ich auch Sünde. Verderbtheit. Hier vor meinen Augen. Und wer, wenn nicht ich, sollte

Hier endete der Text abrupt. Mitten im Satz. Die Kladde war bis zum letzten Millimeter vollgeschrieben. De

Jong blinzelte in das fahle Licht der Straßenlaterne. Zeit, schlafen zu gehen. Zwei späte Radler sausten an ihm vorbei, ein Pärchen, offenkundig mit Streiten beschäftigt. Unverständliche, aggressive Wortfetzen streiften de Jong wie Ohrfeigen. Dann war es wieder still.

Bis auf ein eher leises, schnarrendes Geräusch. De Jong war klar, dass es sich nur so anhörte, als wäre das *Alte Mädchen* auf Grund gelaufen; dass es in Wirklichkeit Spohn war, der selig schnarchte. Der Exkommissar zuckte mit den Achseln und kehrte zurück an Bord. Im Schrank fand er noch zwei Extrakissen, mit denen verstopfte er sich so gut es ging die Ohren. Das Schnarchen wurde ein bisschen leiser.

Und doch fand er keinen Schlaf. Daran war nicht mal Spohns Sägerei schuld, sondern Schöppings Geschreibsel. Die seltsamen Gespräche mit den Toten in den Käfigen, das geplante Buch über den Justizirrtum, die vor Selbstmitleid triefenden Betrachtungen über das Tagewerk des Türmers – alles ziemlich skurril. Ein Mann, der zu viel allein war, dachte sich schräge Sachen aus, die er für veröffentlichungsreif hielt. Aber genau genommen war es auch das nicht, was de Jong den Schlaf verdarb. Sondern die Tatsache, dass der Schluss fehlte.

Ich sehe Rechtschaffenheit, Liebe und Leidenschaft. Nichts bleibt mir verborgen. Und so sehe ich auch Sünde. Verderbtheit. Hier vor meinen Augen. Und wer, wenn nicht ich, sollte

Sollte was? Wurde es hier vielleicht endlich spannend? Je mehr de Jong über diese Frage nachgrübelte, anstatt zu schlafen, desto neugieriger wurde er auf das Ende. Denn so viel stand für ihn fest: Dieser in der Luft verharrende letzte Satz war kein Cliffhänger, der zu nichts anderem diente, als die Spannung zu steigern. Der Schluss existierte irgendwo. Und wenn er den hatte, war es durchaus denkbar, dass er der Lösung des Rätsels um den tödlichen Sturz des Türmers von Sankt Lamberti ein wenig näherkam.

* * *

Deswegen rief er am nächsten Morgen – es war noch früh, vor sieben Uhr, und die blasse Morgensonne wirkte lustlos und verpennt, als hätte auch sie wegen Spohns Schnarcherei kein Auge zugetan – Bühlow an und bat ihn um den Schlüssel zur Turmstube.

»Hast du denn irgendwas Neues herausgefunden?«, erkundigte sich der junge Hauptkommissar, offenkundig noch beim Frühstück, mit vollem Mund. Endlich hatte er sich das Du gemerkt.

»Nein, aber das werde ich vielleicht«, sagte de Jong. Es war eine dieser Situationen, in denen man nicht sagen konnte, wonach genau man suchte, es aber vielleicht trotzdem finden würde.

De Jong fuhr zum Staufenplatz. Bühlow erwartete ihn mit den Schlüsseln oben an der Wohnungstür, er roch nach Kaffee und teilte dem Exkommissar etwas mit, das der nicht verstehen konnte, weil unten gerade ein Güterzug Kurs auf den Hauptbahnhof nahm. Er wartete das Ende des Krachs nicht ab, nahm die Schlüssel, winkte dankbar und kehrte auf die Straße zu seinem Fahrrad zurück. Gerade wollte er das Bein über die Stange schwingen, als sein Telefon klingelte.

»Ja?«, meldete er sich, ohne auf das Display zu sehen.

»Hast du gerade Zeit?« Küppers klang angespannt. Aber Küppers war auch kein Frühaufsteher, vielleicht war er deswegen ein wenig gereizt.

»Nein, eigentlich nicht«, sagte de Jong.

Das überhörte Küppers. »Der Mann, der neben mir wohnt, leidet an schwerer Paranoia. Ich hab das schon lange geahnt, aber jetzt habe ich den Beweis.«

»Das tut mir leid«, sagte de Jong ratlos. »Bestell ihm von mir gute Besserung.«

»Einen Scheiß werde ich tun!«, rastete Küppers aus, so laut, dass es eine Frau, die gerade an de Jong vorbeiging, mitbekam und ihm einen tadelnden Blick zuwarf. »Der Kerl nennt mich einen Mörder! Ich soll sein Scheißkarnickel ermordet haben.«

»Das ist ja eigentlich kein Mord«, sagte de Jong.

»Ganz genau! Und warum sollte ich das gottverdammte Vieh überhaupt kaltmachen? Die dämlichen Hoppelhasen sind mir so was von scheißegal.«

»Weil du sie gern mit Rotweinsoße verzehrst?«

Einen Augenblick war es am anderen Ende still. »Komisch, das behauptet er auch. Ich hätte Schubert auf heimtückische Weise herübergelockt und dann ...«

»Schubert?«

»So heißt der Hase. Er hat ihnen Namen gegeben. Schubert, Wagner und Brahms – ganz schön weggetreten, was? Und ich hätte das Vieh gekillt und danach zubereitet.«

»Hast du aber nicht, oder?«

»Natürlich nicht! Wofür hältst du mich, Niklas, für komplett bescheuert? Nur, dass Gerresheim sich das in den Kopf gesetzt hat und nicht davon abzubringen ist.

Er will den Bratengeruch bei sich im Wohnzimmer gerochen haben.«

»Bist du sicher, dass er das wirklich will?« Aus dieser Bemerkung klang vielleicht ein bisschen zu sehr heraus, dass de Jong auf ein baldiges Ende des Telefonats hoffte.

»Ach, nerve ich dich vielleicht, Niklas?«, kam es jedenfalls umgehend zurück. »Sag ruhig, wenn ich dich nerve.«

De Jong sagte es natürlich nicht, obwohl es zum Teil stimmte. Küppers redete weiter sehr aufgebracht über seinen Nachbarschaftsstreit, und jetzt donnerte wieder so ein endlos langer Zug auf dem Gleis über de Jong hinweg, sodass er nur die Hälfte verstehen konnte.

De Jong rief in den Hörer: »Nein, aber was soll er denn schon machen? Dich vor Gericht zerren?«

Der Zug war durch. Am anderen Ende war es still.

»Eugen?«

»Vor Gericht zerren. Weißt du was, Niklas? Du hast doch überhaupt nicht die leiseste Ahnung, worum es hier geht. Ich bitte um Verzeihung, wenn ich deine kostbare Zeit verplempert habe.«

»Nein, wieso denn, Eugen, ich hab dich nur nicht ...«

Die Verbindung war aber schon unterbrochen.

* * *

Es war kurz vor zehn, als er auf dem Turm von Sankt Lamberti die Arbeitsstätte des Türmers betrat und wie üblich erst einmal verschnaufen musste. In der Turmstube war es stickig. Und es war so, wie er vermutet hatte: Er wusste gar nicht, wonach er suchte. Und dann stellte sich eben die Frage, wie er es finden sollte. De Jong ließ sich auf dem Drehstuhl nieder, der vor Schöppings schmalem Schreibtisch stand. Der Stuhl ächzte und sackte ein Stück tiefer.

Und es war gar nicht so, dachte de Jong trotzig, dass er nicht wusste, wonach er suchte: nach dem Schluss der handschriftlichen Hinterlassenschaft nämlich, die der Ermordete mit *Tuten und Blasen* betitelt hatte.

Er nahm sich alle Ablagen vor, kroch unter den Tisch, langte unter das muffige Sofa. Gut zwanzig Minuten war er damit beschäftigt. Fand aber nichts. Und es war ihm natürlich von Anfang an klar gewesen, dass die Kripo das alles auch schon gemacht hatte. Sodass er sich am Ende der zwanzig Minuten ein bisschen lächerlich vorkam und froh darüber war, dass ihn niemand dabei beobachtet hatte, wie er auf dem Boden herumrutschte.

Beobachtet. De Jong fiel das Fernrohr wieder ein. Er hatte nur einen kurzen, zufälligen Blick hindurch riskiert und ohne jede indiskrete Absicht die Brüste einer unbekannten Frau betrachtet. Vorsichtig wagte er einen Schritt nach draußen auf die Brüstung: Das bedeutete, dass das Teleskop auf das Fenster einer Wohnung gezoomt hatte.

Der Exkommissar nahm das Gerät in Augenschein. Die Spusi hatte das Rohr nach unten geklappt, es war also nicht mehr möglich, zu rekonstruieren, auf welches Fenster es noch bis zur Nacht des Mordes gerichtet gewesen war.

Oder doch?

De Jong brachte das Fernrohr wieder in eine waagerechte Position. An seiner Unterseite – da, wo es auf das Stativ aufgeschraubt war – befanden sich zwei Rädchen, eins für die Grob- und eines für die Feinjustierung. Und da waren doch tatsächlich, erst auf einen zweiten, intensiven Blick sichtbar, winzige Fitzelchen roten Klebebandes angebracht: Wenn das keine Markierungen waren! Man musste also das Teleskop nur genauso einstellen ...

Da war es! De Jong blickte auf ein Fenster, das sich im zweiten Stock eines der nach dem Krieg liebevoll restaurierten Bürgerhäuser auf dem Prinzipalmarkt befand. Nur dass er jetzt keine Frau zu sehen bekam, sondern blickdichte Vorhänge in Bordeauxrot. Wen hatte Schöpping dort beobachtet? Und warum? Frauen in ihren Schlafzimmern zu beobachten, war es das, was der Türmer darunter verstanden hatte, das »Auge Gottes« zu sein? Hielt er Gott etwa für einen Spanner?

De Jong schreckte aus seinen Grübeleien hoch. Da war ein Geräusch, tief unten im Turm, ein Tick, Tick, Tick. Er lauschte. Das Geräusch wurde allmählich lauter. Schritte, die auf den Steintreppen heraufkamen. Bühlow? Nein, das waren die Schritte einer Frau.

Er wartete. Dann hatte sie den Aufstieg geschafft und stand auf der Schwelle. Eine gutaussehende Frau. Sie war schlank, rothaarig und trug einen grellgrünen Rucksack auf dem Rücken. Sie starrte ihn an. »Wer sind Sie denn?«, fragte sie außer Atem und voller Misstrauen.

»De Jong. Niklas de Jong. Ich bin – genau genommen war – bei der Kripo Münster.«

»Genau genommen war?«

»Sagen wir, ich helfe aus, wenn's brennt. Und Ihr Name ist?«

»Nina Schöpping. Der Türmer war mein Bruder.«

»Mein Beileid«, sagte de Jong. »Aber Ihnen ist klar, dass die Kripo den Raum noch nicht freigegeben hat?«

Frau Schöpping machte ein Entschuldigung heischendes Gesicht und hielt einen Schlüssel hoch. »Ich weiß, den hab ich offiziell auch nicht, aber Ralf hat ihn mir mal zugesteckt. Und jetzt suche ich nach seinen persönlichen Aufzeichnungen. Sie sollten nicht in falsche Hände geraten.«

Jetzt war es an de Jong, etwas hochzuhalten. »Ich fürchte, das ist es schon. Aber ich habe es nicht entwendet, sondern seine Exfrau hat es mir überlassen.«

Nina Schöpping sah nicht begeistert aus, als sie die Kladde an sich nahm. »Sie haben das also gelesen?«

»Wir versuchen herauszufinden, wer ihn da hinuntergestoßen hat.« De Jong machte eine einladende Geste in Richtung des durchgesessenen Sofas, und sie nahm Platz. »Können Sie mir sagen, ob Ihr Bruder Feinde hatte?«

Ratloses Schulterzucken. »Das hat man mich doch schon gefragt.«

»Was hatten Sie für einen Eindruck von Ralf in der letzten Zeit? Wirkte er irgendwie anders als sonst?«

Frau Schöpping machte ein Gesicht, als hätte man sie auch das schon gefragt. »Damals, als er von Osnabrück hergezogen ist, hatte ich gerade erst meine Stelle im Landesmuseum. Damals hatte er schon diesen Plan, ein Buch über die Täufer zu schreiben. Aber seit er hier im Turm war, wurde das regelrecht zur Manie. Einmal hat er mir anvertraut, dass er Stimmen hört. Und die Art, wie ich darauf reagierte, hat ihm nicht gefallen. Er hat gedacht, ich halte ihn für nicht mehr ganz dicht.«

»Was Sie aber nicht taten?«

Nina ließ diese Frage unbeantwortet, was de Jong sehr wohl registrierte. »Im Grunde weiß ich nicht viel über sein Leben. Er ließ niemanden an sich heran. Als man ihn damals überfallen hat, da hat er mir ins Gesicht gesagt, er wäre mit dem Fahrrad gestürzt.«

»Er wurde überfallen? Wann war das?«

»Vor einem Monat etwa. Vielleicht drei Wochen. Vielleicht hat er sich auch geprügelt, aber das war nie seine Art. Nur dass er mir, seiner Schwester, ins Gesicht lügt, er sei vom Rad gefallen ...«

»Was ist denn in Wirklichkeit passiert?«

Nina zuckte mit den Schultern. »Ich hab es nicht herausgefunden. Egal, was passiert sei, die Wahrheit werde sich der Gewalt niemals beugen. Das hat er gesagt. Diese pathetische Ausdrucksweise hatte er sich angewöhnt. Und dann wieder, manchmal ...«

De Jong wartete.

»Einmal kam ich her, das letzte Mal, dass ich hier war, glaube ich. In der Ecke da«, sie deutete mit dem Finger, »lag eine Isomatte und ein Schlafsack. Als hätte hier jemand übernachtet. Als ich Ralf darauf ansprach, hat er ganz dichtgemacht. Dass mich das nichts anginge und ob ich ihm neuerdings nachspionieren würde. Man wurde nicht schlau aus ihm.«

»In den Aufzeichnungen«, de Jong deutete auf die Kladde, die neben Frau Schöpping auf dem Sofa lag, »hat er etwas von einer philosophischen Schuld erwähnt. Dass sie der Grund für ihn sei, sich hier oben auf dem Turm zu verschanzen. Können Sie damit irgendetwas anfangen?«

»Eine philosophische Schuld? Was ist denn damit gemeint?«

»Er hat außerdem Schopenhauer zitiert.«

Die Schwester des Türmers zuckte ratlos mit den Achseln.

De Jong trat an den Schreibtisch und betrachtete das Schwarzweißfoto an der Wand. »Wann war das mit dem Schlafsack?«

»Das war ... ist vielleicht zwei Wochen her.«

Der Exkommissar zeigt auf das Bild. »Und das ist er auf diesem Klassenfoto?«

Nina Schöpping trat neben ihn und suchte unter den Jungengesichtern nach dem ihres Bruders. »Da ist er«, sagte sie und tippte mit dem Finger auf die Aufnahme. Ralf als Viertklässler, ein schmächtiger, kleiner Bursche mit Igelfrisur, blickte aus der dritten Reihe verträumt und etwas missmutig in die Kamera. De Jong fiel erst jetzt auf, dass ein anderes Gesicht auf dem Foto mit einem schwarzen Kugelschreiber markiert war, das eines Jungen in der gleichen Reihe, fünf Gesichter weiter. Zwei Striche. Ein Kreuz. Jemand hatte das Gesicht durchgestrichen.

»Was ist das denn bloß«, murmelte er.

Und Schöppings Schwester fragte: »Was?«

Aber de Jong starrte nur. Es war nicht nur irgendein durchgestrichenes Jungengesicht. Sondern eines, das ihm vage bekannt vorkam. Nein, von bekannt vorkommen konnte eigentlich nicht die Rede sein, höchstens von *entfernt* bekannt, wenn überhaupt. Vor allem hatte er nicht den geringsten Schimmer, woher ihm der Junge auf dem Bild bekannt vorkam.

Frau Schöpping sagte noch etwas, aber De Jong hörte nicht zu. Er starrte. Überlegte fieberhaft. Und dann fiel es ihm ein: Das war Jean-Marie Rambeaux! Der Schnorrer als kleiner Junge im vierten Schuljahr. Hundertprozenzig? Er konnte es sein. Nein, höchstens fünfzigprozentig, wenn nicht noch weniger. Möglicherweise irrte er sich. Wer war schon in der Lage zu sagen, wie ein nur entfernt Bekannter als Kind ausgesehen hatte?

»Aber wenn ich mich nicht irre, dann könnte das bedeuten, dass die beiden Fälle zusammengehören«, platzte er heraus. »Nein, es müsste das bedeuten.«

Nina Schöpping musterte ihn zweifelnd. »Wie bitte?«, fragte sie. »Welche Fälle?«

12. Kapitel

Beim Abstieg vom Turm legte de Jong ein zu schnelles Tempo vor. Zunächst war es nur ein forsches Voranschreiten, aber da es abwärts ging, erhöhte sich das Tempo wie von selbst. Hinzu kam, dass er sich auf der Wendeltreppe in einer ständigen Kreiselbewegung befand, was es immer schwieriger machte, sich gegen die Zentrifugalkräfte zu wehren. Seine Schritte beschleunigten wie durch Zauberei, keine Chance, das Tempo zu drosseln. Als er endlich unten an und – gerade noch rechtzeitig – zum Stehen kam, schwindelte ihn ordentlich, und er glaubte, sich wie einer dieser bedauernswerten Taucher zu fühlen, die zu schnell aus der Tiefsee an die Wasseroberfläche gelangten, nur eben umgekehrt. Und so stand er einen Moment still und wartete darauf, dass Nina Schöpping ihm folgte, während sich alles um ihn herum drehte.

Frau Schöpping kam aber nicht. De Jong zuckte mit den Schultern, stieß die Tür auf und nahm die letzte

Stufe mit einem weiten, vorsichtigen Schritt, in der Art von Neil Armstrong, als er im Jahre 1969 die Mondlandefähre *Eagle* verließ und als erstes menschliches Wesen den staubigen Mondboden betrat. Ein kleiner Schritt für einen Exkommissar, dachte de Jong, aber möglicherweise ein großer für die Kripo: falls seine Vermutung stimmte, dass der Mordfall Schöpping und der Mordfall Rambeaux in einer wie auch immer gearteten Weise miteinander verquickt waren.

Draußen auf dem Lambertikirchplatz empfingen ihn eine warme Vormittagssonne und Touristen mit Sonnenbrillen und *Coffee to go* in einer Hand, während die andere Tablet oder Smartphone in den Himmel reckte, um die berühmten Käfige aufzunehmen, die man korrekterweise als Körbe bezeichnete. Und wieder einmal staunte der Jong über den technischen Fortschritt, der es Touristen heutzutage ermöglichte, das oft mühsame Anschauen von Sehenswürdigkeiten ihren elektronischen Geräten zu überlassen, damit sie sich selbst interessanteren Dingen widmen konnten, wie zum Beispiel in der Nase zu bohren oder genüsslich an einem bunten Strohhalm zu saugen, der in einem Styroporbecher steckt.

Er bahnte sich einen Weg durch die Menge hindurch und zückte selbst sein Smartphone, weil er Bühlow seine Entdeckung mitteilen wollte. Aber er erreichte nur die Mailbox. Einen guten Steinwurf entfernt befand sich Schmedebachs Tabakladen. De Jong verspürte Lust auf salziges Lakritz, auf eine ganz bestimmte Sorte, die ihm nachweislich beim Denken half und die man nur bei Schmedebach bekam.

Wie immer hatte der Ladenbesitzer keinen guten Tag. »Also ich könnte die Dinger ja nicht essen«, kommentierte er mit einem angeekelten Unterton, während er die Lakritztaler mit einer kleinen Schaufel aus Metall aus einem großen Glas fischte und in eine Papiertüte abfüllte. »Selbst wenn Sie mir was dafür bezahlen würden.«

»Seien Sie froh«, setzte de Jong dagegen. »Was Sie nicht essen, können Sie besser verkaufen.«

»Tja, aber trotzdem werden Sie das Zeug bald woanders erwerben müssen.« Dies war der Auftakt zu einer erneuten allgemeinen Beschwerde, dass er, Schmedebach, auf gepackten Koffern sitze, weil er dichtmachen müsse, weil die großen Ladenketten Kleinunternehmern wie ihm alle Luft zum Atmen nähmen. Über Atmen ging es dann in den Bereich Natur, die es heutzutage ja gar nicht mehr gebe und für deren Zauber niemand mehr einen Sinn habe, weil alle heutzutage nur noch auf das Display ihres Elektrospielzeugs starrten. »Kein Wunder, dass keiner mehr einen Fuß in einen Laden setzt.«

Die alte Leier, dachte de Jong. Fraglos respektierte er Schmedebach als einen Schwarzseher von Weltrang, aber gerade deshalb riskierte der Tabakhändler, dass ihn keiner mehr bedauern würde, wenn es eines Tages mal wirklich brennen sollte. Wenn er wirklich den Laden dichtmachen musste. »Damit wäre es ja auch nicht getan«, gab der Exkommissar zu bedenken. Er zahlte, griff nach der Lakritztüte und nickte Schmedebach zu.

»Sie sind einer meiner treuesten Stammkunden«, gestand Schmedebach immerhin ein, als de Jongs Hand schon gegen die Ladentür drückte.

»Kann man wohl sagen.« De Jong drehte sich um und grinste. »Wie wär's mit einem Kundenrabatt?«

»Ich habe überlegt«, der Ladenbesitzer druckste ein wenig herum, »ob wir uns mal privat zusammensetzen. Ganz inoffiziell sozusagen. Von Mann zu Mann.«

»Warum nicht?«, sagte de Jong, den diese Einladung einigermaßen überraschte.

»Wie wär's denn mit heute Abend? Vielleicht haben Sie ja Zeit und eine Idee, wo wir einen heben können.«

De Jong fiel zuerst nichts ein, und er kam sich etwas überrumpelt vor. Aber dann hatte er eine Idee: »Da gibt es ein recht interessantes neues Restaurant unten am Hafen. Nennt sich *Nostromo II*. Kann man nicht verfehlen.«

* * *

Etwa eine halbe Stunde später, er kehrte an Bord des *Alten Mädchens* zurück, war de Jong sich zunächst unsicher, ob er sich nicht im Hausboot geirrt hatte. Für einen Augenblick zog er auch in Erwägung, dass er sich auf einer Art Museumsboot befand, einer naturgetreuen Nachbildung der Räumlichkeiten eines Exkommissars auf dem Dortmund-Ems-Kanal im Maßstab eins zu eins.

Es war alles so sauber. Pickobello. Nirgendwo lag ein Stäubchen. Alles befand sich auf seinem Platz und nirgends entdeckte man irgendwelche Spuren, die auf intelligentes Leben hindeuteten. Es roch nach Putzmitteln, und die ehemals verwüstete Küche strahlte wie die Musterküche in einem Möbelmarkt. Von Spohn war keine Spur zu sehen, und es gab auch nichts, was darauf schließen ließ, dass er sich jemals an Bord befunden hatte.

Das stimmte nicht ganz: Auf der Kühlschranktür klebte ein Zettel mit einer Nachricht. Ein DIN-A4-Blatt, dicht beschrieben mit einer krakeligen, aber leserlichen Handschrift. Eher ein Brief als eine Nachricht:

Cheerio, Käpt'n, wie Sie sehen, hab ich ein bisschen klar Schiff gemacht. Auch wenn es angebracht sein mag, danken Sie mir nicht dafür, ich sollte vielmehr Ihnen danken für das Asyl, das Sie einem Mann in Not gewährt haben. Dafür, dass Sie genauso handelten, wie ich an Ihrer Stelle gehandelt hätte. Und für die überaus interessanten philosophischen Diskurse, die wir ausgefochten haben. Nun, alles geht einmal zu Ende. Wenn Sie von dieser Brücke springen, sind Sie nicht tot, sondern allenfalls nass – wissen Sie noch? Das waren Ihre Worte. Und ich darf sagen, ich habe meine Lektion gelernt.

Brücken kommen also nicht in Frage, so viel steht fest. Ich werde es da zu Ende bringen, wo alles angefangen hat.

Machen Sie's gut, de Jong, es war schön mit Ihnen. Wenn Sie das lesen, wandere ich schon längst im Tal der Schatten ;-); na ja, falls nicht wieder irgendwas dazwischenkommt.

Ihr Konrad Spohn

De Jong schüttelte den Kopf und zupfte den Brief von der Kühlschranktür. Wovon sprach dieser Kerl: Lektion gelernt, philosophische Diskurse? Das hörte sich so an, als ob Spohn die letzten Tage und Nächte auf einem ganz anderen Boot verbracht hatte. Andererseits aber sah de Jong ihn geradezu plastisch und dreidimensional vor sich, wie der Kerl dort am Küchentisch saß und die abschiedsträchtigen Zeilen zu Papier brachte, während das Mitleid mit dem eigenen Schicksal ihm die Tränen in die Augen trieb.

Sein Handy klingelte. Es war Bühlow.

»Na, endlich«, sagte de Jong. »Du glaubst nicht, was ich entdeckt habe.«

Irritierenderweise ließ der Hauptkommissar diese Aussage völlig unkommentiert.

»Ich finde, wir sollten uns doch mal mit diesem Rezept befassen.«

»Mit welchem Rezept?«

»Ich hatte dir doch erzählt, dass Schöpping ein Arztrezept bei sich hatte. Ein Augenarztrezept.«

»Ja, und?«

Einen Moment war es still. »Ich denke, dass das eine Spur sein könnte. Genau.«

»Aber wieso?« Möglicherweise ließ die Tatsache, dass seine viel wichtigere Entdeckung so gar keine Würdigung fand, de Jong ein wenig ärgerlich klingen. »Weißt du was, vergiss doch mal für einen Moment dieses alberne Rezept. Was für eine Spur soll das denn sein? Schöpping hatte Augen im Kopf, und deswegen musste er wohl hin und wieder zum Augenarzt, das ist ganz normal.«

»Nein.«

»Nein?« Einen winzigen Augenblick lang glaubte de Jong tatsächlich, sich verhört zu haben. »Du denkst, das ist nicht normal?«

»Nein, ich meine, dass du derjenige bist, der mir hilft, den Fall zu lösen, stimmt doch, oder?«

»Mach ich gern.«

»Genau. Und ich bin derjenige, der ihn löst.«

Wieder richtig, dachte de Jong, sagte es aber nicht, da er ahnte, worauf das hinauslief.

»Und der am Ende den Kopf dafür hinhält.«

»Naja«, meinte der Exkommissar. Davon, dass die Kripo Münster ihren Mitarbeitern mit der Guillotine drohte, hatte er allerdings noch nie gehört. »Wie du meinst.«

»Ich habe auch schon mit dem Arzt gesprochen. Einem Doktor Wiedemann.«

»Ja, und?«

»Schöpping ist keiner seiner Patienten.«

»Na, siehst du.«

»Genau. Und ich hab ihn gefragt, wie es dann kommt, dass der Ermordete einen seiner Rezeptvordrucke in der Tasche gehabt hat.«

»Woher soll er das denn wissen?«

»Das hat er auch gesagt. Davon wisse er nichts und es interessiere ihn auch nicht.«

»Genau«, sagte de Jong und kam sich wie Bühlows Echo vor. »Ich meine, na also.«

»Aber das ist doch merkwürdig, oder nicht?«

Wieder folgte eine Stille, in deren Verlauf de Jong beschloss nachzugeben. Warum er das tat? Da war so etwas wie heimlicher Stolz des »väterlichen Freundes« darauf, dass Bühlow anfing, auf seine eigene kriminalistische Spürnase zu vertrauen, ganz egal, ob er richtig lag oder nicht. »Dann schlage ich vor«, sagte er, »du machst einen Termin bei diesem Doktor und wir gehen hin, fühlen ihm auf den Zahn, einverstanden?«

»Genau«, sagte Bühlow.

De Jong legte auf. Der Junge machte sich. Statt an seinem Rockzipfel zu hängen, trat er aus seinem Schatten.

Apropos Schatten. Ihm fiel wieder das Tal der Schatten ein, in dem sein ehemaliger Logiergast jetzt wandelte. Erneut sah er Spohn vor sich, dieses Mal mit dem Wanderstock in der Hand und einem *Jack-Wolfskin*-Rucksack auf dem Rücken, in dem sich Wanderkarte, Trinkwasser und Proviant befanden. Spohn, im Tal der Schatten einherschreitend, das Liedchen vom jungen Wandersmann vor sich hin pfeifend. Aber dieses Bild war so schräg wie Spohns Pfeiferei. Weil es nämlich seines – de Jongs – Wissens nirgendwo im Münsterland ein Tal der Schatten gab. Und selbst wenn, dann hatte Konrad Spohn mit seinem Hang für pathetische Bilder wohl etwas anderes gemeint.

Brücken kommen nicht in Frage, so viel steht fest. Also werde ich es da zu Ende bringen, wo alles angefangen hat.

Der Kerl bluffte doch. Er tat sich selbst viel zu leid, als dass er einen Sturz riskierte, bei dem er sich auch nur leichte Verletzungen zuziehen konnte. – Und wenn doch? Wenn doch, dachte de Jong, dann wäre auch das irgendwie typisch für diesen Kerl. Und immerhin war zu bedenken, dass sich 2008 viele Wallstreet-Bänker von Wolkenkratzern gestürzt hatten, als sie keine Antwort mehr darauf wussten, wie sie in Zukunft ihre Zweit-Luxusjacht abbezahlen sollten.

Wo alles angefangen hat. De Jong konnte sich denken, was damit gemeint war. *Du hast beheizten Fußboden, selbstreinigendes Klo, Badewanne mit Internetzugang. Alles in der besten Wohnlage, grün und trotzdem citynah.* Tja, das konnte schließlich überall sein. Ohne sich viel davon zu versprechen, ging er ins Internet und wurde überraschend schnell fündig: Ein Artikel aus den *Westfäli-*

schen Nachrichten aus dem Juni 2015 berichtete von der Hochzeit des »Traumpaares« auf Burg Vischering: Konrad Spohn, Investmentbänker, und Maybritt Hohnstein, eine der Hauptdarstellerinnen in der beliebten TV-Serie *Hautklinik, Spezialeinheit*. Auf dem Foto hatte der Bräutigam nur wenig Ähnlichkeit mit dem Spohn, den de Jong kannte: Er war jung und adrett, übertrieb damit sogar etwas, sodass de Jong an das *Alte Mädchen* denken musste und was Spohn aus ihm gemacht hatte. Maybritt, gertenschlank und langbeinig, steckte in einem hautengen, aprikotfarbenen Kleid und lächelte ein professionelles Filmstar-Lächeln in die Kamera. Abgesehen davon erfuhr de Jong in dem Artikel, dass das junge Paar gerade erst die *Kuchenburg,* einen ehemaligen Gasthof in Handorf, erworben hatte, um ihn zum Traum-Zuhause für das Traumpaar umzugestalten.

Handorf war im neunzehnten Jahrhundert ein beliebtes Ausflugsziel gewesen. Ausflugsgaststätten erlebten damals einen regelrechten Boom, der Ort trug die Bezeichnung »Dorf der großen Kaffeekannen« wie einen Ehrentitel. Zur gleichen Zeit, während es in Alaska Tausende von Glücksrittern an den Klondike River zog, um mit selbst geschürftem Gold ein Vermögen zu machen, radelten hier zu Lande Legionen von Wochenendausflüglern aus der Münsteraner Innenstadt gen Osten hinaus nach Handorf, um dort bei einem Kännchen Kaffee und Apfelkuchen den Sonntagnachmittag zu verbringen. Einen freien Tisch bekam man immer, denn die Ausflugsgaststättendichte in Handorf war legendär und weit über die Region hinaus bekannt. Doch jeder Boom verliert irgendwann an Kraft. Es kam die Zeit, da nahm die Zahl derer, die ein Sonntagsausflug mit Kaffee und Kuchen faszinierte, stetig ab, und die Zahl derer, die auf einen Last-minute-Urlaub in der Dom Rep standen, entsprechend zu. Und so begann das Sterben der Ausflugslokale, ein großer Traditionsname nach dem anderen musste aufgeben. Die *Kuchenburg* konnte von Glück sagen, dass sie nicht der Abrissbirne zum Opfer fiel, sondern für besserverdienende Traumpaare wie Konrad und Maybritt ein Schnäppchen darstellte, bei dem man einfach zuschlagen musste.

De Jong fahndete eine Weile erfolglos nach einer Telefonnummer, bis er aufgab und sich mit dem Rad auf den Weg machte. Etwa eine halbe Stunde brauchte er für den Weg.

Die ehemalige *Kuchenburg* war kaum wiederzuerkennen: Glas vom Boden bis zur Decke, wo früher kleine Fenster mit undurchsichtigem Buntglas vor neugierigen Blicken geschützt hatten. Die bröckelige Fachwerkfassade war toprenoviert und sah nagelneu aus. Und der Acker, der früher das Haus umgeben hatte, war auf der linken Seite einer geräumigen Doppelgarage gewichen, auf der anderen einem Anbau von der Größe einer Turnhalle.

Ein hoher Zaun aus unaufdringlichem, grauem Stahl umgab die Anlage. In der Auffahrt parkte eine Art knallgrüner Rennwagen. Die Heckscheibe zierte ein Aufkleber *Occupy Münster*. De Jong betätigte einen goldenen Messingknopf, den er für die Klingel hielt. Kurz darauf rauschte die Sprechanlage. »Ja?«, erkundigte sich eine metallische Stimme, eine weibliche, wie der Exkommissar vermutete.

»Frau Spohn? Ich würde Sie nur kurz etwas fragen.«

»Hier wohnt niemand, die so heißt.«

»Ich meine Hohnstein«, verbesserte sich de Jong. »Mein Name ist de Jong. Bis vor Kurzem war ich noch bei der Kripo.«

»Ich wüsste nicht, warum ich mit Ihnen reden sollte.«

»Müssen Sie auch gar nicht. Ich bin nur auf der Suche nach Ihrem Mann. Vielleicht könnten Sie mir helfen, wenn Sie zufällig wissen, wo …«

»Mein Mann?«, schnitt ihre scharfe Stimme seine Frage regelrecht in der Mitte durch, sodass einen Moment Stille herrschte. »Von wem sprechen Sie?«

»Konrad Spohn.«

»Er soll mein Mann sein? Verstehe, das hat er Ihnen erzählt, klar. Ich sag Ihnen, wer er ist: ein unverantwortlicher Zocker. Mieser Spekulant. Einer dieser Bänker, die die Welt zugrunde richten. Möchten Sie vielleicht mit so einem verheiratet sein?«

»Das nicht gerade«, gab de Jong zu. »Aber davon einmal abgesehen wüsste ich gern, wo er sich aufhält. Er ist nämlich in einer seltsamen Stimmung, und ich mache mir ein wenig Sorgen, dass er sich etwas antun könnte.«

»Seltsame Stimmung.« Es folgte ein hämisches, kratzendes Lachen. »In der war er doch, solange ich denken kann. Das ist sein schlechtes Gewissen. Wissen Sie, was ich ihm gesagt habe: Weinerlichkeit hilft dir jetzt auch nicht weiter. Dass du ein Looser bist, macht dich nicht zu einem besseren Menschen.«

»Die Adresse«, beharrte de Jong. »Die würde *mir* weiterhelfen.«

»Am Anfang hab ich ihn bewundert«, schnarrte es unbeirrt aus der Sprechanlage, als hätte de Jong nichts gesagt. »Wir waren ein perfektes Paar. Aber wie lange geht so was wohl? Wie lange kann man mit einer Lüge leben? Was meinen Sie?«

»Aber Sie haben es doch hier sehr schön«, bemerkte de Jong ausweichend.

»Wen interessiert das? Am Ende des Tages kommt es nur auf eines an: nämlich wie es hier drinnen aussieht.«

De Jong versuchte, sich die Inneneinrichtung der ehemaligen *Kuchenburg* vorzustellen – flauschige Teppiche auf dunklem Parkett, zeitgenössische Kunst an den Wänden, in den Vitrinen unbezahlbares Porzellan und heimelig prasselndes Kaminfeuer in der Ecke ...

»Es ist die innere Einstellung, verstehen Sie? Ob die stimmt oder nicht, allein das ist wichtig.«

»Ich sehe Sie immer gern in der TV-Serie«, versuchte de Jong mit einem Kompliment der platten Art, ihren Monolog abzukürzen. Eine glatte Lüge, er erinnerte sich ja nicht mal an den Titel der Serie, und so ging der Schuss auch ins Leere.

»Sicher, Sie können natürlich sagen: Die hat doch hier alles, wohnt in einem tollen Haus, fährt ein tolles Auto, wie will die überhaupt mitreden? – Als wenn es darauf ankäme.«

»Auf diese Nebensächlichkeiten«, fügte er hinzu.

Maybritt ließ sich noch eine Weile über die friedliche Koexistenz von äußerlichem Luxus und innerer Askese aus, der moralischen Vereinbarkeit von oberflächlichem Wohlstand und ökologischem Gewissen, machte aber keine Anstalten, de Jong hereinzubitten, damit er sich ihre wortreichen Betrachtungen wenigstens im Sitzen anhören konnte; und de Jong seinerseits war sich auch gar nicht sicher, ob er dieses Angebot angenommen hätte. Doch seine Beharrlichkeit zahlte sich am Ende aus: Frau Hohnstein nannte ihm eine Adresse im Erphoviertel, eine Penthouse-Wohnung in einem denkmalgeschützten Gründerzeithaus – sie hätten sie damals gemeinsam als reines Anlageobjekt erworben, um Steuern zu sparen, aber nach der Trennung habe er sich dort verbarrikadiert, solle sich aber bloß nicht einbilden, dass er das Luxusdomizil für sich allein behalten könne. Sie verriet ihm sogar den vierstelligen Code für das Schlüsselkästchen neben der Haustür.

13. Kapitel

Eine gute halbe Stunde später hatte der Exkommissar sein Fahrrad vor dem Haus im Ostviertel abgestellt. Er betrat ein blitzsauberes, weiß gekälktes Jugendstil-Treppenhaus, in dem jeder Schritt hallte wie in einer Kirche. Wohlstand und zivilisierter Lebensstil waren regelrecht einzuatmen, dabei handelte es sich vermutlich nur um ein bestimmtes Reinigungsmittel gehobener Qualität. De Jong kam sich wie ein Eindringling vor, hatte er sich doch Einlass verschafft, indem er willkürlich auf Klingeln gedrückt und nach dem Eintreten laut »Post!« gerufen hatte. Jetzt schlich er sich wie ein Betrüger leichtfüßig Etage für Etage hinauf und gelangte an eine Tür, die den Zugang zum Penthouse öffnete. Sie war nicht verschlossen. Also noch eine Treppe hinauf, und dann stand er vor dem Eingang zu Konrad Spohns Anlageimmobilie. Die Klingel gab ein dezentes Geräusch, aber niemand öffnete. De Jong probierte es einige Male, dann musste er sich wohl oder übel eingestehen, dass er mit seiner Vermutung falsch gelegen hatte. Spohn war wohl doch nicht hier.

Unschlüssig blieb er stehen, aber anstatt den Rückzug anzutreten, klingelte noch mal und horchte angestrengt. Er bildete sich nämlich ein, außer der Klingel noch ein zweites Geräusch vernommen zu haben. Etwas, das an ein Rufen erinnerte. Möglicherweise ein Hilferuf? Dann hörte er es noch einmal, dieses Mal ohne Klingel.

Währenddessen regte sich unten im Haus etwas. »Ist da jemand?«, rief eine argwöhnische Frauenstimme herauf. »Wer ist denn da?«

Statt zu antworten gab de Jong kurzentschlossen die Zahlenkombination in das Schlüsselkästchen ein und nahm den Schlüssel heraus. Dann betrat er die Wohnung und zog die Tür hinter sich zu.

Durch einen Flur, ausgestattet mit Spiegel, Schuhschrank und einem Paar Pantoffeln, gelangte er in ein großes Wohnzimmer. Die Decken waren mit Stuck verziert und befanden sich in mindestens drei Metern Höhe. Weiße Vollholzmöbel standen überall. Glas dominierte. Ein teures Ambiente, das allerdings keinerlei Wärme ausstrahlte.

»Spohn?«, rief de Jong und näherte sich einem Glastisch, auf dem er etwas entdeckt hatte, was die leblose Ordnung störte: eine geöffnete Tüte Paprikachips, Krümel auf dem Boden. Daneben ein zerknülltes Papier, das de Jong auseinanderfaltete.

Abschiedsbrief, lautete die doppelt unterstrichene Überschrift. Darunter: *Wie gern würde ich euch sagen: Leckt mich doch! Wenn ihr mich nicht leiden könnt, selber schuld. Aber so blöd das ist, ich gebe zu, dass ich ...*

Krakelige Schnörkel, die quer über das Geschriebene fuhren, zeugten davon, dass der Schreiber alles durchgestrichen hätte, wenn nicht der Kuli seinen Dienst versagt hätte.

De Jong ließ das Papier sinken, als er wieder das Geräusch hörte. »Spohn?«, rief er.

Die Antwort kam von draußen. Der Exkommissar öffnete eine schwere Schiebetür aus Glas, die hinaus auf eine Dachterrasse führte. Der Blick über die Dächer von Münster war grandios, jedoch von Spohn keine Spur. »Wo stecken Sie denn?«, rief de Jong.

»Was wollen Sie hier«?, kam es aus unmittelbarer Nähe, nur etwas unterhalb. »Nein, gehen Sie. Lassen Sie mich. Bleiben Sie in Ihrer Welt, de Jong. Auf Ihrem beschaulichen kleinen Dampfer …«

Und da lag er, auf einem Vordach, einen knappen Meter tiefer, mit schmerzverzerrtem Gesicht und hielt sich den linken Fuß. »Ich wollte es tun, verdammt noch mal«, stöhnte der Exbänker, als de Jong hinuntergeklettert war, sich über ihn beugte und den Fuß inspizierte. »Ich wollte runterspringen, ehrlich. Aber dazu musste ich erst mal auf dieses blöde Dach. Und da bin ich an der Dachrinne hängen geblieben.«

»Der Versuch zählt«, meinte de Jong.

Spohn machte ein trotziges Gesicht. »Hören Sie auf, sich lustig zu machen.«

»Sie haben sich den Fuß verstaucht, das ist nicht lustig. Aber auch nicht tragisch.« De Jong bot ihm seine Hand. »Kommen Sie, Sie können sich auf mich stützen.«

»Wohin denn?«

»Sie haben die Wahl.« De Jong wies hinter sich. »Entweder diese Luxusimmobilie mit ihrer einzigartigen, heimeligen Wärme oder meinen beschaulichen, kleinen Dampfer.«

Spohn streckte seine Hand aus, zog sie dann aber plötzlich wieder zurück, noch bevor de Jong sie packen konnte. »Nein«, beharrte er, drehte sich von de Jong weg zum Abgrund hin und verschränkte die Arme vor der Brust. »Es muss ein Ende haben. So oder so.«

»Wie denn genau?«

»Ich hab es satt, Bänker zu sein, von allen gehasst, glauben Sie mir, *so satt!* Von mir aus ist das weinerlich, de Jong, aber dann bin ich eben weinerlich. Meine ehemalige Frau hasst mich. Für sie bin ich ein geldgeiles Monster. Bei *Occupy* kämpft sie dafür, dass man Leute wie mich am nächsten Handy-Sendemast aufknüpft. Zur Abschreckung.« Der Exbänker schniefte und drehte sich um, ein Bild des Jammers. »Mein Sohn hält in der Schule ein Referat über mich zum Thema: Menschen, die keine Vorbilder sind«, heulte Spohn. »Wissen Sie was? Ich kann die Leute verstehen, die mich hassen. Wären Sie nicht gewesen an dem Abend und hätte mich davon abgehalten, mich in den Kanal zu stürzen und mir stattdessen Obdach auf Ihrem ollen Kahn angeboten.«

»Was dann? Was wäre dann gewesen?«

»Dann wäre vielleicht alles so gekommen, wie es hätte kommen sollen. Ja, ganz sicher sogar.«

»Was wollen Sie denn jetzt damit sagen?«, fragte de Jong irritiert. »Dass ich an allem schuld bin?«

»Nein, natürlich nicht. Oder vielleicht doch. Aber nur indirekt.«

»Was ist mit dem, was Sie neulich gesagt haben: dass Sie was Neues anfangen wollen?«

»Das war Quatsch.«

»Quatsch?«

»Passen Sie mal auf, de Jong.« Die Zeiten, in denen er den Exkommissar mit Käpt'n anredete, waren offenbar vorbei. »Jeder hat was auf dem Kasten. Und jeder sollte das tun, worin er richtig gut ist. Überragend. Finden Sie nicht?«

»Sofern er Spaß daran hat«, schränkte de Jong ein.

Spohn wedelte das hinweg, als täte es nichts zur Sache. »Die Bänkerei hat abgewirtschaftet, mit der bin ich fertig. Aber so leicht trete ich nicht ab.«

»Bravo«, lobte de Jong. „Das wollte ich hören.«

»Alles, was ich brauche, ist eine Sinnperspektive. Das kann doch wohl nicht so schwer sein. Was meinen Sie?«

»Haben Sie deshalb mein Boot auf Werkseinstellungen zurückgesetzt?«, erkundigte sich de Jong spitz. »Von wegen beschaulicher, kleiner Dampfer. Das war nämlich mal.«

»Sie haben es also bemerkt.« Ein erstes Lächeln ging in Spohns verheultem Gesicht auf wie die Sonne nach einem kräftigen Regenschauer. »Kein Siff mehr, nicht ein Stäubchen. Sie können vom Boden essen.«

»Schönen Dank auch. Aber wer will das denn schon?«

Mit de Jongs tatkräftiger Hilfe schaffte es der Verletzte zurück auf seine Dachterrasse und ins Haus. Wie sich herausstellte, war es keine besonders ernste Verstauchung. Spohn machte sich daran, die Chipstüte wegzuräumen und den misslungen Abschiedsbrief zu entsorgen. De Jong fiel ein weiteres Blatt Papier auf, das der

Wind von draußen auf dem Boden hin und herschob. Er hob es auf. Der Briefkopf fiel ihm ins Auge: Über den Buchstaben *M.P.B.* prangte eine haarige, fette Fliege, die eins ihrer Beinchen reckte und zur Faust ballte. Darunter stand in mindestens so fetter Schrift: *Letzte Mahnung! Die Mietpreisbremse.*

Spohn trat neben ihn und nahm ihm das Schreiben weg. »Das sind gewaltbereite Spinner«, erklärte er und zerknüllte das Papier. »Macht kaputt, was euch kaputt macht, so in der Art. Ich hab Maybritt schon gefragt, ob sie nicht mit denen gemeinsame Sache machen will.«

Seite an Seite verließen sie die Wohnung, Spohn, der sich schon nicht mehr aufstützen musste, humpelte in eine Nische gleich neben der Eingangstür und rief per Knopfdruck den Lift herbei.

»Auf mich machte sie keinen gewaltbereiten Eindruck«, sagte de Jong.

»Dann haben Sie sie also schon kennen gelernt?«

»Nein, kann man eigentlich nicht sagen. Ich habe nur mit der Gegensprechanlage gesprochen.«

»Naja«, meinte Spohn, »dann kennen Sie sie im Großen und Ganzen.«

»Sie scheinen sie nicht zu mögen.«

»Maybritt ist schon in Ordnung. Sie ist nur zu gut für mich, wissen Sie, was ich meine?«

»Nicht im Geringsten.«

»Wie auch immer.« Der Lift öffnete sich, und sie begaben sich hinein. Spohn drückte auf *E*.

»Jedenfalls will ich nicht mit einer zusammen sein, die zu gut für mich ist. So was bringt immer Unglück.«

»Das heißt, Sie haben das am Anfang nicht gemerkt?«

Der Exbänker zuckte mit den Schultern. »Wahrscheinlich nicht. Maybritt sah toll aus und da war der Sex – wie das so ist. Kennen Sie doch.«

Der Lift bremste ab und landete sanft. Die Tür öffnete sich. Als sie das Foyer durchquerten, winkte Spohn einer älteren Dame zu, die sie misstrauisch beäugte, sie schien kurz davor, die Polizei zu rufen. »Frau Haberland. Sie sieht ab und zu nach dem Rechten«, erklärte Spohn, an de Jong gewandt.

Sie traten auf die Straße. Spohn machte ein paar Schritte und wirkte zufrieden. »Also gut, lassen Sie uns an Bord gehen.«

»Ich erwarte Sie dann.« De Jong machte sich daran, sein Fahrrad aufzuschließen. »Sie nehmen doch hoffentlich nicht das Rad?«

Spohn wedelte mit seinem Smartphone zum Zeichen, dass er ein Taxi rufen wollte. »Übrigens, falls Sie interessiert sind«, rief er de Jong zu, »ich kann sie nur empfehlen. Sie ist eine gute Partie. Und im Bett wird sie Sie sicher nicht enttäuschen.«

De Jong richtete sich auf, das geöffnete Schloss in der Hand. »Wovon sprechen Sie überhaupt?«

»Maybritt. Sie ist jetzt solo. Und ich bin raus, ein für alle Mal. Wenn Sie sich also gerade eine Beziehung wünschen …«

»Nein«, sagte de Jong. »Aber danke, dass Sie an mich gedacht haben.«

»Ganz sicher? Keine Beziehung?«

De Jong schüttelte den Kopf. »So sicher wie sonst was.«

* * *

Am Abend begab er sich sehr zeitig zum Hafen und auf die *Nostromo II*. Es war Freitag, das Wetter ließ nichts zu wünschen übrig, da brauchte man sich spätestens ab neunzehn Uhr keine Hoffnung mehr auf einen Sitzplatz zu machen. Also war er schon eine gute Viertelstunde früher da und wunderte sich darüber, dass es viel mehr freie Plätze gab, als er gedacht hatte. Wo blieben die denn alle, fragte er sich, wählte einen der besten Tische aus und wartete bei einem Bier auf Schmedebach. Der verspätete sich allerdings.

Nicht nur montags, auch am Freitagabend gab es kulturelles Programm: nur heute nicht Musik, sondern zeitgenössische Literatur. Das also war der Grund für die freien Tische. Juna von Lövenich-Fabry, eine blutjunge Autorin, hatte nicht weit entfernt an einem Tisch Platz genommen, vor sich ein Mikrofon und ein Glas Wasser. Sie machte sich daran, aus ihrem neuen Buch vorzulesen, das einige auf spezielle Literatur spezialisierte Kritiker schon jetzt als Jahrhundertroman bezeichneten. Frau Lövenich-Fabry war nicht gewillt, es ihren Lesern leicht zu machen und hatte deshalb in ihrem fast tausendseitigen Werk mit dem Titel *Das Libslbn sltnr Liblln* auf den Buchstaben E verzichtet. Ein Mammutprojekt, wie sie zugab, wobei sie de Jong, dem bis jetzt fast einzigen Gast, ein scheues Lächeln zuwarf. Sie habe das Buch zuerst normal geschrieben und dann die Es, eines nach dem anderen, von Hand gelöscht. Nicht nur, um den Leser zu zwingen, das Lesen als einen bewussten, oft mühsamen Akt zu erleben, sondern auch um ein Zeichen gegen Autovervollständigungsfunktionen und Rechtschreibkorrektur während der Eingabe zu setzen. Sowie den Sinn für das Verhältnis von Buch und Stabe zu schärfen.

De Jong fühlte sich nicht ganz wohl bei der Sache. Wo blieb Schmedebach? Natürlich konnte er einfach aufstehen und gehen, aber da er aufgrund der vielen freien Plätze mindestens ein Viertel der Zuhörerschaft ausmachte, und angesichts der Tatsache, dass er die Autorin eigentlich ganz sympathisch und außerdem recht attraktiv fand, hatte er irgendwie das Gefühl, ihr diese Schmach nicht antun zu können.

Er beschloss, dem Tabakwarenhändler noch etwas Zeit zu geben und zu warten. Ließ weitere zehn Minuten lang vokalreduzierte Literatur über sich ergehen – der Vorteil war immerhin, dass es keinerlei Sinn zu erspüren gab und keinen Handlungsstrang, dem man folgen musste. Es waren lediglich seltsame Geräusche, ausgestoßen von einer attraktiven Autorin.

Die Pause kam, inzwischen waren doch fast alle Plätze besetzt, aber Schmedebach ließ sich immer noch nicht blicken. Dafür bemerkte de Jong ein anderes bekanntes Gesicht. An einem Tisch, zwischen Reling und der abwärts führenden Treppe eingeklemmt, saß der Commandante in Begleitung einer kräftigen Frau mit kurzem, hellrotem Haar. Sie trug ein T-Shirt in einem verwaschenen, roten Farbton und eine knallblaue, fleckige Latzhose. Die beiden schienen in ein intensives Gespräch vertieft.

Als de Jong sich den beiden näherte, zeigte Langhorn mit einem leicht alkoholseligen Grinsen, dass er den Exkommissar wiedererkannte. Die Frau erhob sich und warf ihm einen fahrigen Blick zu, den de Jong mit einem Nicken grüßend erwiderte, doch sie sagte stattdessen: »Und ich bin dann jetzt mal weg.« Und damit verschwand sie, irgendwie eilig, als fürchtete sie, ein Zögern könne diese Feststellung Lügen strafen.

Der Commandante winkte ihr nach, indem er die rechte Hand, die auf dem Tisch lag, kurz aufzucken ließ. »Herr Kommissar«, begrüßte er de Jong.

»Sie auch hier«, wunderte sich de Jong. Er nahm den Platz ein, den die Frau gerade verlassen hatte, weil Langhorn ihn mit seinem erhobenen Bierglas dazu aufforderte. Die Geste erinnerte ihn an das Foto, auf dem der Commandante mit dem Türmer posierte, wie ein Widerstandskämpfer mit dem anderen. Ein Paar, das ungleicher nicht sein konnte.

»Das war übrigens Annerose«, erklärte Langhorn mit einem müden Kopfnicken in Richtung Treppe. »Alte Antifa-Aktivistin. Wir haben so manchen Kampf gemeinsam ausgefochten. So manche Schlacht geschlagen.«

»Eine Weggefährtin?«

»Klar, wenn du so willst.«

»So wie Schöpping.«

Das schien den Alt-Achtundsechziger an etwas zu erinnern. Er bückte sich zu einem Rucksack, der neben seinem Stuhl lehnte, und kramte darin herum. Als er sich wieder aufrichtete, hielt er ein Buch in der Hand und knallte es auf den Tisch. »Für dich«, sagte er.

De Jong griff neugierig nach dem Band. »*Biegen und Brechen*«, las er den Titel. »Was ist damit gemeint?«

Die Bedienung näherte sich mit einem Tablett und stellte zwei Kurze vor Langhorn auf den Tisch.

Langhorn kippte einen von ihnen. »Na, was denn wohl. Das System, schon mal davon gehört?«

»Welches? Das Betriebssystem?«

»Sehr witzig. Das politische. Es versucht uns zu verbiegen und zu brechen. Auf Biegen und Brechen.«

»Klar«, sagte de Jong.

»Und viele, ja fast alle meiner Kampfgefährten konnte es verbiegen.«

»Nur Sie nicht, nehme ich an.«

»Ja und wenn ich daran denke, was das System aus denen gemacht hat, und darum geht's in dem Buch …«

»Verstehe«, sagte de Jong. »Dann müssen Sie brechen.«

Der Revoluzzer überging sein kleines Wortspiel kommentarlos. »Annerose ist das beste Beispiel dafür«, sagte er stattdessen.

»Die Antifa-Weggefährtin?«

Langhorn nickte, den Blick auf den zweiten Schnaps gerichtet, als bräuchte er dessen Einverständnis, um ihn zu trinken. »Annerose kommt sich wer weiß wie links vor. Tut so, als hätte sie die Basisdemokratie erfunden.« Er schüttelte den Kopf. »Basisdemokratie. So ein abgetragener Scheiß.«

»Sie scheinen sie nicht besonders zu mögen.«

»Darum geht's doch nicht«, belehrte ihn Langhorn genervt und schnappte das zweite Glas. »Es geht vielmehr um was anderes.«

»Und um was?«

»Stuhlkreise und Sitzdemos – schön und gut. Wem so was gefällt. Aber wirklich was verändern, das ist was ganz anderes.« Er fixierte de Jong mit einem wässrigen Blick, offenbar davon überzeugt, dass irgendein Sinn lag in dem, was er gesagt hatte. »Wir jedenfalls haben damals den Anstand gehabt, unsere Biederkeit und bürgerliche Selbstgerechtigkeit nicht hinter feministischem Gelaber und basisdemokratischem Gewäsch zu verstecken. Dafür waren wir uns zu schade. Wir haben Tacheles geredet.«

»Früher«, pflichtete ihm de Jong bei, »da war sowieso einiges besser, nicht wahr?«

Ronald Langhorn, genannt der Commandante, leerte das zweite Gläschen Schnaps, orderte eine neue Runde und tippte dann mit dem Zeigefinger auf sein Buch, als wollte er das Cover durchbohren. »Also gut, ich sag dir Folgendes: Wenn wir all die schönen Phrasen mal weglassen, dann ist doch klar, dass jeder möglichst viel vom Kuchen will. Das ist Fakt. Jeder will eine erschwingliche Wohnung, am besten eine mit Garten und Grillmöglichkeit. Niemand hat was gegen einen Haufen Geld einzuwenden, Annerose nicht, ich nicht. Und du auch nicht. Wir sind alle Menschen. Auf der richtigen Seite stehen, für etwas einstehen, revolutionäres Charisma und all das – am Ende ist das doch Bullshit. Entscheidend ist, dass du dein Kuchenstück kriegst, sonst nichts, und jeder weiß, dass er es nicht schaffen kann, wenn er nicht bereit ist, seinem Vordermann im entscheidenden Augenblick in die Kniekehlen zu treten. Niemand findet das schön, aber jeder würde es machen. So sieht's nun mal aus.«

»Sagt Ihnen eigentlich der Name Rambeaux etwas?«, fragte de Jong dazwischen, den es nervte, Lebensweisheiten aufgetischt zu bekommen, die gar keine waren. »Jean-Marie Rambeaux?«

Er duckte sich unwillkürlich, als der Commandante unvermittelt den Arm hochriss und damit ruderte, um wen zu grüßen, der irgendwo drüben vorbeiging, worauf allerdings niemand reagierte. Dann wandte er sich de Jong zu. »Wieso? Sollte man den kennen?«

»Vielleicht«, meinte de Jong. »Er ist einer von denen, denen ein Stück vom Kuchen gutgetan hätte. Nur hat das schon jemand anderer aufgegessen.«

14. Kapitel

Am Samstagmorgen gegen zehn bekam de Jong Besuch. Es war kein richtiger Besuch, sondern Achim Bühlow, der zögerte, unaufgefordert an Bord zu kommen und sich deshalb vom Ufer aus durch dezentes Rufen bemerkbar machte. »Herr de Jong? Ich meine Niklas?«

De Jong zog einen Bademantel über und ging an Deck. Er entdeckte den jungen Kollegen, der ihn mit seinen ruckartigen Kopfbewegungen wieder einmal sehr an eine heimische Vogelart erinnerte, deren Namen er sich aber nicht merken konnte. »Was gibt's denn Wichtiges?«

»Wiedemann. Der Augenarzt. Wir sind mit ihm verabredet. Genau.«

* * *

Dr. Wiedemanns Reihenhaus befand sich im äußersten Westen der Stadt, dort, wo zwischen einem gemütlichen Wohnzimmer mit Flachbildschirm und Couchgarnitur und dem schier endlosen, agrarisch geprägten Umland, das bis zum Horizont reichte, nur eine rechteckige Terrasse aus Naturstein mit Gartenstühlen darauf und ein sauber gemähtes Rasenstück lag.

»Also gut, kommen Sie herein. Ich weiß zwar nicht, was ich für Sie tun kann, aber …«

Wie sich bald herausstellte, waren nicht zu Ende geführte Sätze eine Spezialität des Doktors. Er geleitete sie in eine moderne Wohnküche mit Vollholzmobiliar und einem bunten Terminkalender auf der gekachelten Wand neben einem Kühlschrank mit Edelstahlgehäuse. De Jong hatte beschlossen, dass dies ganz und gar Bühlows Auftritt sein sollte, aber dann stolperte er über einen Hundenapf, der im Weg stand, und richtete eine kleine Überschwemmung an.

»Kein Problem, das ist nur Wasser«, beruhigte Wiedemann seine ungebetenen Gäste. »Das haben wir gleich.« Er schnappte sich einen Aufnehmer aus einem Schrank und begann, den Boden zu wischen. »Ich werde nur eben hier …«

Der Augenarzt war ein schmächtiger, kleiner Mann, schätzungsweise Mitte fünfzig. Er hatte leichte Segelohren, und das Haar auf seinem Kopf sprießte einigermaßen spärlich, sodass er beim Kämmen wahrscheinlich große Sorgfalt walten ließ, um keines auszureißen.

»Es geht immer noch um den Fall Schöpping«, erklärte Bühlow. »In der Tasche des Toten hat man einen Rezeptvordruck von Ihnen gefunden.«

»Meine Rezeptvordrucke«, meinte Wiedemann kritisch. »Ich habe ganze Blöcke davon. Wie schon gesagt, Sie können wohl nicht von mir erwarten, dass ich Ihnen von jedem einzelnen Blatt sagen kann, welchen Weg es genommen hat. Das wäre ja wohl ...«

»Okay«, schaltete sich de Jong ein. »Das wäre es in der Tat. Dann gehe ich also davon aus, dass Sie und Herr Schöpping einander in keiner Weise bekannt waren?«

Der Arzt brauchte eine bemerkenswerte Weile für die Antwort. »So habe ich das nicht gesagt.«

»Also kannten Sie ihn doch?«, wollte der junge Kommissar wissen.

»Ich habe nie gesagt, dass ich ihn nicht kannte. Sondern lediglich, dass ich hinsichtlich der Rezepte nicht sagen kann ...«

»Wie gut kannten Sie sich?«

»Tja, zu sagen, dass wir Bekannte waren, würde es auch nicht genau treffen.« Der Augenarzt richtete sich wieder auf, trat an die Spüle und wrang den Aufnehmer über dem Becken aus. »Es war noch in der Osnabrücker Zeit.«

De Jong und Bühlow warteten.

»Herr Schöpping praktizierte damals dort auch. Allerdings nicht so wie ich als Arzt, sondern als Philosoph.«

»Als niedergelassener Philosoph sozusagen?«, fragte Bühlow nach.

»So etwas gibt es durchaus. Lebensfragen, praktische Ontologie und Sinnberatung. Wie dem auch sei, Wilma, meine damalige Frau, war seine Klientin. Wir hatten damals gewisse Differenzen deswegen.«

»Sie hatten Einwände gegen seine Art der Therapie?«

»Nun, von Therapie in dem Sinne konnte ja wohl nicht die Rede sein. Es war eher ein ...«

»Es ging eher um philosophische Erkenntnis?«, vermutete de Jong.

»Das auch wieder nicht. Wilma klagte über Lebensunlust und düstere Stimmungen. Einen Psychologen wollte sie nicht konsultieren. Sie war überzeugt davon, dass es sich um ein Sinnproblem handele. Jedenfalls um keinerlei psychologische Störung. Aber was macht dieser Kerl? Er gibt ihr Schopenhauer zu lesen.«

»Das ist interessant«, meinte de Jong, der bei dem Namen hellhörig wurde.

»Naja, interessant kann man eigentlich nicht sagen. Düster und weltverneinend trifft es wohl eher.«

»Sie meinen, die Stimmungsschwankungen Ihrer Frau verstärkten sich noch?«, fragte der Hauptkommissar.

Der Augenarzt nickte. »Ich habe ihn damals zur Rede gestellt. Ihn als Scharlatan bezeichnet. Das sei ja so, als wenn ich Patienten, die fast so blind wie Maulwürfe sind, als Therapie verordnen würde, den ganzen Tag auf eine schwarze Mauer zu starren, habe ich gesagt. Na ja, vielleicht war das ein bisschen zu …«

»Ein bisschen zu was?«, fragte Bühlow, der die halben Sätze offenbar leid war.

»Sagen wir, im Nachhinein war ich wohl etwas voreilig in meinem Urteil. Schopenhauer ist ja durchaus ein Philosoph von Format und gar nicht so lebensverneinend, wie ich vermutet hatte. Herr Schöpping hätte wahrlich andere Register ziehen können, ich sage nur: Sören Kierkegaard. Theodor W. Adorno. Michel Houellebecq – und der ist noch nicht mal Philosoph.«

»Trotzdem haben Sie Schöpping damals als Scharlatan bezeichnet.«

»Das ist richtig. Aber dann traf ich ihn hier nach Jahren wieder. Ich hatte gerade meine Praxis in Münster eröffnet. Wir haben uns ausgesprochen, und er berichtete mir, dass er als Turmwärter arbeitet.« Dr. Wiedemann klatschte sanft und abschließend in die Hände. »Das wäre dann die Antwort auf Ihre Frage: Ich überließ ihm den Rezeptvordruck, weil meine Adresse darauf steht. Damit wir irgendwie in Kontakt blieben.«

»Sie sagen also«, hakte Bühlow nach, »dass Sie Ihre Differenzen ausgeräumt hatten und es keinerlei Groll oder offene Rechnungen Ihrerseits gab?«

»Genau das. Das Kriegsbeil zwischen uns war begraben.« Er lächelte flüchtig. »Wenn man überhaupt so weit gehen will, von einem solchen zu sprechen.«

»Wenn es schon so lange begraben war, wie kommt es, dass Schöpping das Blatt vor nicht mal einer Woche in seiner Tasche hatte?«

»Da bin ich überfragt. Wahrscheinlich hatte er vor, mich zu kontaktieren, nehme ich an.«

»Weswegen? Irgendeine Idee?«

Der Arzt zog die Schultern hoch und machte große Augen, zum Zeichen, dass er diese Frage nun wirklich nicht beantworten könne.

»Und warum haben Sie uns nicht gleich gesagt, dass Sie den Toten gekannt haben?«

Die großen Augen richteten sich auf de Jong.

»Warum haben Sie stattdessen behauptet, Sie könnten sich nicht erinnern, weil sich praktisch jeder so einen Rezeptvordruck in die Tasche stecken könnte?«

»Erstens«, erklärte Dr. Wiedemann pikiert, »weil Letzteres zutrifft. Und zweitens, weil ich wie wohl jeder andere Mensch auf diesem Planeten ungern einer Tat verdächtigt werde, die ich nicht begangen habe.«

»Aber der werden Sie doch jetzt erst recht verdächtigt«, wandte Bühlow ein.

»Wie gesagt, wir hatten unsere Differenzen beigelegt. Also gibt es kein Motiv, weshalb ich auch nur daran denken könnte, so etwas, so etwas Schreckliches ...« Auch dieser Satz verendete, bevor er seinen Punkt erreichte.

Und dann unterbrach das ärztliche Smartphone die Befragung, indem es wie verrückt klingelte und brummend und vibrierend auf dem Küchentisch herumkroch. »Das ist ein Patient«, verkündete der Arzt, was irgendwie erleichtert klang, und stürzte sich auf das Gerät.

»Am Samstag?«, wunderte sich de Jong.

»Ein Notfall.« Wiedemann wies in Richtung Tür. »Ich müsste Sie dann bitten ...«

* * *

Der Hauptkommissar und der Exkommissar traten hinaus auf die Stichstraße, an die fünf weitere schmale Vorgärten grenzten, die zur einen Hälfte aus Rasen, zur anderen aus Plattenauffahrten bestanden; letztere waren mit einem Carport ausgestattet. Der Himmel war bedeckt, die trockene Luft roch nach Landwirtschaft. Im augenärztlichen Vorgarten grinste ein Gartenzwerg. Weit weg, vom Zoo her, hörte man Löwen brüllen.

»Glaubst du das etwa, was er erzählt hat?«, fragte Bühlow. »Wir müssen ihn auf jeden Fall im Auge behalten.«

»Vielleicht«, meinte de Jong. »Der Türmer erwähnt in seinen Aufzeichnungen auch den Namen Schopenhauer. Da könnte es einen Zusammenhang geben. Aber ich kann mir ihn schlecht als kaltblütigen Killer vorstellen.«

Achim Bühlow nickte, bevor er einwandte: »Vielleicht war es ja kein kaltblütiger Mord, sondern eine Tat aus Versehen.«

»Aus Versehen?«

»Ich meine, aus dem Affekt. Genau. Außerdem heißt es ja, dass man einen Mörder niemals nach dem Äußeren beurteilen sollte, nicht wahr?«

»Übrigens hab ich rausgefunden, dass die beiden Ermordeten sich kannten. Schöpping und Rambeaux. Sie waren in der Schule zusammen in einer Klasse.«

»Du meinst also, die beiden Mordfälle gehören zusammen?«

»Ich halte es immerhin für sehr wahrscheinlich. Und dann noch was: Schöpping wurde etwa einen Monat vor dem Mord verprügelt. Auf der Promenade. Wir sollten herausfinden, wer dahintersteckt.«

»Wir haben übrigens in Frankreich nachgefragt: Rambeaux hatte Verwandte in Chalon-sur-Saône. Aber niemand hat ihm was vererbt.«

»Das ist seltsam.« De Jongs Handy klingelte. »Ja?«, meldete er sich.

»Ich brauche dich jetzt.« Es war Küppers, und seine Stimme hatte einen unguten Klang.

»Jetzt passt es aber schlecht. Ich bin hier gerade an einer Sache.«

»Sie haben mich eingebuchtet. Wegen Mordes.«

»Sag das noch mal«, verlangte de Jong, aber Küppers dachte nicht daran.

»Das ist nicht dein Ernst«, meinte der Exkommissar nach ein oder zwei Sekunden Warten.

»Hör mir zu, Niklas: Kennst du mich als einen, der Scherze macht? In so einer Situation?«

Nein, ganz sicher nicht, in welcher Situation auch immer, wollte de Jong sagen, aber er fragte: »Welche meinst du denn?«

»Sie wollen mir einen Mord in die Schuhe schieben.«
»Wer?«
»Also, kommst du oder nicht?«
»Wen sollst du denn ermordet haben?«

»Na, wen denn wohl?« Man konnte geradezu hören, wie Küppers den Kopf schüttelte. »Du kannst vielleicht fragen.«

Die Verbindung war unterbrochen.

De Jong starrte ratlos auf das Smartphone.

»Probleme?«, erkundigte sich Bühlow.

»Mach du schon mal allein weiter«, sagte de Jong. »Ich muss noch mal weg.«

* * *

Der Exhauptkommissar radelte zu seinem alten Arbeitsplatz auf dem Friesenring und versuchte unterwegs, sich einen Reim auf das zu machen, was Küppers am Telefon abgelassen hatte. Gegen 11.30 Uhr – gerade hatte ein filigraner, hauchfeiner Nieselregen eingesetzt, der die städtischen Straßen und Fassaden etwas trostloser aussehen ließ, als sie in Wirklichkeit waren – erreichte er das Polizeipräsidium. Aber wie sich herausstellte, befand sich sein Freund gar nicht auf dem Präsidium, sondern tatsächlich in U-Haft in der JVA. So viel zur heimlichen Hoffnung, Küppers habe einen Scherz versucht. Immerhin traf er einen anderen Bekannten, der bereit war, ihn auf den Stand der Dinge zu bringen. Hauptkommissar Merzenich.

»Wie dat eben so is«, meinte der Rheinländer. »So wat schaukelt sich immer weiter hoch und du denks vielleicht: Et hätt noch immer joot jejange. Aber falsch jedacht: Eines Tages is et dann soweit. Peng!«

»Was ist dann soweit?«, fragte de Jong.

Sie standen auf dem Flur, und Merzenich kramte in den Taschen nach seinem Nasenspray, förderte aber nur ein Lutschbonbon und eine Fünfzig-Cent-Münze zutage. »Gerresheim, so heißt der Mann. Der Nachbar von unserem geschätzten Kollegen Küppers. Naja, eine harmonische Nachbarschaft is wat anderes. Und jetzt wird der Mann tot aufgefunden. Mit dem Kopf auf den Schienen. Schreckliche Sache.«

»Er wurde von einem Zug überrollt?«

»Kann man so nicht sagen. Et handelt sich ja um eine Modelleisenbahn, verstehense? Dat war sein Hobby. Tja, erschossen mit der Dienstwaffe des Kollegen Küppers. Der Fall kann eindeutiger nicht sein.«

»Nein, danke«, sagte de Jong, weil der Hauptkommissar ihm das Lutschbonbon hinhielt. »Aber warum sollte Eugen so was machen? Einen Mord begehen und dafür die eigene Dienstwaffe nehmen? Das ist doch hirnrissig!«

Merzenich nickte. »Dat schon. Aber im Affekt is der Mensch zu hirnrissigen Dingen fähig, sag ich immer.

Kann uns nicht gefallen, is aber so. Und die beiden haben in der letzten Zeit häufig gestritten, dafür gibt et Zeugen.«

»Naja«, sagte de Jong. »Streit gibt es doch immer mal.«

»Aber nicht von der Sorte.« Merzenich steckte die Geldmünze in den Schlitz des Kaffeeautomaten, worauf der rumpelnd und rasselnd zum Leben erwachte. Ein Pappbecher rutschte aus einem Schacht und heiße Flüssigkeit ergoss sich hinein; es hörte sich an wie Wasserlassen. »Barbara Gerresheim, dat ist die Angetraute unseres Mordopfers, behauptet, dat ihr Mann vom Kollegen Küppers wiederholt aufs Unflätigste bedroht worden sei. Und dat sie immer verzweifelt bemüht war, zwischen den Streithähnen zu vermitteln.«

»Und Küppers? Ich meine, was sagt er dazu?«

»Naja, was wohl? Er streitet alles ab.«

De Jong schlug die Einladung zu einem Heißgetränk dankend aus, verließ das Präsidium und radelte bei Nieselregen in Richtung Gartenstraße.

* * *

Die Justizvollzugsanstalt war ein altehrwürdiges Gebäude aus dem Jahr 1848 und galt als die zweitälteste Haftanstalt Deutschlands. Trotz intensiven Denkmalschutzes ließ sich jedoch nicht verhindern, dass mit dem Alter auch die Einsturzgefahr stetig wuchs, sodass das Gebäude 2016 quasi handstreichartig geräumt werden musste, damit den Insassen nicht bei einem leichtfertigen und zu lauten Aufstampfen mit dem Fuß die Decke auf den Kopf fiel. Inzwischen hatte man, vor allem aufgrund des Fehlens einer alternativen Unterkunft, entschieden, dass der alte Kasten doch so schnell schon nicht zusammenkrachen würde – und wenn doch, dann würde der Block B, wo man die Untersuchungshäftlinge untergebracht hatte, wahrscheinlich am längsten durchhalten.

Es war kurz nach Mittag, als de Jong in einem karg eingerichteten Besprechungszimmer auf den Beschuldigten traf. Küppers saß an einem rechteckigen Tisch und hatte den Kopf in die Hände gestützt. Er seufzte immer wieder, was er oft tat, wenn er gestresst war. Und über seiner rechten Oberlippe hatte sich ein Pickel gebildet – auch ein schlechtes Zeichen.

»Immerhin hast du ja hergefunden«, meinte er zur Begrüßung.

De Jong stand an einem Kunststofffenster mit Doppelverglasung. Auf der Außenseite direkt davor befand sich ein denkmalgeschütztes, eisernes Gefängnisgitter, durch das sich der Blick auf den Sportplatz öffnete. Da standen zwei Tore auf einem Plastikrasen. Strafraum, Mittellinie mit Anstoßpunkt in Weiß. Der Nieselregen hatte einen Zahn zugelegt.

»Was denkst du«, sagte de Jong. »Wie sieht es mit einer Kaution aus?«

Eugen Küppers seufzte laut und zurechtweisend auf. »Sag mal, wie lange bist du eigentlich raus aus dem Geschäft? Ein paar lausige Jahre oder ein Jahrhundert? Die Außervollzugsetzung eines Haftbefehls gegen Kaution geht nur bei kleinen oder mittleren Delikten. Bei schweren kann der Haftrichter die Hinterlegung verweigern.«

»Stimmt, das wusste ich«, sagte de Jong. »Und du hast ein schweres Delikt begangen?«

»Ich hab gar nichts gemacht!«, fuhr Küppers ihn an. »Sie wollen mir das nur anhängen!«

»Wer?«

Küppers beschränkte sich aufs Kopfschütteln und fuhr mit dem Seufzen fort. »Ich dachte, du bist mein Freund.«

»Bin ich auch.«

»Okay, dann sag es nicht nur. Beweise es. Beweise, dass ich unschuldig bin.«

»Mach ich gern«, sagte de Jong. »Allerdings neulich in der Kneipe, weißt du noch, vielleicht hab ich das ja alles ganz falsch verstanden. Aber es klang …« De Jong machte eine Pause, er war sich nicht so sicher, ob er sich noch weiter traute.

»Ja.« Küppers saß mit verschränkten Armen und gespitzten Ohren da, und sein Blick sagte in etwa: Überleg dir genau, was du jetzt sagst. »Was klang, und wie?«

»Naja, es hörte sich ein bisschen so an, wie soll ich es sagen: als würdest du einen Mord an deinem Nachbarn zumindest nicht grundsätzlich ausschließen.«

Küppers würdigte ihn keiner Antwort. Er stand auf und trat auch ans Fenster, starrte angestrengt hinaus, als hätte er noch nie in seinem Leben einen Plastikrasen im Regen gesehen und wollte den Anblick auf keinen Fall verpassen.

»Vielleicht täusche ich mich ja«, bot de Jong als Kompromiss an. »Es war ja spät, und du hattest getrunken …«

»Sehr nett von dir, dass du wenigstens in Erwägung ziehst, dass du dich auch mal täuschen kannst!«, ätzte

Küppers. »Das lässt mich hoffen, dass in dir nicht nur der spießige Bulle wohnt, der zufrieden ist, wenn dem scheiß Gesetz Genüge getan ist! Sondern dass tief in dir drin auch noch ein Mensch wohnt, der in der Lage ist, mal fünf gerade sein zu lassen, wenn er einem Freund einen Gefallen erweisen kann.«

De Jong kannte solche Redensarten eigentlich nur von Mafiapaten, die in Gangsterfilmen auftraten.

»Und wo wir schon dabei sind«, fuhr Küppers mit erhobenem Zeigefinger fort, »als es damals darum ging, euch beiden den Arsch zu retten, Giulia und dir, da hab ich gehandelt, statt irgendwelche fadenscheinigen Bedenken vorzuschieben! Ich habe getan, was nötig war!«

»Okay«, sagte de Jong und verzichtete auf den Hinweis, dass er diesen Gefallen ja erst kürzlich zurückgezahlt hatte. Das hätte die Situation nur weiter eskaliert.

»Hör zu: Das ist eine abgekartete Sache«, fing Küppers nach einer Weile wieder an. Sein Ärger schien wenigstens zum Teil verflogen zu sein. »Gerresheim mit meiner eigenen Dienstwaffe erschießen – da müsste ich ja schön blöd sein.«

»Einmal davon abgesehen«, sagte de Jong, »was ist eigentlich mit deiner Waffe passiert? Hast du sie verliehen, oder was?«

Ein wütendes Aufblitzen in Eugens Augen warnte de Jong, dass jetzt weder Zeit noch Ort für coole Scherze sei. »Sie wurde mir gestohlen«, zischte er. »So was sollte nicht passieren, ich weiß. Aber es passiert.«

»Von wem wurde sie gestohlen?«

Zum Zeichen seiner Fassungslosigkeit warf Küppers die Arme in die Luft. »Denkst du, wenn ich das wüsste, würde ich jetzt hier sitzen?«

»Keine Ahnung, wo du sitzen würdest.« De Jong kannte Küppers schon lange, und für einen winzigen Moment hatte er den Eindruck, dass sein Freund einen bestimmten Verdacht hatte, aber aus irgendeinem Grund nicht damit herausrücken wollte. »Wer könnte sie denn gestohlen haben?«

Küppers erneutes Aufseufzen war so laut, dass es ihm physische Schmerzen bereiten musste. »Du kannst mir glauben, das frage ich mich auch die ganze Zeit. Aber immer vorausgesetzt – und ich hoffe doch, wir stimmen wenigstens in diesem Punkt überein – dass ich nicht vollkommen verblödet bin, beweist die Tatsache, dass der Mord mit meiner Dienstwaffe begangen wurde doch, dass ich es *nicht* gewesen sein kann!«

»Und wer hat sie dir geklaut?«

Schweigen. Schulterzucken.

»Na schön, nehmen wir an, jemand will dir was anhängen. Wer denn?«, fragte de Jong. »Und warum?«

»Keine Ahnung. Ich hatte gehofft, du könntest das für mich rausfinden.«

Eine abgekartete Sache. De Jong hatte seinen Freund schon oft übellaunig erlebt, aber selten in einer solch entrückten Stimmung, in der er so klang wie in einer TV-Serie, wo Polizeibeamte Cops waren und rund um die Uhr ermittelten, während die Täter herumliefen und das fast immer »da draußen«, so als hassten sie es wie die Pest, sich in geschlossenen Räumen aufzuhalten. »Also«, drängte Eugen Küppers. »Vielleicht kannst du dich ja mal dahinterklemmen. Mehr verlange ich doch nicht.«

»Ich brauche aber ein paar Anhaltspunkte. Du musst doch einen Verdacht haben.«

»Ich habe den Kerl nicht umgebracht, Ende der Durchsage.«

»Aber du hast davon geträumt.«

»Wie?«

»Weißt du nicht mehr? Wir haben telefoniert.«

»Jetzt kommt das schon wieder.«

»Na schön, aber es hilft dir nichts, wenn nur ich dir glaube. Die anderen sollten es auch.«

»Das ist genau der Punkt. Auf welcher Seite stehst du, Niklas? Wenn du mein Freund bist, wenn das all die Jahre mehr als eine miese Show gewesen ist ...«

»Ja, ja.« De Jong sah keinen Sinn mehr darin, auf einen Plastikrasen zu starren und sich von Küppers ein schlechtes Gewissen einreden zu lassen. »Ich hole dich hier schon raus«, sagte er und drückte dem U-Häftling in einer ermutigenden Geste den Oberarm. »Du hörst von mir.«

* * *

Natürlich hielt de Jong seinen Freund nicht für »vollkommen verblödet«. Obwohl das Geschwafel über den Täter, der da draußen herumlief, Anlass dazu genug war. Eugen Küppers hatte ihm das aber nicht abgekauft und sich deshalb zum Abschied nicht mal mehr zu ihm umgedreht. Und de Jong musste zugeben, dass sein Auftritt als langjähriger Freund, der dem unschuldig Verdächtigten alles ohne Vorbehalt glaubte, auch nicht überzeugend gewesen war. Und das lag an einem ungutem Gefühl, das sich eingestellt hatte, als Eugen beharrlich geschwiegen hatte. Dabei ging das Schweigen in Ordnung, denn wenn da jemand war, der ihm den Mord in die Schuhe schieben wollte, dann gehörte es zur Intrige dazu, dass Küppers keine Ahnung hatte, wer ihm das antat. Aber die Art und Weise, wie Eugen geschwiegen hatte, weniger ratlos als vielmehr trotzig – sie hatte auf de Jong nicht so gewirkt, als könnte Küppers nicht sagen, wer ihm die Waffe entwendet hatte. Sondern so, als *wollte* er es nicht sagen.

Sobald der Exkommissar die JVA hinter sich gelassen hatte, beruhigte sich das Wetter. Gerade so, als wäre er auf dem Rückweg aus dem Reich der Dunkelheit und des Verbrechens und fahre jetzt geradewegs in die Gefilde des Lichts und der Rechtschaffenheit. Es klarte auf, die Sonne verabschiedete den restlichen Nieselregen mit einem sanften, fast pastellfarbenen Regenbogen.

Trotzdem war de Jong, als er auf dem *Alten Mädchen* eintraf, nicht so recht in Kaffee-und-Kuchen-Stimmung. Das aber konnte Spohn nicht wissen, er hatte schließlich nicht neben dem mordverdächtigen Küppers gestanden und auf einen nieselverregneten Plastikrasen gestarrt. Also hatte der Exbänker Tisch und Stühle auf dem Achterdeck trockengewischt, Teller und Tassen gedeckt und etwas aufgetragen, was de Jong als Pflaumenkuchen identifizierte.

»Gibt es etwas zu feiern?«, fragte er lustlos und deutete mit seinem Tonfall an, dass er alles andere als in Feierlaune war.

»Wenn Sie so wollen, allerdings«, flötete Spohn, der den Tonfall komplett überhörte.

De Jong wollte nicht, nahm aber trotzdem am Tisch Platz.

Sein Gast wies auf den Kuchen, der einen sehr selbstgebackenen Eindruck machte. »Dann langen wir mal zu, was?«

Der Exkommissar ließ sich folgsam einen Teller mit einem Stück Kuchen reichen.

»Mein erster Versuch«, erklärte Spohn stolz.

De Jong probierte und sagte mit vollem Mund: »Sehr lecker.« Wobei das eigentlich nicht stimmte, Spohn hatte es eindeutig mit dem Zucker übertrieben. Die Süße überdeckte alles, sodass de Jong unsicher wurde, ob es sich tatsächlich um Pflaumen handelte oder nicht vielmehr um Auberginen. Aber er behielt seine Zweifel für sich.

»Mir ist nämlich ein erster Gedanke gekommen«, erklärte sein Gegenüber mit einer feierlichen und aufgekratzten Stimme, als wäre er dabei, jemandem einen Heiratsantrag zu machen.

»Und der wäre?«

»Philosophie.«

»Was ist damit?«

»Eine neue Perspektive, wenn Sie so wollen.«

Schon wieder, dachte de Jong genervt. »Warum zum Teufel nur dann, wenn ich so will?«, meckerte er.

Spohn überging das mit einem Lächeln. »Mein Bänkerdasein liegt endgültig hinter mir. Jetzt werde ich mich den Grundfragen des Daseins widmen.«

De Jong stocherte in seinem Kuchen herum. Wenn man Auberginen ausreichend mit Zucker versah, fragte er sich, waren sie dann von überzuckerten Pflaumen überhaupt zu unterscheiden?

»Immer mehr haben wollen, scheißegal, wie es anderen dabei geht«, erklärte Spohn, der sich schon das zweite Stück auf den Teller lud. »Das war ich. Der Bänker, gierig und maßlos. Aber jetzt ist Verzicht angesagt. Demut.«

»Verzicht?«

»Exakt. Die großen Weisen der Weltgeschichte – Sokrates, Aristoteles, Descartes – haben gewusst, dass im Verzicht die Wahrheit liegt. Das Glück. Können Sie überall nachlesen.«

»Auch bei Schopenhauer?«

»Wie kommen Sie auf den?«

»Nur so ein Beispiel.« De Jong schüttelte skeptisch den Kopf. »Was liegt denn jetzt im Verzicht: die Wahrheit oder das Glück?«

»Askese!« Spohn fuchtelte mit seiner Kuchengabel herum. »Das ist das Zauberwort. Sich abkehren von den Versuchungen der Welt. Reichtum, Völlerei. Sex. Sie, mein Freund, sind doch ein gutes Beispiel dafür.«

»Ich? Jetzt hören Sie aber auf.«

»Ja, doch.« Der Tortenheber in Spohns Hand verharrte in der Luft und richtete sich auf de Jong. »Sie haben es nicht gerade dicke, würden Sie sonst auf diesem morschen Kahn wohnen? Und wenn der gute Spohn nicht wäre, der Ihnen hin und wieder ein kleines Festmahl bereitete«, das Besteck wies auf den Kuchen, worauf de Jong instinktiv seinen Teller mit der Hand abdeckte, »dann würden Sie hier von Luft und Liebe leben.«

De Jongs Miene hatte sich verfinstert. Das mit dem morschen Kahn nahm er Spohn übel.

»Oder sagen wir besser: von Luft«, korrigierte sich sein Gegenüber mit vollem Mund. »Denn mit der Liebe ist es ja wohl auch nicht so weit her.«

»Woher wollen Sie denn das jetzt wissen?«, brauste de Jong auf. Was nahm der Kerl sich eigentlich heraus?

»Naja«, Spohn senkte seine Stimme, nachdem er den Blick kurz über den Kanal hatte schweifen lassen, als wollte er vermeiden, dass Enten und Teichhühner etwas mitbekamen, das nicht für ihre Ohren bestimmt war, »vielleicht ist mir ja etwas entgangen, aber seit Sie mich in bewundernswerter Gastfreundschaft hier wohnen lassen, habe ich Sie nicht einmal mit einer Frau …«

»Also das wird ja immer besser!«, blaffte de Jong.

»Genau das sage ich ja: Askese, der Weg zum Glück. Ich kann Ihnen dazu nur gratulieren.«

Der Exkommissar schnaubte verächtlich.

Spohn war aber noch nicht fertig. »Immerhin habe ich Ihnen gestern erst meine Exfrau angeboten, wissen Sie noch? Und Sie haben kurzerhand abgewunken.«

»Sie haben sie mir angeboten?« De Jong schob den Teller von sich weg. »Darf ich Ihnen einen Rat geben, Spohn: Lassen Sie das mit der Philosophie, das ist nichts für Sie. Ganz bestimmt finden Sie was, das Ihnen besser liegt.« Er stand vom Tisch auf. »Ansonsten danke für den Auberginenkuchen.«

* * *

Während de Jong an der Reling stand, hinüber zum Ufer blickte und den Joggern beim Joggen zusah, klapperte Spohn mit dem Geschirr und trug es nach unten in die Küche. Irgendwie klang es vorwurfsvoll, vor allem, weil die feierliche und aufgekratzte Stimmung einer urplötzlichen Schweigsamkeit gewichen war. Waren es de Jongs Mäkeleien an Spohns philosophischen Zukunftsplänen, die für den Stimmungswechsel gesorgt hatten, oder sein zu schmal ausgefallenes Lob für das Backwerk, das am Ende doch ein Aprikosenkuchen gewesen war? Egal, was machte das schon für einen Unterschied?

Eigentlich interessierten ihn die Jogger gar nicht; wenn er ehrlich war, hielt er nur Ausschau nach der Giulia-ähnlichen Frau, die ihren Hund Gassi führte. Leider vergeblich. Und einzig und allein die Tatsache, dass die Frau nicht auftauchte, keineswegs die Absicht, Spohns taktlose Behauptungen bezüglich Luft und Liebe Lügen zu strafen, brachte ihn auf die Idee, seine Ex anzurufen. Zum Teufel mit dem Schweigeworkshop und den nichtssagenden SMS. Er hatte das Recht dazu, ihre Stimme zu hören, wenigstens ab und zu.

De Jong machte Licht auf seinem Smartphone, ging in sein Telefonnummern-Verzeichnis und tippte mit dem Finger auf Giulias Nummer. Als eine weibliche Stimme sich mit »Hallo?« meldete, tippte er hektisch auf *Beenden*. Es war nicht Giulias Stimme gewesen. Und dann sah er auch schon, dass er aus Versehen auf die falsche Nummer getippt hatte.

Schon eine Sekunde später meldete das Handy einen Anruf. Es war Ronja Hinsbeck. Erst wollte er es einfach klingeln lassen, aber das kam ihm dann doch zu albern vor. Also ging er ran.

»Wer spricht denn da?«, wollte sie wissen.

»Niklas de Jong.«

»Sie haben mich gerade angerufen?«

»Ja, stimmt.« Auf einmal brachte er es nicht über seine Lippen, sich dafür zu entschuldigen, dass er bloß mit dem Finger in der Zeile verrutscht war. »Ich hatte noch ein paar Fragen, und da dachte ich ...«

»Nur zu. Dann fragen Sie.«

Natürlich hatte er so schnell keine parat. Er brauchte ein bisschen Zeit. »Ich hatte eigentlich überlegt, ob wir uns vielleicht treffen könnten. Natürlich nur, wenn Sie nichts anderes vorhaben.«

»Gern, warum nicht? Heute Abend zum Beispiel bin ich noch frei. Wissen Sie was, wo man gut essen kann?«

»Kennen Sie das *Monasterion*, ein griechisches Restaurant?«, fragte de Jong, dem nichts anderes einfiel. »Wie wär's um acht?«

* * *

De Jong kannte Aristoteles, den Inhaber des *Monasterion*, noch von früher, aus seiner Zeit als aktiver Polizist. Aristoteles – wie weiter, wusste er gar nicht, es war irgendeiner dieser komplizierten griechischen Nachnamen, die man sich unmöglich merken konnte – hatte damals die Kantine der Kripo geleitet, später hatte er sich selbstständig gemacht und das *Monasterion* eröffnet. Das Restaurant war nicht gerade lauschig – auf der Rückseite des Hauptbahnhofes gelegen, im Erdgeschoss eines ehrwürdigen, aber deutlich in die Jahre gekommenen Gründerzeithauses mit Stuck an den hohen Decken. Die Fenster aus Buntglas ließen wenig Licht herein, und die gekälkten Wände waren mit bunten, minoisch anmutenden Fresken versehen – barbusige Mädchen, die sich Bälle zuwarfen. De Jong erinnerten die Malereien an das Innere eines ägyptischen Pharaonengrabes. Oft, während er auf das Essen wartete, stellte er sich vor, er sei ein toter Pharao, der unter Schlaflosigkeit litt und praktisch keine Wahl hatte, als dazuliegen und sich das Gepinsel anzusehen, Jahrtausend für Jahrtausend.

»Lässt du dich auch mal wieder blicken«, begrüßte Aristoteles de Jong mit einem verschwörerischen Grinsen. Um Ronja Hinsbeck scharwenzelte er herum, hatte ihr schon aus dem Mantel geholfen, noch bevor der Exkommissar auch nur die Chance dazu gehabt hatte. Und hinter ihrem Rücken machte er in Richtung de Jong Gesten, die bedeuten sollten: Alle Achtung, da hast du ja einen richtigen Hauptgewinn an Land gezogen! Hätte ich dir gar nicht zugetraut.

De Jong sah keine Möglichkeit, ihm klarzumachen, dass es sich mitnichten um einen Hauptgewinn und schon gar nicht um ein Date handele, nur sozusagen um ein rein berufliches Treffen. Von Anfang an kamen ihm Zweifel, ob das *Monasterion* wirklich eine gute Idee gewesen war.

Ronja Hinsbeck trug wieder etwas Zitronenfarbenes und ihr Parfum passte perfekt zu ihrem hellen Lächeln, dass es auch de Jong im Lauf des Abends immer schwerer fiel, das Ganze als rein berufliches Treffen zu sehen.

»Sagt Ihnen der Name Rambeaux etwas?«, erkundigte er sich, nachdem sie mit dem obligatorischen Begrüßungs-Ouzo angestoßen hatten und Frau Hinsbeck ihn erwartungsvoll ansah, als wäre sie neugierig auf seine Fragen. »Jean-Marie Rambeaux?«

»Das ist der Tote, den man im Venner Moor gefunden hat, stimmt's?« Sie lächelte, als sie seinen anerkennenden Blick bemerkte. »Sie wissen doch, ich bin in der Medienbranche tätig.«

»Hat Ralf Schöpping den Namen vielleicht mal erwähnt? Kannte er Rambeaux?«

»Nein. Mir gegenüber hat er ihn jedenfalls nie erwähnt. Aber das bedeutet ja nicht, dass er ihn nicht vielleicht doch kannte. Warum fragen Sie?«

»In der Turmstube hängt ein Klassenfoto, wo die beiden drauf sind. Theoretisch kannten sie sich also.«

»Und beide sind tot.« Sie nickte.

»Theoretisch wäre es sogar möglich, dass Ihr Ex Rambeaux ermordet hat. Auf dem Foto ist Rambeaux nämlich durchgestrichen. Warum hat er das getan? Aber welches Motiv sollte er haben, ihn umzubringen? Und wer hat dann eine Woche später ihn ermordet?«

Aristoteles brachte eine große Vorspeisenplatte. Allerlei Meeresgetier, ein paar Oliven mit Feta und sechs verschiedene Salate, wobei die Bezeichnung Salat, wie de Jong fand, irreführend war. In Wirklichkeit waren es Cremes in Weiß, Pink oder Grün, die eher an Brotaufstriche erinnerten, und dazu gab es Weißbrot.

Eine Weile beschäftigten sie sich mit dem Brot und tunkten es in die Cremes, dann wurde Ronja Hinsbeck das Schweigen zu lang. »War dieser Rambeaux vielleicht in der Proletarifizierungs-Szene aktiv?«, überlegte sie.

»Soweit wir wissen, nicht.« De Jong schüttelte den Kopf. »Übrigens habe ich den Commandante inzwischen kennengelernt.«

Frau Hinsbeck grinste. »Sie mögen ihn doch nicht etwa, oder doch?«

»Ehrlich gesagt, hatte ich ihn mir etwas revolutionärer vorgestellt«, gab er zu. »Stattdessen redete er davon, dass er ein ganz normaler Mensch sei ›wie du und ich‹ und wie alle anderen gern ein möglichst großes Kuchenstück haben will. Und der, um das zu erreichen, gern anderen in die Kniekehlen tritt.«

»Das klingt nach ihm. Ein Mensch wie du und ich.«

»Sie kennen ihn also näher?«

»Ich hatte mal vor Jahren mit ihm zu tun. Damals, als die M.P.B. zum ersten Mal aktiv wurde.«

»Die *Mietpreisbremse*?«

»Genau. Die kennen Sie also schon.«

»Ich habe neulich eine Art Mahnschreiben von denen gesehen.«

»Eine skurrile Truppe mit eigenwilligen Methoden.« Ronja Hinsbeck nickte. »Es wird sogar gemunkelt, dass sie so eine Art Protest-Dienstleister sind. Und dass sie vom Commandante gebucht wurden.«

»Gebucht? Wofür denn?«

»Es ist kein Geheimnis, dass Langhorns neues Buch hinter seinen Erwartungen zurückbleibt. Er hatte es als Bestseller-Event geplant, so wie die Autobiografie von Joschka Fischer oder Oscar Lafontaine. Stattdessen droht es zum Ladenhüter zu werden.«

»Die Mietpreisbremse ist also eine Promotion-Aktion?«

»Sie beschwört die alten Zeiten herauf, als es noch gegen die Schneekönigin ging. Erst mit ihr hatte Langhorn seinen medialen Durchbruch.«

»Als ihr großer Widersacher?«

Sie nickte. »Die Schneekönigin hat den Commandante zum Star der Szene gemacht, der er dann wurde. Ohne die Nevinghoff hätte niemand von ihm Notiz genommen. Eine Hassbeziehung, mag sein, für ihn aber sehr vorteilhaft.«

»Verstehe«, meinte de Jong. »So wie Gott, der niemals berühmt geworden wäre, wenn es den Teufel nicht gegeben hätte.«

»Soviel ich weiß, gab es sogar schon mal Pläne, den Stoff zu verfilmen. Die Frau ohne Herz und der Mann der Herzen. David gegen Frau Goliath.«

»Klingt kitschig, aber warum nicht? Genau das Richtige für einen TV-Dreiteiler zur Prime-Time.«

»Tja, warum da niemals was draus wurde, das hat keiner so richtig herausbekommen. Der Plan ist irgendwann in einer Schublade verschwunden. Es wurde gemunkelt, weil die Familie Nevinghoff an die richtige Seite ›gespendet‹ habe.«

Während des Hauptganges entfernte sich ihr Gespräch immer weiter von de Jongs angeblichen Fragen, die er an Frau Hinsbeck hatte, und nahm infolgedessen privatere Züge an. Es ging um Lieblingsfilme, Urlaube und Beziehungen. Aristoteles unterstützte den Verlauf, den das Date nahm, nach Kräften, indem er immer wieder mit einem Plastik-Tablett herbeieilte und einen weiteren Gratis-Ouzo servierte. Inzwischen füllte sich das Lokal, der Lärmpegel stieg, und de Jong erzählte von

Giulia und ihrem lebenslangen Traum von der perfekten Beziehung, dem ominösen Mr. Right, der sich bisher immer als Trugbild erwiesen hatte – und das allein durch näheres Hinsehen. Dass dies jedoch keineswegs dazu geführt habe, dass Giulia aus dieser Erfahrung gelernt habe, im Gegenteil. Sogar von dem Schweigeworkshop mit SMS-Verbot erzählte er ihr. Er fühlte sich gut, als er ihr all das anvertraute, und hatte schließlich auch das Gefühl, dass sie beide sich nähergekommen seien.

Es wurde spät, sie zahlten schließlich und bekamen einen letzten Ouzo serviert. Und dann meldete sich mit einem bienenhaften Summen Ronjas Telefon. Sie angelte es aus ihrer Handtasche, sprach mit gedämpfter Stimme und drehte sich dabei ein wenig von de Jong weg. Weit entfernt davon, lauschen zu wollen, hatte der Exkommissar den Eindruck, dass ihr Flüstern angespannt klang, vielleicht sogar gestresst.

»Tja, schade«, sagte sie, als sie das Smartphone in die Tasche zurückgleiten ließ. »Aber jetzt muss ich leider doch schon weg. Trotzdem danke für den Abend.«

»Gern«, sagte de Jong enttäuscht. Er überlegte, ob er ihr vielleicht zu viel anvertraut hatte.

»Übrigens«, sie beugte sich vorsichtig zu ihm herunter und berührte seinen Arm. »Ich möchte Ihnen noch sagen, dass ich sozusagen vergeben bin.« Sie lächelte auf ihre helle Art. »Nur damit Sie sich keine falschen Hoffnungen machen. Das wäre doch schade.«

De Jong nickte. »Stimmt«, sagte er.

Dann war sie weg, und de Jong blieb noch eine ganze Weile sitzen, obwohl er schon gezahlt hatte. Und obwohl er schon kassiert hatte, kam Aristoteles, ausgerüstet mit einer Ouzoflasche und zwei Gläsern, schließlich an seinen Tisch. Alle anderen Gäste waren schon gegangen, aber Aristoteles war kein schlichter Kellner, sondern ein hochqualifizierter Tavernenwirt alter Schule, der immer ein sorgendes Auge auf seine Stammgäste hatte.

»Naja«, sagte er und goss ihnen beiden ein, »vielleicht hättet ihr besser das Kaninchen in Weinsoße genommen. Dann hätte sie dich nicht abblitzen lassen.«

»Sie hat mich nicht abblitzen lassen«, blaffte de Jong.

Aristoteles nickte.

De Jong starrte nach draußen, wo er Ronja Hinsbeck nachgesehen hatte, wie sie in ihrem zitronenfarbenen Outfit in die Nacht verschwand. Dann nickte er auch.

Sie tranken noch einen Ouzo.

»Sie haben deinen Kumpel verhaftet«, sagte der Wirt nach einer Weile. »Er soll einen Mord begangen haben.«

»Wer hat dir das denn erzählt?«

»Eleni. War mal eine Flamme von mir vor langer Zeit. Eine Seele von Frau, kann ich dir sagen. Sie war eine echte Granate …«

»Schön für dich.«

»Jedenfalls: Sie putzt bei den Alexandridis. Das sind die Nachbarn von Gerresheim, wo es passiert ist. Profs an der Uni mit viel Kohle.«

»Auch Freunde von dir?«

»Kunden. Sie kommen hin und wieder zum Essen her.« Aristoteles drehte Stühle um und stellte sie auf die Tische. »Hat er das wirklich gemacht?«, fragte er. »Ich meine, den Mann umgebracht?«

De Jong zuckte mit den Schultern. »Ich bin nicht mehr bei dem Laden. Woher soll ich das wissen?«

»Aber der Mann ist dein Kumpel, oder nicht?«
»Klar.«
»Dann weiß man so was doch.«
»Vielleicht. Das Dumme ist nur, ich kann nicht einfach so ermitteln. Auf eigene Faust.«

Der Grieche nickte nachdenklich. Und wieder fiel de Jong in das Nicken ein. Insgesamt waren es schon ganz schön viele Ouzos gewesen.

»Also, dann werde ich jetzt mal«, sagte de Jong nach einer Ewigkeit. »Ich schulde dir was.«

»Was denn? Der Ouzo ist gratis.«

De Jong stand auf und griff nach seiner Jacke. »Eleni war nicht zufällig auch da, als es passierte? Der Mord, meine ich.«

Aristoteles machte ein Gesicht, als würde er besonders scharf nachdenken. »Davon hat sie nichts erzählt. Hätte sie bestimmt, wenn sie da gewesen wäre. In der Nachbarschaft verbreitet sich so was rasend schnell.«

De Jong winkte zum Abschied. »War nett hier«, sagte er. »Vielleicht komme ich demnächst noch mal zum Essen.«

* * *

Am Sonntag rief er Bühlow an. Der Hauptkommissar machte einen müden Eindruck, und de Jong hatte ein schlechtes Gewissen, ihn an seinem freien Tag aus dem Bett zu holen. Und dann erkundigte er sich auch noch, ob Bühlow das mit seinem Onkel gehört habe. Natürlich hatte er es gehört.

»Wie denkst du darüber?«, wollte de Jong wissen.

»Naja, ich denke, dass er unschuldig ist.«

»Das ist schön zu hören«, sagte de Jong, obwohl da so ein Aber mitgeklungen hatte.

»Andererseits ...«

»Andererseits was?«

»Genau. Eugen hatte immer schon so etwas ...«

»Er hatte etwas? Was denn?«

»Dass man dachte, man weiß nicht, woran man bei ihm ist.«

De Jong wartete darauf, dass der andere das etwas weiter ausführte.

»Das mit dem Nachbarn ist ja so eine alte Geschichte. Und es hat sich über Jahre immer weiter aufgeschaukelt. Es fing damit an, dass die Gerresheims da eingezogen sind. Mag sein, dass sie keine besonders netten Leute sind, aber Eugen tat sich immer schon schwer damit, etwas auf sich beruhen zu lassen.«

»Mag sein«, stimmte de Jong ihm zu. »Insofern bist du dir nicht ganz sicher, ob er es nicht doch getan hat?«

Am anderen Ende blieb es still. „Doch, bin ich", sagte Bühlow schließlich.

»Ich auch. Und ich kenne den alten Sack jetzt schon eine Ewigkeit.«

»Also dann: Liegt sonst noch etwas an?«

De Jong war irritiert. Der Junge war schräg drauf, das war jedenfalls sein Eindruck. Und auch, dass seine Stimme gar nicht müde klang, sondern niedergeschlagen. »Jetzt erzähl schon: Was ist denn los mit dir?«

»Du weißt nicht zufällig von einer freien Wohnung, die bezahlbar ist und nicht draußen am Ende der Welt liegt?«

»Du willst umziehen?«

»Ich muss. Mein Vermieter hat sein Herz für die vielen Gutverdienenden entdeckt, die verzweifelt Luxuswohnungen suchen.«

»Das tut mir leid. Aber zurzeit wüsste ich leider nicht ...«

»Das Blöde ist, dass ich nicht mal eine Beziehung habe. Und wie willst du die kriegen, wenn du schon bei der Frage ›gehn wir zu dir oder zu mir‹ passen musst?«

»Ich werde mich auf jeden Fall umhören. In Sachen Wohnung und in Sachen Beziehung.«

»Danke. Was ist denn jetzt mit der Türmersache?«

»Da bin ich natürlich erst mal nur auf halber Kraft dabei. Wegen Eugen.«

»Klar.«

Dieses »Klar« klang etwas deprimiert, sodass de Jong es nicht über sich brachte, es einfach so stehen zu lassen, und sich zum Zurückrudern entschloss. »Aber natürlich bleibe ich ja mit im Boot. Weißt du, du hast recht: Wir sollten uns diesen seltsamen Augenarzt etwas näher ansehen. Wie nahe stand er Schöpping?«

»Okay, das kann ich ja übernehmen.« Das klang schon nicht mehr so deprimiert.

»Und dann würde ich gern mehr erfahren über die Zeit, in der Schöpping noch kein Turmwächter war, sondern als freier Philosoph praktizierte. Und was er mit Schopenhauer zu tun hatte.«

* * *

In der Nacht träumte er wirr. Dass er oben an Deck des Hausbootes ein Fernrohr installiert hatte. Kein schweres, ausziehbares Fernrohr, wie es Seefahrer früher benutzt hatten, sondern ein modernes, hochauflösendes mit starker Zoom-Funktion, das auf ein Stativ montiert war. Er richtete das Teleskop auf ein beliebiges Fenster, das erleuchtet war, und erkannte es auf Anhieb: Es war das bekannte Schlafzimmerfenster. De Jong blickte auf ein Bett mit zerwühlten Laken, auf dem sich ein Mann in grün gepunkteter Unterwäsche fläzte. Er zoomte heran. Wenn ihn nicht alles täuschte, war es Schmedebach, der Tabakwarenhändler, der schwarze Lakritzdrops im hohen Bogen in eine Blechdose schnippte. Klack, klack, klack!

Dann trat eine Frau in den Vordergrund des Bildes und verdeckte das Bett mitsamt Schmedebach. Sie hatte nichts an und war wunderschön. De Jong starrte auf ihre Brüste, die ebenfalls wunderschön waren, worauf sie einen Schritt zurücktrat und ihm durch das Fernrohr zulächelte: Es war Ronja Hinsbeck! Was, du und dieser alte Knacker?, wollte er ihr voller Entrüstung zurufen, aber er ließ es natürlich sein. Erstens war sie viel zu weit weg, als dass sie ihn hören konnte, und zweitens hatte sie doch erwähnt, dass sie vergeben sei. Wenngleich er sich doch ganz schön wunderte, dass der Glückliche ausgerechnet Schmedebach sein musste. Das Klack, klack wurde lauter und klang in seinen Ohren regelrecht schadenfroh ...

Er fuhr hoch. Es war dunkel, die Leuchtziffern des Weckers auf dem Nachttisch zeigten zwei Uhr dreizehn. Der Traum war verpufft – wie schade, er hätte Ronja Hinsbeck gern noch länger betrachtet, ganz egal, ob sie vergeben war oder nicht. Aber das Klack, klack war geblieben. Irgendetwas polterte da oben an Deck gegen die Reling. De Jong schob sich ächzend aus dem Bett, schlüpfte in seine Pantoffeln und stolperte schlaftrunken die Treppe hinauf. Füllte, oben angekommen, seine Lunge mit klarer Nachtluft. Nach der Ursache des nächtlichen Lärms musste er nicht lange suchen. Sein Dauergast hatte nach einem seiner Reinlichkeitsanfälle sämtliche Putzutensilien in einen Eimer gepackt und an die Reling gehängt; jetzt baumelte er im leichten Wind hin und her.

De Jong nahm den Eimer vom Haken und stellte ihn in eine Ecke. Dann zurück ins Bett. Aber jetzt war er schon einmal wach, schlafen konnte er immer noch, und solche Nächte gab es nicht oft. Er trat an die Reling und nahm noch ein paar ruhige, tiefe Atemzüge frischer Nachtluft. Legte den Kopf in den Nacken und warf einen langen Blick hinauf in den reich bestirnten Himmel über ihm. Lauschte auf die Fische im Kanal. Manchmal, in sommerlichen Nächten wie diesen, hörte man sie springen.

Zusammenfahren ließ ihn aber ein anderes Geräusch. Es war ein Räuspern. Und derjenige, der sich räusperte, war natürlich Spohn, der unbemerkt hinter ihn getreten war. »Sie auch noch auf, Käpt'n?«, fragte er und zerstörte die feierliche Stille der Nacht.

De Jong antwortete nicht. Er schüttelte nur leicht den Kopf in der Hoffnung, dass Spohn den Wink bemerken und begreifen würde, dass er momentan kein bisschen zur Konversation aufgelegt war.

»Wissen Sie übrigens, was die alten Philosophen über die Enthaltsamkeit gesagt haben?«, fragte der Exbänker, während er im Bademantel neben de Jong stand und auf dieselbe dunkle Wasseroberfläche des Kanals schaute. Nicht einmal die allerfernste Galaxis da oben am Himmel lag ihm ferner als der Gedanke, dass er eventuell stören könnte. »Dass sie für sie eine Tugend war.«

»Nicht jetzt!«, entfuhr es de Jong in einem leisen Zischen, das ebenso leise wie drohend klang. »Was immer sie gesagt haben oder noch sagen wollen – behalten Sie es für sich!« Damit kehrte er der Reling und Spohn den Rücken und stieg die Treppe hinunter, ohne sich noch mal umzusehen.

»Gut, dann eben nicht«, klang es beleidigt hinter ihm her. »Da muss man gar nicht patzig werden.«

De Jong war sich bewusst, dass er nicht nett gewesen war. Aber immerhin kam die Abfuhr letztlich Spohn zugute. Der Selfmade-Philosoph in spe konnte nicht früh genug kapieren, dass es gefährlich war, anderen Leuten mit Betrachtungen über die Tugend der Enthaltsamkeit die Nachtruhe zu verderben. In manchen Fällen sogar lebensgefährlich.

15. Kapitel

Seit Jahren hatte es sich immer so ergeben, dass de Jong und Küppers sich für ihre regelmäßigen Treffen auf das *Knipperdolling* in Everswinkel geeinigt hatten. Nachdem Küppers dann vor etwa anderthalb Jahren in eine Doppelhaushälfte umgezogen war, die direkt oberhalb der Umgehungsstraße stand, hatte de Jong ihn ein- oder höchstens zweimal dort besucht. Seinen Nachbarn war er nie über den Weg gelaufen. Nur einmal hatte er von Weitem Frau Gerresheim gesehen, wie sie, angetan mit einer lilafarbenen Schürze, im Garten an einer Hecke herumschnippelte.

Er hatte nur einen vagen Plan, als er am Montagmorgen gen Süden radelte. Das Wetter konnte sich nicht recht entscheiden – es lockte mit Sonnenschein, enttäuschte jedoch mit einer kühlen Brise und feuchter Luft, die nach Regen schmeckte. In der recht ordentlichen, aber auch langweiligen Straße hatten seit jeher die Doppelhäuser das Sagen. Zu beiden Straßenseiten mehr oder weniger individuell gestaltete Vorgärten. Garagen und Waschbetonterrassen mit Plastikmöbeln. Aus dem gutbürgerlich beschaulichen Einerlei stachen die verfeindeten Doppelhaushälften von Küppers und Gerresheim deutlich hervor. Eng und untrennbar aneinandergeschmiegt, waren sie wie Eheleute, die in einem Dauerstreit nebeneinander auf einer Bank sitzen und demonstrativ in entgegengesetzte Richtungen schauen. Während Küppers' Haus starke Gebrauchsspuren aufwies – ergraute Fassade, Unkrautbewuchs im Vorgarten und ölfleckige Garagenauffahrt, erstrahlte das Nachbarhaus, obwohl exakt gleicher Bauart, in frischgestrichenem Weiß und mit einem tipptopp gepflegten Rasenstück.

Bevor Barbara Gerresheim die Tür öffnete, konnte de Jong sie durch das verwaschene Glas der Haustür als lilafarbener Schatten hereineilen sehen.

»Ja, bitte?« Dieses Mal trug sie eine lila Strickjacke über einer Bluejeans. Frau Gerresheim war deutlich jünger als ihr Mann, schlank mit einem ernsten Gesichtsausdruck, den de Jong als leicht vorwurfsvoll empfand.

»Mein Name ist de Jong«, stellte er sich vor. »Ich bin bei der Kripo. Im Dezernat für interne Ermittlungen.« Das war sein Plan: sich als interner auszugeben. »Mein Beileid zum Tod Ihres Gatten.«

Ihr Blick wurde nicht freundlicher.

»Ein Mitarbeiter unserer Behörde steht im Verdacht, die Tat begangen zu haben ...«

»Er steht im Verdacht? Ich habe Ihnen doch schon gesagt, dass er es getan hat!«

»Deshalb wäre ich Ihnen dankbar, wenn Sie mir noch einmal in allen Details schildern könnten, was sich zugetragen hat.«

Sie trat einen Schritt zur Seite, um ihn hereinzulassen. »Ich habe der Polizei schon alles gesagt.« Resolut schritt sie voran ins Wohnzimmer. In der rechten Ecke gegenüber befand sich ein gemauerter Kamin mit einer Ledersitzecke, etwas höher an der Wand prangte ein gerahmtes Gemälde, das in Lila und Hellblau gehalten war. Es zeigte ein Fantasiewesen, eine Art Drachen mit weiblichen Brüsten und geballten Fäusten, von einer Aura aus grellem Sonnenlicht umstrahlt. Auf dem großen Tisch standen allerhand Fläschchen mit grünen, gelben und roten Essenzen, aber auch Marmeladen und Konfitüren. Über allem lag der Geruch von Räucherkerzen – was nur etwas für Leute war, denen davon nicht übel wurde. Zu denen de Jong nicht gehörte.

»Das ist meine Arbeit«, erklärte Frau Gerresheim mit verhaltenem Stolz in der Stimme, als sie de Jongs neugierigen Blick bemerkte. »Ein Online-Shop für Marmeladen, Essenzen und Dufterlebnisse. Ich arbeite gerade an meiner neuen Kollektion.«

»Ich wusste gar nicht, dass man Dufterlebnisse auch aus Flaschen haben kann.«

»Es ist erwiesen, dass wir Menschen intensive Erlebnisse als Erinnerung speichern, indem wir sie an Gerüche koppeln«, erklärte die Hausherrin. »Das bedeutet, dass wir in der Lage sind, mithilfe von Gerüchen wichtige Erinnerungen abzurufen. Was sich in vieler Hinsicht therapeutisch nutzen lässt.«

»Interessant«, sagte de Jong, nahm einige Fläschchen in Augenschein und las das Etikett: *Erster Schultag* war eine bräunliche Essenz, dickflüssig, sie erinnerte an den Kakao in der großen Pause, *Erste Liebe* leuchtete hellrot in einem hübschen Flacon. Außerdem gab es Fläschchen mit dem Titel *Urlaubsfreuden*, *Orgasmus* und eine spezielle Weihnachtsedition. »Haben Sie gesehen, wie Herr Küppers auf Ihren Mann geschossen hat?«, kam er zum Thema.

»Nein, ich war zu der Zeit im Haus, in der Küche. Ich habe nur den Schuss gehört. Aber es war eine Tat mit Ansage. Wie oft hat er diese Drohungen ausgestoßen. Ich hab mir immer eingeredet: Lass ihn, Hunde, die bellen, beißen nicht. Und dann hab ich Hans-Günther gefunden.« Frau Gerresheims Stimme wurde brüchig. »Sein Kopf lag auf den Gleisen. Direkt vor dem Gotthard-Tunnel.«

»Das ist in der Schweiz!«, entfuhr es de Jong.

»Dort im Schuppen. Es ist eine Modell-Eisenbahn.« Ihr Blick war ein einziger Tadel. »Und der Berg ist auch nur ein Plastikmodell.«

»Natürlich. Und es gab für Sie keinen Zweifel, dass Herr Küppers die Waffe abgefeuert hat?«

»Es war sein Dienstrevolver! Welche Beweise brauchen Sie denn noch, Herr Kommissar?« Frau Gerresheim schüttelte ungeduldig den Kopf. »Und, wie gesagt, es kam ja nicht über Nacht. Da war dieser Dauerstreit, das ging so, seit wir hier eingezogen sind.«

»Was war denn überhaupt der Anlass für diesen Zwist?«

Barbara Gerresheim holte tief Luft, als müsste sie dafür weit ausholen. Sie deutete auf einen Stuhl am Tisch und nahm selbst auf einem anderen Platz. De Jong setzte sich. Zwischen ihnen auf dem Tisch stand die Fläschchen-Galerie.

»Man konnte diesem Mann nichts recht machen«, erzählte Frau Gerresheim. »Erst war es der Strauchschnitt, der angeblich im Weg lag, dann hat er Hans-Günther unterstellt, er würde Unkraut züchten, nur um es dann zu ihm rüberwachsen zu lassen. Naja und dann die Sache mit den Karnickeln, auf die der Mann Jagd gemacht hat.«

»Sie wollen sagen, dass der Anlass eigentlich beliebig war. Dass Herr Küppers nur auf Streit aus war?«

Sie zuckte mit den Schultern. »Ich habe getan, was ich konnte, wissen Sie. Habe zwischen den Streithähnen vermittelt. Sogar einen Versöhnungsduft habe ich Herrn Küppers angeboten, aber er hielt das alles für esoterischen Unfug.«

De Jong konnte sich lebhaft vorstellen, wie Eugen auf ein Dufterlebnis aus der Flasche reagierte.

»... und dann musste er auch noch übergriffig werden.«
De Jong stutzte. »Übergriffig?«

Sie nickte und presste die Lippen zusammen.

»Was bedeutet das genau?«

Es dauerte eine Weile, bis Frau Gerresheim antwortete. Eine aufkommende leichte Übelkeit warnte de Jong, dass er es nicht mehr allzu lange zusammen mit den Räucherkerzen in einem Raum aushalten würde.

»Als ich damals versucht habe, auf ihn zuzugehen ...«
»Auf Herrn Küppers?«

»Ja. Da hat er das ausgenutzt. Im sexuellen Sinne. Er ist hinter mich getreten, hat die Arme um mich geschlungen und sich an mich gepresst. Er legte die Hände auf meine Brüste und dann ...« Die Erinnerung daran brachte wohl den Ekel zurück.

»Und dann?«

»Ich habe mich losgerissen und bin aus dem Haus gerannt. Hans-Günther habe ich nie davon erzählt, das hätte alles nur noch schlimmer gemacht. Aber heute denke ich, diese Zurückweisung muss ihn erst recht dazu angestachelt haben, sich an uns zu rächen. Aufs Ganze zu gehen.«

De Jong dankte Barbara Gerresheim für ihre Aussage und verabschiedete sich. Draußen atmete er so viel frische Luft, wie er brauchte, um die Dufterlebnisse loszuwerden, bestieg sein Rad und trat in die Pedale. Das half bekanntlich beim Nachdenken. Darüber, wie tief Küppers im Schlamassel steckte. Nicht genug damit, dass er ein Mörder war; obendrein grapschte er auch noch Frauen an. De Jong rief sich die von Frau Gerresheim geschilderte Szene vor Augen. Zweifellos eine hässliche Szene. Der Punkt war nur, dass es de Jong nicht gelang, sich Küppers als Hauptdarsteller darin vorzustellen. Er passte irgendwie nicht hinein. Keine Frage, Eugen hatte manchmal eine ungeschickte und plumpe Art, Frauen anzustarren, sie mit den Blicken auszuziehen. Manchmal verstieg er sich auch verbal. So wie er sich verstiegen hatte, als er mit einem Glas Bier dagesessen und munter darüber parliert hatte, wie es wäre, wenn er seinen Nachbarn umbrachte. Das war Eugen Küppers: Ab und an, besonders, wenn er alkoholisiert war, neigte er zu einer gewissen angeberischen Geschwätzigkeit.

Was wiederum bedeutete, dass der Mann, der die Frau mit den Dufterlebnissen belästigt hatte, nicht Eugen Küppers gewesen sein konnte.

Jedenfalls nicht der Eugen Küppers, de de Jong kannte.

Na schön, aber bist du dir sicher?, fragte der Zweifel in ihm, weil der immer auf Nummer sicher gehen wollte. Sei ehrlich: Wie gut kennst du diesen Mann überhaupt? De Jong hatte sofort eine Antwort parat. Er verwies auf Aristoteles, der gesagt hatte: So was weiß man doch.

Genau das, antwortete er. Aristoteles hat ganz recht gehabt. So etwas weiß man.

Und genau deswegen erschien ihm das, was Frau Gerresheim ihm erzählt hatte, in ganz anderer Hinsicht interessant.

* * *

Es war schon gegen Mittag, als er die City erreichte und seine Aufwartung im Tabakladen machte. Was genau ihn herführte, war ihm selbst nicht klar, vielleicht wollte er nur etwas gegen die Anfälle von Optimismus unternehmen, die ihn in letzter Zeit hin und wieder heimsuchten.

»Denken Sie, ich kann den Laden so einfach offen halten?«, maulte Schmedebach statt einer Begrüßung, als wäre de Jong schon eine Weile da und hätte ihm das gerade nahegelegt. »Sehen Sie sich doch die Fußgängerzone an: Überall die gleichen Läden für die gleiche billige Massenware. Von der Handvoll Kunden, die hier nur ein paar lausige Lutschbonbons kaufen, kann ich nicht leben.«

De Jong fühlte sich als einer von dieser Handvoll Kunden. »Das wird schon wieder«, sagte er und sah sich nach einer Alternative zu den Lakritzdrops um.

»Sie haben gut Reden, de Jong. Aber ich mach das hier nicht mehr lange. Alles geht den Bach runter.«

»Vielleicht ist es hilfreich«, schlug de Jong vor, »wenn Sie dabei bedenken, dass das ganz normal ist.«

Der Ladenbesitzer schnaufte erst abfällig, dann stemmte er ärgerlich die Hände in die Hüften. »Sie finden das auch noch normal?«

»Es hängt mit der Fließrichtung zusammen. Haben Sie schon einmal etwas in einen Bach geworfen?«

De Jong erntete einen verständnislosen Blick.

»Und wohin ist es gegangen: den Bach hinunter oder den Bach hinauf?«

Schmedebach schüttelte genervt den Kopf. Die Sache schien ihm zu ernst, als dass man auch noch alberne Bemerkungen darüber machen musste.

De Jong beschloss, dass er mitfühlend genug gewesen sei. »Ich habe am Freitag auf Sie gewartet, Herr Schmedebach.«

»Ach ja, ich wollte Ihnen auch noch Bescheid gesagt haben«, erklärte der Ladenbesitzer. »Aber dann hat mich hier ein Kunde ewig aufgehalten und die Kasse stimmte nicht ... Wie das so ist.«

»Wie das so ist«, bestätigte de Jong. »Aber vielleicht können Sie mir dann jetzt sagen, was Sie auf dem Herzen hatten.«

»Auf dem Herzen? Wie kommen Sie darauf?«

»Na, über was Sie vorhatten, mit mir zu reden. Abgesehen natürlich über das Übliche: dass alles den Bach runtergeht.«

Schmedebach kam hinter dem Tresen vor, packte de Jongs Arm und führte seinen Kunden wortlos in die dunkle, hintere Ecke des Tabakladens. »Sie denken, ich jammere bloß, stimmt doch? Male gern schwarz oder mache einen Elefanten aus einer Mücke. Aber ich sage Ihnen, das ist die harte Realität: In wenigen Tagen geht hier das Licht aus.«

Der Tabakhändler deutete auf prall gefüllte Umzugskartons, mit Paketklebeband verschlossen und unleserlich beschriftet. Sie waren bis zur Decke gestapelt, neben der Tür warteten weitere, die noch nicht aufgefaltet waren. Pappschilder lehnten an der Wand, auf denen stand: *GESCHÄFTSAUFGABE!* und *JETZT 50% AUF ALLES.*

»Das können Sie nicht machen«, sagte de Jong. »Warum soll ich überhaupt noch in die Stadt fahren, wenn der Laden nicht mehr da ist?« Er ging zurück zum Tresen, schnappte sich im Vorbeigehen eine Dose Erdnüsse und stellte sie neben die altertümliche Registrierkasse.

»Wie steht es eigentlich in dieser Sache mit Rambeaux?«, erkundigte sich der Ladenbesitzer. »Hat man irgendwelche neuen Erkenntnisse?«

»Ich bin nicht mehr bei der Kripo«, sagte de Jong. »Aber soviel ich weiß, kommt man bis jetzt nicht recht voran.«

»Naja, die Leute fragen immer«, meinte Schmedebach, als müsste er seine Neugier rechtfertigen. »Und irgendwie fehlt er hier ja doch. Diese hanebüchenen Geschichten, die er den Leuten aufgetischt hat.«

De Jong nickte.

»Und jetzt ist er tot. Und auch der andere, der vom Turm gestürzt ist. Hat hier immer wieder mal Salzkräcker gekauft.«

De Jong horchte auf. »Sie meinen Schöpping?«

»Die mit Kümmel drin, die wollte er unbedingt, deshalb habe ich sie extra eingekauft.« Schmedebach deutete in Richtung Umzugskisten. »Da sind immer noch über zehn Packungen auf Lager, auf denen bleib ich jetzt sitzen.«

De Jong kam noch mal zurück. »Die beiden kannten sich, stimmt's? Schöpping, der Türmer, und Rambeaux?«

Achselzucken. »Keine Ahnung. Aber gut möglich, dass sie sich über den Weg gelaufen sind. Der Schnorrer hat ja so gut wie jeden angequatscht.«

»Haben Sie vielleicht mal beobachtet, dass die beiden geredet haben? Ich meine, was anderes als das übliche Haste-mal'n-Euro. Oder haben sie sich gestritten?«

Schmedebach stülpte die Lippen vor, dann schüttelte er den Kopf. »Nee. Nicht dass ich wüsste. Worüber denn gestritten?«

»Das wäre jetzt meine Frage gewesen.«

»Dann bekomme ich eins-neunundneunzig«, sagte Schmedebach.

De Jong kramte sein Geld hervor und deutete nach hinten, wo die Pappschilder an der Wand lehnten. Er grinste breit. »Ich dachte, das Knabberzeug gibt's jetzt für die Hälfte.«

16. Kapitel

Schmedebach konnte das kein bisschen komisch finden. Seine stockfinstere Untergangsmiene absorbierte de Jongs Grinsen wie ein schwarzes Loch, ließ sein heiteres Kichern verzischen wie ein fröhlich flackerndes Streichholz im stickigen Dunkel einer Grabkammer. Dabei hatte der Tabakverkäufer den gleichen Gesichtsausdruck wie in der vergangenen Nacht, als er in gepunkteter Unterwäsche auf einem zerwühlten Bett gesessen hatte. Im Traum. De Jong hatte das ziemlich irritiert, denn wie konnte man so ein Gesicht machen, wenn man gerade in einem Hotelzimmer allein mit Ronja Hinsbeck war, die überdies nichts anhatte?

Nein, korrigierte er sich, es war kein Hotelzimmer gewesen. Es war das Zimmer gewesen, in das er oben auf dem Kirchturm durch das Teleskop hineingesehen hatte. Auf das der Türmer das Fernrohr fokussiert hatte.

De Jong lief vom Tabakladen hinüber zum Lambertikirchplatz und orientierte sich. Versuchte, von hier unten aus das betreffende Fenster zu orten. Im Grunde kamen ja nicht viele infrage. Er brauchte ein Fenster im zweiten Stock. Vom Turm aus waren nur die auf der gegenüberliegenden Straßenseite einzusehen. Und auch von denen nur wenige, nämlich die schräg gegenüber, nicht direkt gegenüber. Eines schied aus, weil dahinter eine Arbeitsvermittlung waltete und auf der Scheibe in bunten Lettern Telefonnummer und Internetadresse aufgedruckt waren. Im Haus daneben befanden sich auf der entsprechenden Höhe die Räume einer Firma für Softwarelösungen. Die Fenster im übernächsten Haus kamen dann schon nicht mehr infrage, weil sie zu weit rechts waren, mit dem Teleskop kaum noch anzupeilen. Also sprach vieles für das Haus dazwischen.

De Jong näherte sich dem Haus. Neben der Haustür befanden sich keine Klingelschilder. Auch keine Briefkästen. Es gab nicht mal eine Klingel, jedenfalls konnte er keine entdecken. Aber noch während er danach suchte, öffnete sich die Tür und ein älterer Herr trat auf die Straße. Er war einen Kopf kleiner als de Jong und trug ein dunkelbraunes Jackett, das so aussah, als hätte sein Besitzer es schon zur Erstkommunion getragen.

»Auf Wohnungssuche, Meister?«

De Jong war etwas verwundert, dass man ihn für einen Wohnungslosen hielt. Deshalb gab er sich Mühe, von möglichst weit oben herab zu antworten. »Ich interessiere mich für Immobilien in der Innenstadt.«

»Tja, da muss ich Sie leider enttäuschen«, sagte der Mann. Wenigstens ließ er den Meister weg. »Das hier steht nicht zum Verkauf. Können Sie auch nicht mieten.«

»Aber hier steht *Nevinghoff Immobilien GmbH*«, meinte de Jong.

»Ja, denen gehört das auch.« Der Alte drängte sich an de Jong vorbei und trat auf das Kopfsteinpflaster. Machte eine ausladende Geste, die seinen Gleichgewichtssinn auf die Probe stellten. »Wie fast alles hier. Das Meiste hier ist Nevinghoff.« Er beugte sich vor, und in de Jongs Nase drang Mundgeruch auf Zigarettenbasis. »Die sind nämlich stinkreich.«

»Woher wissen Sie denn das?«

»Höckendorf«, stellte der Mann sich vor und wies mit dem Daumen auf das Gebäude, aus dem er getreten war. »Ich mach hier den Hausmeister. Birnen auswechseln, Kabel verlegen, Gips verspachteln. All so was.«

»Sie kümmern sich um das Haus, obwohl es weder zum Verkauf noch zur Vermietung, sondern einfach leer steht?«

Kopfschütteln. »Nicht wirklich.«

»Sie tun nur so, als ob Sie sich drum kümmern?«

Das Kopfschütteln hielt an. »Nee, es steht ja eben nicht leer. Nicht immer. Mitglieder der Familie kommen hin und wieder her, um in der Stadt zu weilen. Und die legen Wert auf eine exklusive Lage, verstehen Sie? Dann muss ich ran: Getränke in den Kühlschrank stellen, Kerzen in die Kerzenleuchter stecken, Betten beziehen, frische Handtücher ins Bad, Heizung aufdrehen. All so was.«

»Und wer ruft Sie dann an?«

Schulterzucken. »Ein Herr Kerkerink. Der gehört aber nicht zur Familie. Ist nur der Chefbutler.«

»Letzten Montag, also heute vor einer Woche«, fragte de Jong, »mussten Sie da auch für frische Handtücher sorgen?«

Höckendorf kniff die Augen zusammen. Sein Kopf kippte leicht zur Seite. »Warum wollen Sie das denn wissen, wenn ich fragen darf?«

»Und wenn nicht?«, fragte de Jong zurück. Sein Handy klingelte, er holte es aus der Tasche. Es war Bühlow. »Einen Moment«, sagte er zu dem Hausmeister, und dann ins Telefon: »Ja?«

»Bühlow hier. Ich meine Achim. Bin gerade hier in der Stadt. Könnten wir uns kurz treffen?«

»Ja, gern …« De Jong bedeutete seinem Gegenüber mit einer Geste, dass es nicht lange dauerte, aber Höckendorf winkte ab und verdrückte sich seelenruhig in Richtung Fußgängerzone. Von hinten sah es so aus, als würde er immer noch den Kopf schütteln. »Also gut«, sagte de Jong. »Warum nicht? Ich bin auch gerade hier. In unmittelbarer Tatortnähe.«

* * *

Wenige Minuten später saßen die beiden für eine weitere Arbeitsbesprechung im Eiscafé. Das Geschäft brummte bei idealem Eiscafé-Wetter. Touristen, Studierende und studierende Touristen hielten die Kellner auf Trab, und man musste lange warten, bis man bestellen konnte.

»Also, noch mal zu unserem Augenarzt«, sagte Bühlow, nachdem er endlich seine Bestellung losgeworden war, Spaghetti-Eis und eine heiße Schokolade für de Jong. »Ich weiß jetzt, worin die ›Differenzen‹ bestanden.«

»Du meinst das Kriegsbeil, das er nicht so nennen wollte?«

»Genau.« Bühlow beugte sich vor, offenkundig mächtig stolz auf seinen Ermittlungserfolg: »Wiedemanns Frau Wilma hat Selbstmord begangen. Und die Ursache war möglicherweise eine Überdosis Schopenhauer.«

»Eine Überdosis?«

»Also: Unser Türmer war ja damals noch kein Türmer, sondern praktizierte in Osnabrück als niedergelassener Philosoph. Schwerpunkt: Lebensfragen, Lebenskonzepte, Krisenbewältigung. Und Sinnfragen. Die vor allem. Wilma Schöpping neigte zu Depressionen und hatte keine Lust auf die üblichen Psychomedikamente. Also hörte sie auf den Rat einer Freundin und konsultierte einen Philosophen. Und der verschrieb ihr Schopenhauer.«

»Als Saft oder als Zäpfchen?«, witzelte de Jong.

»*Die Welt als Wille und Vorstellung, Über den Willen in der Natur, Die Grundprobleme der Ethik* – das volle Programm.«

»Kein Wunder, dass sie ...«, de Jong führte den Gedanken nicht zu Ende.

Das übernahm Hauptkomissar Bühlow. »Sie nahm sich das Leben. Aber jetzt kommt's: Wie hat sie das wohl gemacht?«

De Jong schätzte es nicht, Arten und Weisen von Selbstmord zu Quizfragen zu machen. »Jetzt sag's schon.«

»Sie hat sich vom Varusturm gestürzt.«

»Wovon?«

»Das ist ein Aussichtsturm, oben in der Nähe von Georgsmarienhütte. Verständlich, dass unser Augenarzt sauer auf den Philosophen war.«

De Jong nickte: »Das ist interessant. Auch ein Sturz, und wieder von einem Turm.« Er nippte an seiner Tasse, saugte kühle, schaumige Sahne ein, nahm etwas zu viel des Guten, sodass er mit der Zunge auf den glühheißen Kakao stieß, der direkt darunter wartete. Beinahe wäre ihm die Tasse aus der Hand gefallen.

»Übrigens hab ich gestern meinen Onkel besucht«, berichtete der Junge. »Im Knast.«

De Jong stellte die Tasse ab, schob sie von sich weg und nahm sich vor, sie nicht mehr anzurühren. »Ich war auch schon da.«

»Ich weiß. Er hat gesagt, du wärest keine große Hilfe.«

»Das hat er gesagt?« Der Exkommissar nahm einen Schluck Wasser, um seine Zungenspitze zu kühlen. »Das ist ja wohl …«

»Ein starkes Stück?«

»Genau das.«

»Aber du glaubst doch nicht wirklich, dass er …?«

»Gläubige Menschen«, meinte de Jong, anstatt eine Antwort zu geben, in dozierendem Tonfall, »glauben, was geschrieben steht. Wissenschaftler glauben nur, was sie sehen und anfassen können. Und Kriminalisten? Die glauben weder das eine noch das andere.«

Etwa eine halbe Stunde später – sie hatten bereits gezahlt und Bühlow war noch kurz zur Toilette – erhielt de Jong eine SMS und öffnete sie. Sie kam von Giulia. Es war ein Selfie aus Südfrankreich. Seine Ehemalige und nach wie vor Angebetete trug ein helles Top aus einem dünnen Stoff, der die Sonne reflektierte. Er hatte das Top noch nie an ihr gesehen, es hatte einen weiten, luftigen Schnitt und zeichnete dennoch die Formen ihres Körpers auf angenehme Weise nach. Es war eines dieser Kleidungsstücke, bei denen man sich unwillkürlich nach vorn beugt, um einen Blick ins Dekolletee zu werfen, obwohl man genau weiß, was sich darin befindet. Hinter ihr sah man ein großflächiges Pappschild, das an einem Baum befestigt war. Darauf ein mit Filzstift gezeichneter, fetter Zeigefinger, der auf ebenso fette, geschlossene Lippen gelegt war, mit der Unterschrift: *Silence!* Und neben Giulia stand jemand: Hugh.

Das anfänglich wohlige Gefühl der Freude, das er empfunden hatte, sobald er ihren Namen las, fiel schlagartig in sich zusammen. De Jong war bisher davon ausgegangen, dass sie allein schwieg, deshalb ja auch sein Plan, sie möglicherweise zu überraschen, doch er hatte sich getäuscht: Bei ihr war der »gute« Hugh – so hatte de Jong sich angewöhnt, über ihn zu sprechen, weil Giulia ihn in der Anfangsphase ihrer Beziehung so genannt hatte, allerdings höchstens ein- oder zweimal. De Jong hatte sie damals gefragt, ob er sich mit diesem Vornamen nicht ständig angesprochen fühlen würde, auch wenn er gar nicht angesprochen war – *can Hugh help me? Would Hugh please shut up? Would Hugh be so kind and die of a terrible desease?* Was sie damals nicht komisch gefunden hatte. Hugh, ein Sportlehrer, der ganz passabel aussah, von dem Giulia aber fand, dass er mehr als fantastisch aussehe und von dem Hugh selbst fand, dass mehr als fantastisch gar kein Ausdruck sei. Der, wie de Jong in seinem grenzenlosen Neid gern stichelte, für seinen

Fall verneinte, von Gott nach dessen Ebenbild erschaffen worden zu sein; bei ihm sei es vielmehr umgekehrt gewesen. Und dennoch: Während diese riesige Welle aus Eifersucht und Neid über ihn hinwegschwappte, blieb doch eines stehen, unverrückbar wie ein Fels in der Brandung. Dieses Eine war eine winzige Nuance in Giulias Gesichtsausdruck; die passte nämlich nicht so recht in die sonnengebräunte, südfranzösische Selfie-Idylle. Und deshalb war diese winzige Nuance das Einzige, was de Jong, der kaum etwas mehr hasste als Selfies, als Hoffnungsschimmer nahm. Die Nuance in Giulias entspanntem, verliebtem Lächeln. Ein leichtes, kaum wahrnehmbares Kräuseln der Mundwinkel – für jemanden, der kein ausgewiesener und gewiefter Giulia-Experte war, praktisch nicht zu erkennen. Dieses Kräuseln hatte nichts in der heilen Welt der Zweisamkeit zu suchen, weil es einen winzigen Anflug von Genervtheit ausdrückte.

Es sei denn, er täuschte sich, was de Jong aber für vollkommen ausgeschlossen hielt.

17. Kapitel

Als Achim Bühlow von der Toilette zurückgekommen war, war de Jong immer noch in Gedanken woanders gewesen, sodass er Bühlows Plan, weiter die augenärztliche Spur zu verfolgen, abgenickt hatte.

»Da wäre nur noch eine Sache, die ich gern vorher abklären würde«, sagte er.

Die Sache bestand in einer Frage: Hatte der Umstand, dass er in dieser Ermittlung immer wieder auf den Namen Nevinghoff stieß, etwas zu bedeuten oder handelte sich um den berühmten Zufall? Sie war die Schneekönigin von Münster mit einem Herz aus Eis, die über ein Immobilienimperium herrschte. Ihr gegenüber ein junger, aufstrebender Freiheitsheld, der Commandante, mit dem Herz am linken Fleck und immer an der Seite der Entrechteten. Schöpping, der einsame Türmer, hatte sich an die Seite des Commandante gestellt, in der Hoffnung, dass ein wenig von dessen Glorie auch seine eher unscheinbare Gestalt erhellen würde. Er hatte Zeitungsausschnitte über Frau Nevinghoff und den Kampf der Proletarifizierer ausgeschnitten und in dem, was Frau Breitschuh euphemistisch Wohnung genannt hatte, stapelweise gehortet. Oben in seiner Turmstube hatte er Zeit damit verbracht, eine der Nevinghoff'schen Wohnungen per Teleskop zu observieren.

War die Frau, die de Jong durch das Fernrohr gesehen hatte, Kira Nevinghoff gewesen?

Es kursierten haufenweise Fotos von ihr im Netz. Dummerweise hatte de Jong zwar die Brüste der Frau, nicht aber ihr Gesicht gesehen. Es kostete ihn nicht viel Zeit, über das Büro der Immobilienfirma Frau Nevinghoffs Privatnummer herauszubekommen. Er musste sich nur als Hauptkommissar ausgeben.

»Hier Kerkerink«, meldete sich eine heisere, leicht vertrocknete Stimme am anderen Ende.

»Hauptkommissar de Jong aus Münster«, sagte de Jong, ohne zu erwähnen, dass er kein aktiver Hauptkommissar mehr war, und wollte mit der Geschichte beginnen, die er sich ausgedacht hatte, um zu einer Audienz vorgelassen zu werden. Aber dazu kam er nicht.

»Schön, dass Sie sich jetzt schon melden.« Die Stimme des Vertrockneten klang vorwurfsvoll. Und das Wort »schon« hatte er so seltsam gedehnt, dass es genauso gut das Gegenteil bedeuten konnte. »Wir haben uns schon gefragt, ob Sie uns vergessen haben.«

»Nein, bestimmt nicht«, versicherte de Jong.

»Gestern Nacht wurde der Anschlag begangen«, erklärte Kerkerink in einem irgendwie buchstabierenden Tonfall, »und jetzt haben wir 17.40 Uhr des nächsten Tages.«

Ein Anschlag? Wie interessant! Erzählen Sie doch mal, hätte de Jong gern erwidert. Stattdessen sagte er: »Sie wissen doch, wie das ist: Personalmangel, hoher Krankenstand, Fortbildungsmaßnahmen, die kein Ende nehmen wollen. Da bleibt für anderes nicht mehr viel Zeit.«

Der Mann, den Höckendorf als Chefbutler bezeichnet hatte, war vielleicht nicht in der Lage, auf jeden Fall nicht in der Stimmung, die Sache mit einer Prise Humor zu nehmen. »Ich erwarte Sie dann baldmöglichst.«

* * *

Daran, dass sich Kira Nevinghoffs Domizil weit draußen vor den Toren der Stadt befand, waren sicher nicht die astronomisch hohen Mieten schuld. Auch nicht der zweifelhafte Ruf der Schneekönigin oder ihre Angst vor der Rache der Stadtbewohner für Zwangsräumungen. Es war viel simpler: Innerhalb der Stadtgrenzen war schlicht und einfach nirgends ausreichend Platz für ein Domizil dieser Größe vorhanden. Die Nevinghoffs residierten in einem Landhaus, das von den Einheimischen wenig liebevoll *Southfolk Ranch* genannt wurde; es bestand aus einem weitläufigen, ebenerdigen Gebäude in Form eines großen L, das in der Front von einer breiten Holzveranda gesäumt war im Stil südstaatlicher Herrenhäuser, sodass man sich kaum gewundert hätte, dort auf der Veranda James Cagney oder Burt Lancaster sitzend vorzufinden, lässig in Cowboystiefeln, mit Colt und Patronengurt und einem Glas Whiskey in der Hand. Der Blick schweifte über Stallungen und endlose Weideflächen, die zu umreiten fast einen Tag gebraucht hätte und alle zum Nevinghoff'schen

Großgrundbesitz dazugehörten. Und dann schweifte er noch weiter, über die unendlichen Weiten der Davert, die in früheren Zeiten riesige Herden von Wildpferden durchstreift hatten. In späteren Zeiten waren die Siedler gekommen und hatten mit dem Lasso Jagd auf die stolzen Tiere gemacht. Und in noch späteren zwängten sie sich in knallenge Hosen, setzten ein albernes, schwarzes Käppi auf und zerrten die Gäule zum Turnier der Sieger, wo sie zum dezenten Applaus einer gutbetuchten Menge über bunte Holzbarrikaden sprangen.

De Jong war mit dem Taxi angereist und brauchte fast zehn Minuten, um von der Straße aus an Weiden und Stallungen vorbei bis zur Haustür zu gelangen. Er genoss den kleinen Spaziergang und war, als er eintrat, auf den angenehmen Geruch nach Pferden und Stall gefasst. Aber das, was ihn empfing, war der scharfe, säuerliche Geruch nach Erbrochenem, der gar nicht zum zur Schau gestellten Luxus passte, dem weitläufigen Foyer, das mit irgendeinem teuren Felsgestein gefliest und mit Perserteppichen ausgelegt war. Von weiß gekälkten Wänden beklagten sich Reh- und Wildschweinköpfe stumm darüber, dass es offenbar nicht genügte, sie abzuknallen; man musste ihnen auch noch diesen Gestank zumuten.

Kerkerink, der Chefbutler, war ein kleiner, stämmiger Mann mit einem verkniffenen Gesichtsausdruck und schütterem Haar, der de Jong tatsächlich entfernt an James Cagney erinnerte. Er stand neben einem Eimer mit Seifenwasser und Scheuerlappen und war offenbar damit beschäftigt, etwas von der weißgekälkten Wand zu schrubben: Es sah aus wie eine mit Spraydose aufgesprühte Silhoutte einer fetten Fliege, die die Faust ballte.

»Die Mietpreisbremse?«, erkundigte sich de Jong verwundert und deutete auf das Wandgemälde.

Das verkniffene Gesicht verzog sich noch mehr, wirkte jetzt geradezu boshaft, bevor der Mann stumm den Kopf schüttelte und weiter schrubbte. De Jong war selbst schuld, er hätte sich das Grinsen sparen sollen.

»Was glauben Sie wohl, weshalb ich Sie gerufen habe?«, erkundigte sich eine Frau, die aus dem Raum gegenüber getreten war. Sie war schlank, trug eine schwarze Reithose und eine hochgeschlossene, weinrote Bluse. Ihr goldblondes Haar war so streng zusammengebunden, regelrecht auf den Schädel gespannt, dass es wie eine Kopfbedeckung aussah.

»Frau Nevinghoff, nehme ich an«, sagte de Jong und trat auf sie zu. »Ich bin Niklas de Jong.«

Die Frau nickte, rümpfte demonstrativ die Nase und bedeutete de Jong mit einer Geste, ihm in eines der angrenzenden Zimmer zu folgen. Sie betraten eine Art Bibliothek, die reichlich mit Pferdeliteratur ausgestattet war – Handbücher über Aufzucht und Dressur, Pferdebildbände, ABC der Pferdehaltung, berühmte Pferde der Weltgeschichte und die tausend besten Pferdewitze. Ein schwerer, eichenhölzerner Schreibtisch blickte durch eine halb geöffnete Terrassentür auf das Anwesen hinaus, sepiafarbene Fotos an den Wänden zeigten ehrwürdige Vorfahren auf Pferden sitzend. Eine beleuchtete Glasvitrine strotzte von goldenen und silbernen Pokalen. Die Terrassentür stand offen, sodass der Kotzegeruch hier weniger aufdringlich war.

»Ich warte schon den ganzen Tag auf Sie«, sagte Frau Nevinghoff vorwurfsvoll, »und hatte die ganze Zeit diesen Übelkeit erregenden Geruch um die Nase. Die Spurensicherung hat schon heute Morgen versprochen, sobald wie möglich mit den Ermittlungen zu beginnen. Bis dahin sollte die gründliche Reinigung unterbleiben.«

»Was mich betrifft, können Sie gern sofort damit anfangen«, sagte de Jong großzügig. Er ertappte sich dabei, wie er auf Frau Nevinghoffs Bluse starrte, als könnte er auf diese Weise herausfinden, ob sie die Frau war, die er durch das Fernrohr gesehen hatte. »Allerdings sollte ich Ihnen fairerweise gleich sagen, dass ich nicht von der Kripo bin.«

Darauf war sie nicht vorbereitet. »Aber ...«

»Nennen Sie mich einen freien Mitarbeiter«, schlug de Jong vor, »der die Kripo mit seiner reichlichen Erfahrung unterstützt.«

Die Frau in Reithosen nannte ihn nicht so. Sie ging darüber hinweg, als wäre ihr die Zeit, darüber nachzudenken, zu kostbar. »Der Punkt ist nämlich der«, regte sie sich auf: »*Fokus-TV* wollte heute hier erscheinen und eine Reportage über mich machen. Starke Frauen aus dem Münsterland. Das kann ich jetzt vergessen, oder was denken Sie? Sollen wir vielleicht mit Mundschutz drehen?«

»Erzählen Sie mir von der *Mietpreisbremse*«, bat de Jong. »Was glauben Sie, warum sie ausgerechnet jetzt diesen Anschlag verübt haben?«

Schulterzucken. »Ich habe nicht die geringste Ahnung. Wissen Sie, es interessiert mich auch herzlich wenig. Vermutlich hat es damit zu tun, dass diese Leute Terroristen sind und es deshalb recht sinnlos ist, über ihre Motive oder Strategien zu spekulieren.«

»Terroristen ...«

»Die *RAF*. Der *Viet Kong*. Der *islamische Staat*. Das sind doch deren Vorbilder. Die hatten auch keine Motive außer zu zerstören und kaputt zu machen.«

»Die haben das aber nie mit Kotzanschlägen gemacht.«

Kira Nevinghoff musterte ihn streitlustig. »Sie denken, das ist doch nur unangenehmer Geruch, nicht wahr? Das stört, aber schadet doch niemandem, also was stellt sie sich so an? Ich sage Ihnen: Den bekommen Sie nicht weg. Im Immobiliengeschäft ist das tödlich, und das wissen die Chaoten genau.«

»Tödlich im übertragenen Sinne«, präzisierte de Jong.

»Für eine Wohnung, die so riecht, finden Sie weder Mieter noch Käufer. Die einzelne Immobilie kann topp renoviert sein, mit diesem Geruch im Treppenhaus – da können Sie zwölf Euro pro Quadratmeter vergessen. Die Wertminderung ist drastisch.«

»Aber diese Immobilie hier wollen Sie doch nicht verkaufen«, sagte de Jong und trat an das Fenster. Weit entfernt, vom Horizont her, sprengten zwei Reiter heran. Auf der Wiese gleich vor dem Haus grasten Pferde. »Könnte es ein eher persönliches Motiv sein? Etwas, das mit Ihrem Ruf als Schneekönigin zu tun hat? Gab es Drohungen, die darauf schließen lassen?«

Kira Nevinghoff ließ ein wütendes Zischen hören und trat zwischen de Jong und die Reiter am Horizont. »Wenn sich die Kripo auf das Niveau der Hetz-Presse herablässt, dann ist Hopfen und Malz verloren.«

»Vermutlich«, gab de Jong ihr recht. »Aber um zu verstehen, was diese Leute antreibt, muss man sich dem stellen. Diesen üblen Ruf, den Ihnen vor Jahren der

Commandante verpasst hat, nicht wahr? Will da irgendwer eine alte Rechnung begleichen?«

Frau Nevinghoff stand jetzt neben ihm und schaute in die gleiche Richtung wie er; die Reiter waren längst verschwunden. »Ich bin keine kalte Spekulantin«, stieß sie wütend hervor. »Auch wenn die linke Presse das gebetsmühlengleich wiederholt. Ich trage vielmehr zur Verschönerung dieser Stadt bei.« Ihre rechte Hand strich vorsichtig über ihr Haar, ohne es zu berühren. Sie schien sich nur zu vergewissern, ob die Frisur noch fest saß. »Ich erhalte Bausubstanz und optimiere sie. Was immer vergessen wird bei diesen Milchmädchenrechnungen: Immobilien werden ja nicht einfach zum Spaß teurer, sie werden dadurch auch ansehnlicher, wohnlicher, und davon wiederum profitieren ja letztlich auch die, die nicht drin wohnen können. Weil sie schließlich auch mal einen Stadtbummel machen, wenn sie nicht gerade gegen Wucherer und Spekulanten kämpfen.«

»So habe ich das noch gar nicht gesehen«, sagte de Jong.

»Eben. Auch Ihnen passt es besser ins Weltbild, in mir die kalte, skrupellose Schneekönigin zu sehen, die ein Herz aus Eis hat. Die von der Wohnungsnot profitiert.«

»Aber dass Sie davon profitieren, passt auch in Ihr Weltbild.«

»Die andere Seite unterschlägt man gern. Mein kulturelles und soziales Engagement.«

»Da werde ich natürlich hellhörig«, sagte de Jong, was nicht ganz stimmte und was sie ihm auch nicht so richtig abzunehmen schien.

»*The Finals of the Fittest*«, erklärte sie mit Stolz in der Stimme. »Sie starten in wenigen Tagen. Wettkämpfe, die ich ins Leben gerufen habe.« Frau Nevinghoff wartete einen Moment, vielleicht davon ausgehend, dass sie de Jong ein Begriff waren, wollte dann aber doch nicht darauf vertrauen. »Die *Finals* finden auf dem Schlossplatz statt, wo auch das Turnier der Sieger ausgetragen wird. Es ist eine Art Rodeo, bei dem sozial benachteiligte oder gehandicapte Jugendliche die Chance bekommen, als Siegprämie einen Ausbildungsplatz oder einen Job zu gewinnen. Sie müssen sich nur gut und lang genug auf dem Pferderücken halten. Das verlangt Mut und Beharrlichkeit. Der Kontest macht die Öffentlichkeit auf ihre Situation aufmerksam, aber belässt es nicht dabei, sondern leistet konkrete Hilfe.«

»Für die glücklichen Gewinner«, vervollständigte de Jong.

»Wettbewerb muss sein.« Kira nickte.

»Noch eine Frage. Ralf Schöpping, ist Ihnen der Name ein Begriff?«

Sie runzelte die Stirn. »Warum sollte er das sein?«

»Weil dieser Mann Zeitungsartikel über Sie gesammelt hat. Und eine Wohnung beobachtete, die sich in Ihrem Besitz befindet.«

Frau Nevinghoff zuckte mit den Schultern. »Den Namen habe ich noch nie gehört.«

»Er stand in der Zeitung.«

»Ich kann nicht alle Namen kennen, die in der Zeitung stehen. Abgesehen davon, dass er, wie Sie mir gerade erzählen, ein kranker Spanner zu sein scheint.«

»Schien«, verbesserte de Jong. »Er wurde ermordet. Der Türmer von Sankt Lamberti.«

»Na und.« Frau Nevinghoffs Schulterzucken fiel etwas sanfter aus. »Trotzdem bleibt es dabei, dass Spanner nicht zu meinem Bekanntenkreis zählen.«

»Für mich wäre interessant zu erfahren«, beharrte de Jong, »ob es etwas zu spannen gab.«

»Wie meinen Sie das denn bitte?«

»Herr Schöpping hatte ein Fernrohr auf das Fenster einer Wohnung gerichtet, die sich im Besitz Ihrer Firma befindet. Ob er da etwas beobachtet hat und was, kann ich natürlich nicht sagen. Von Herrn Höckendorf habe ich allerdings erfahren, dass die betreffende Wohnung hin und wieder von Mitgliedern Ihrer Familie genutzt wird, deshalb …«

»Der alte Mann redet viel, wenn der Tag lang ist«, unterbrach sie ihn barsch. Sie trat einen Schritt von ihm zurück und verschränkte die Arme vor der Brust. Musterte ihn mit einem abschätzigen Blick. »Natürlich würden Sie gern wissen, ob es da etwas zu spannen gab. Aber Sie, Herr de Jong, sollten sich auch überlegen, ob eine so geartete Neugier nicht genau der Antrieb ist, der einen krankhaften Spanner zum Fernrohr greifen lässt.«

De Jong wollte das nicht auf sich sitzen lassen und klarstellen, dass seine Art Neugier sich ausschließlich auf sachdienliche Hinweise richtete, die möglicherweise zur Aufklärung des Mordfalls Schöpping beitragen könnten, aber irgendwo tief im Inneren fühlte er sich auch ertappt. Und bevor er antworten konnte, öffnete sich die Tür. James Cagney alias Kerkerink steckte den Kopf herein: »Da ist ein Hauptkommissar Selters von der Kripo für Sie.«

De Jong reagierte geistesgegenwärtig. »Tja, dann habe ich Sie jetzt lange genug aufgehalten.« Er bemühte sich, dies ganz beiläufig und mit seinem freundlichsten Lächeln in Frau Nevinghoffs konsterniertes Gesicht zu sagen. »Dann lassen wir jetzt mal die Profis ran ...« Er winkte und trat eilig auf die Terrasse hinaus. »Ich finde schon allein hinaus, danke. Grüßen Sie mir den Kommissar.«

18. Kapitel

Dabei hatte ihn der ungebetene Besuch nicht viel weitergebracht. Geblieben war nur ein vages Gefühl, dass er Kira Nevinghoff mit der Erwähnung des familiengenutzten Hauses zu nahegetreten war. Er hatte eine simple Frage gestellt, und sie war auf Distanz zu ihm gegangen und hatte die Arme vor der Brust verschränkt. Was ließ sich daraus schließen? Es konnte darauf hindeuten, dass sie tatsächlich jene Frau war, die er durch das Fernrohr beobachtet hatte. Und selbst wenn sie es war, was hatte er damit schon gewonnen? Frau Nevinghoff hatte sich mit einem Lover getroffen, was nicht verboten war. Und Schöpping, der in seinem Turm vor Arbeit nicht gerade umkam, hatte ihnen zugesehen, was auch verständlich war. Immer noch besser, als mit einer öden Youtube-Serie die Zeit totzuschlagen. Sehr viel besser. Deshalb hatte er sein Teleskop auf dieses Fenster ausgerichtet.

Zurück in die Stadt fuhr der Exkommissar per Anhalter. Die Sonne stand tief und ließ die Felder bis zum

Horizont in einem Farbton erstrahlen, der dem von Kira Nevinghoffs Haar sehr nahekam, vielleicht war ein bisschen mehr Rot dabei. Am Steuer des alten Volvos saß ein Mann um die sechzig, der stark schwitzte und sich durch nichts davon abhalten ließ, de Jong während der Fahrt seine Ansichten zuzumuten. Über Dieselfahrverbote. Dass die erst der Anfang seien. Dass viele sich zu früh freuten. Weil danach die Benziner drankämen und dann die Elektoautofahrer, ja, auch die, auch wenn die vielleicht dächten, sie wären fein raus, aber da hätten sie sich ganz schön geschnitten. Und warum sei das so? Weil es im Grunde um den Autofahrer als solchen gehe, das Auto als solches, die Mobilität als solche, scheißegal mit welchem Kraftstoff. Den Fortschritt als solchen.

De Jong hielt still und verkniff sich kritische Einwände, weil der Weg nach Hause recht weit war und er nicht riskieren wollte, unterwegs mitten auf freiem Feld rausgeworfen zu werden, nur weil er sich als einer von denen entpuppte, die es auch auf das »Auto als solches« abgesehen hatten.

* * *

Noch bis in den späten Abend hinein rechnete er mit einem Anruf oder gar einem Besuch von der Kripo, die ihm Amtsanmaßung und arglistige Befragung von Zeugen unter Vorspiegelung falscher Tatsachen vorwarf. Aber niemand meldete sich, und als de Jong kurz vor dem Schlafengehen den Sternenhimmel über dem Kanal betrachtete, ging er längst davon aus, dass die Sache glimpflich ausgegangen sei.

Am nächsten Morgen gegen neun meldete sich Bühlow. Er klang atemlos und ausgelaugt, so als hätte er einen anstrengenden Tag hinter sich, dabei war es erst Morgen. Er habe sich in aller Frühe beim Rasieren geschnitten, berichtete er, so tief, dass die Wunde habe genäht werden müssen. Schuld daran sei aber nicht seine Ungeschicklichkeit gewesen, sondern das Klingeln des Telefons, was irgendwie schriller als sonst geklungen habe, vielleicht weil unten gerade kein Güterzug vorbeigerumpelt sei, worauf ihm die Klinge irgendwie verrutscht sei. Und dann sei auch noch der Chef dran gewesen, der ihn einbestellt habe, damit er sich zu der Sache äußern könne.

»Zu welcher Sache?«, fragte de Jong.

Bühlow seufzte laut. »Dr. Gonski, Vorsitzender des Vereins zur Pflege Westfälischen Brauchtums, hat sich beschwert und behauptet, dass die Arbeit der Kripo dilettantisch und tendenziös sei und dass von Ermittlung zur Wahrheitsfindung nicht die Rede sein könne. Man ignoriere das eigentliche Opfer und mache stattdessen den Täter zum Opfer.«

»Ich erinnere mich«, sagte de Jong, »dass davon schon die Rede war.«

»Er hat in diesem Zusammenhang mehrmals meinen Namen genannt. Und der Chef gab zu bedenken, dass da wohl im Moment so einiges zusammenkomme.«

»Was denn?«

»Die Wohnungssuche und dann auch noch diese Sache mit meinem Onkel, der unter Mordverdacht steht. Der Chef äußerte die Vermutung, dass mir die ganze Sache über den Kopf gewachsen sei.«

»Keine Sorge«, munterte ihn de Jong auf. »Bei dir ist nichts gewachsen. Das wäre mir aufgefallen.«

»Ich habe eine Bitte: Würde es dir was ausmachen, heute allein Dr. Wiedemann zu befragen? Dann treffen wir uns heute Abend und besprechen alles.«

* * *

Dieses Mal suchte de Jong Wiedemann in seiner Praxis auf, die mitten in der Fußgängerzone lag, im ersten Stock, über einer Zeitarbeitsfirma. Die Sprechstundenhilfe war etwas ratlos, da der Doktor gerade mitten in einer Behandlung war, und bat ihn um Geduld. De Jong stand eine Weile am Anmeldetresen herum und war neuen Ankömmlingen im Weg, sodass er sich schließlich ins Wartezimmer verzog. Er ergatterte noch einen freien Sitzplatz am Fenster und lauschte einer jungen Mutter, die ihrer circa dreijährigen Tochter ein Abenteuer mit Findus und Petterson vorlas. Dabei ließ er seinen Blick hinunter auf die Fußgängerzone gleiten, auf die Fastfood-Bäckerei direkt gegenüber. Die Sonne schien, es war Frühstückspausenzeit, und der Laden brummte. Die ideale Tageszeit für einen *Coffee to go*. Weit schien der gehende Kaffee aber nicht zu kommen, wovon Hunderte von Pappbechern zeugten, die nicht nur die Mülleimer ringsum zum Überquellen brachten, sondern überdies Briefkästen verstopften, ebenso die Gepäckträger der Fahrräder, die im näheren Umkreis abgestellt waren. Kleinkarierte mochten sich über den Müll ärgern, dachte de Jong, aber welche bahnbrechende Erfindung hatte denn nicht auch Opfer gefordert? Längst hatte die *To-Go*-Kultur den Kaffee hinter sich gelassen und stieß in alle erdenklichen Lebensbereiche vor. Was man im Gehen machen konnte, verschwendete keine Zeit. *Nachdenken to go* war deshalb zeitökonomisch wesentlich attraktiver als stinknormales Nachdenken. *Reden to go. Essen to go.* Man konnte zum Beispiel *Essen to go* und *Reden to go* und *Mails checken to go* gleichzeitig erledigen. Damit auch *Sozialkontakte to go* und *Sport to go*. Viel schwieriger: *Kacken to go*. Dagegen sprachen vor allem hygienische Bedenken. *Gehirnoperation* oder *Wurzelbehandlung to go* – zu riskant, aber es war wohl nur eine Frage der Zeit, bis die Technik eine entsprechende App zum Download bereitstellte. *Sex to go*. Nicht gerade etwas, das das Herz höher schlagen ließ, aber für die, deren Zeit kostbar war, vielleicht die einzige Möglichkeit, zum Zug zu kommen. Das Ende des *To-Go*-Hypes war noch lange nicht in Sicht, aber in der Forschung war man sich weitgehend einig, dass der *Homo sapiens* längst vom *Homo to go* abgelöst worden war.

Leider erfuhr de Jong nicht mehr, wie die Geschichte mit Petterson und Findus ausging, denn er wurde ins Sprechzimmer gerufen. Der Arzt empfing ihn in seinem Reich und bot de Jong den Behandlungsstuhl an, aber der Exkommissar blieb lieber stehen. Wiedemann hatte einen etwas zu kurzen, weißen Kittel übergezogen und hockte auf dem Rollschemel, der es ihm ermöglichte, zwischen Patient und im Computer gespeicherter Krankenakte hin und her zu fahren.

»Ich weiß, ich hätte es Ihnen sagen sollen.« Wiedemann gab sich heute nicht spitzfindig und distanziert, eher reumütig, zerknirscht. Ein Augenarzt, der reinen Tisch machen wollte.

»Sie haben uns weisgemacht, dass Sie und der Ermordete Differenzen hatten, die Sie dann beigelegt hätten. Dabei bestanden diese ›Differenzen‹ im Suizid Ihrer Frau.«

Dr. Wiedemann kratzte sich am Kopf, der in dem gedämpften Licht beinahe kahl aussah. »Ich habe Ihnen nichts weisgemacht«, widersprach er. »Und es bleibt dabei, dass wir ein Gespräch hatten, das unser Zerwürfnis geklärt hat.«

»Ihr Zerwürfnis?«

»Genau das.«

»Nur damit ich das verstehe: Sie vermuteten, dass Herr Schöpping maßgeblich am Suizid Ihrer Frau mitgewirkt hatte, und stellten ihn deswegen zur Rede. Er sagte dann, nein, das sehen Sie ganz falsch, damit habe ich nichts zu tun. Und Sie waren's zufrieden?«

Wiedemann erhob sich, trat zur gegenüberliegenden Wand und starrte auf das Bild, das in keiner Augenarzt-Praxis der Welt fehlte: Zahlen und Buchstaben, die Reihe für Reihe immer kleiner wurden, bis man sie mit bloßem Auge nicht mehr als Zeichen erkennen konnte. Wiedemann schaute so angestrengt, als bemerkte er dieses Bild zum ersten Mal.

»Also gut. Anfangs hatte ich tatsächlich Rachegedanken, das gebe ich zu. Als ich das von Wilma hörte. Die Polizei sah keinen Anlass, gegen ihn vorzugehen. Und ich fand, er sollte nicht so davonkommen.«

»Verständlich«, sagte de Jong.

»Dieser sogenannte Philosoph. Glauben Sie mir, Herr Kommissar, ich habe Nächte damit verbracht mir vorzustellen, was ich ...« Er verstummte, ohne dem Satz ein Ende zu gönnen.

»Sie haben Mordpläne geschmiedet, die Sie dann nicht in die Tat umgesetzt haben?« De Jong musste an Küppers denken.

»So würde ich das jetzt nicht ausdrücken.« Wiedemann riss sich von der Buchstabentafel los und wandte sich de Jong zu. »Ich bin nämlich alles andere als ahnungslos, was Philosophie angeht. Die Dinge aus verschiedenen Perspektiven betrachten, aus Blickwinkeln, das ist mein tägliches Brot. Ich bin Augenarzt, vergessen Sie das bitte nicht. Wie man auf eine Sache schaut, ob man sie überhaupt erkennt. Glauben Sie, das könne ein kurzsichtiger Philosoph beurteilen? Oder sagen wir, einer mit einem Astigmatismus. Und Schöpping, der war noch nicht mal ein Philosoph. Er hatte sich alles nur angelesen. Weltanschauung, verstehen Sie? Wenn es ums Anschauen geht, da sind wir, die Augenärzte, ganz nah dabei.« Er schüttelte den Kopf. »Das habe ich auch Wilma gesagt. Was brauchst du einen Philosophen, wenn du mit einem Augenarzt verheiratet bist? Bin ich dir nicht gut genug? Aber sie wollte nicht hören. Hat darauf bestanden, ihren Schopenhauer zu lesen. Naja, das hatte sie dann davon.«

»Was hatte sie wovon?«

»Sehen Sie, Herr Kommissar, ich bin kein Mensch, der zu übereiltem Handeln neigt. Ich überdenke eine Sache erst und betrachte sie von allen Seiten.«

»Sehr vernünftig«, lobte de Jong.

»Wilma war erwachsen. Daran war nichts zu ändern. Niemand konnte ihr vorschreiben, was sie zu tun oder zu lassen hatte. Was sie zu lesen hatte. Ob sie überhaupt etwas las oder nicht. Niemand hat ihr Schopenhauer aufgezwungen. Und dann hat sie ...«

»Aber trotzdem hat sie sich vom Varusturm gestürzt.«

»Absolut korrekt.« Wiedemann reckte einen Finger in die Luft. »Aber die Sache ist auch die, dass Herr Schöpping nicht nur seinen Fehler eingesehen hat, sondern sich auch bemüht hat gegenzusteuern. Mit allen Mitteln.«

»Er hat ihr von der Lektüre abgeraten?«

»Nicht nur das, er hat es mit Epikur versucht. Marx – wohlgemerkt nicht Karl, sondern Graucho. Am Ende hat er sogar Loriot ins Spiel gebracht. Aber ich denke, es war zu spät.«

»Verstehe«, sagte de Jong. »Ihre Frau fand also den Tod, und dann haben Sie ihm einfach so verziehen?«

Unwilliges Kopfschütteln. »Was ich doch eben bereits sagte: Da gab es nichts zu verzeihen.«

»Er hat Ihnen alles erklärt und Sie haben gesagt: Okay, wenn das so ist, Schwamm drüber?«

Der Augenarzt starrte de Jong an. »Schwamm drüber.« Er klang angewidert. »Das ist geschmacklos ...«

»Bestimmt haben Sie es in andere Worte gekleidet« De Jong versuchte, den Mediziner mit gezielten Taktlosigkeiten aus der Reserve zu locken. »Zum Beispiel: ›geschenkt‹ oder ›so was kann schließlich jedem mal passieren‹.«

Wiedemann kaute auf seiner Unterlippe herum.

»Seien wir ehrlich, Herr Dr. Wiedemann: Ist es nicht vielmehr so, dass Sie in Wirklichkeit gedacht haben: Ich werde diesem Schnösel von Hobbyphilosophen mal zeigen, was es bedeutet, von einem Turm zu stürzen? Wenn's nicht der Varusturm ist, dann eben Sankt Lamberti. Turm ist Turm.«

Wiedemann warf de Jong einen indignierten Blick zu, doch er tappte nicht in die Falle. Stattdessen sah er auf seine Uhr. »Ich weiß nicht, wohin das jetzt führen soll, Herr …«

»De Jong ohne Kommissar«, sagte de Jong. »Ich bin nur die Vertretung. Hauptkommissar Bühlow ist heute leider verhindert.«

»Bestellen Sie ihm bitte, Herr de Jong, dass ich jederzeit bereit bin zu kooperieren. Dazu beizutragen, diesen Mordfall aufzuklären. Aber dann darf ich wohl auch erwarten, dass man mich nicht bei jeder sich bietenden Gelegenheit zum Verdächtigen macht.«

* * *

Am Nachmittag trieben de Jong nicht nur neue Erkenntnisse, sondern auch ein schlechtes Gewissen zum Untersuchungsgefängnis auf der Gartenstraße. Die Wolken hatten sich wieder wie eine riesige Bettdecke über die Stadt gebreitet, ein Gewitter lag in der Luft. De Jong hatte allmählich den Eindruck, dass die Haftanstalt düsteres Wetter anziehe – als ob die hier geballten Sünden und Verfehlungen einen Sogeffekt auf schicksalhaftes Wetter hätte. Im Gebäude wartete er eine ganze Weile, dann richtete ein Vollzugsbeamter ihm aus, dass es Herrn Küppers leid tue, aber er habe heute keine Zeit für de Jong.

»Keine Zeit?« De Jong schüttelte zweifelnd den Kopf. »Was hat er denn Dringendes zu erledigen?«

Der Beamte ließ die Ironie unbeachtet und erklärte, dass ihm nicht bekannt sei, welcher Grund Herrn Küppers außerstande setze, sich seinem Besuch zu widmen.

Na, dann nicht, dachte de Jong und machte sich achselzuckend auf den Rückweg. Als er fast aus dem Haus war, rief ihn ein anderer Kollege zurück und führte ihn in den Besuchsraum.

Eugen Küppers stand am Fenster, die Hände in den Taschen, und drehte sich nicht um, als de Jong eintrat.

»Na, wie hältst du dich so?«, fragte de Jong Eugens Rücken.

»Das hat mich jetzt doch interessiert«, sagte der Mann am Fenster, »was so interessant ist. Und was es zu bereden gibt. Wie unterhält man sich mit einem, der ein skrupelloser Killer ist, eine Bestie, die seinen Nachbarn eiskalt abschlachtet. Na, sag es mir.«

»Ich weiß es nicht«, sagte de Jong.

»Beweise scheiden ja schon mal aus, was? Über die braucht man nicht zu reden. Die interessieren einen nicht, weil für einen ja längst feststeht, dass man eine Bestie ist. Noch bevor die Polizei so etwas überhaupt erwägen würde, hat man sein Urteil gefällt.« Küppers drehte sich um und funkelte de Jong wütend an. Er erhob seinen Finger anklagend, schüttelte ihn und deutete in einer theatralischen Geste auf seinen Besucher, so wie der Geist des ermordeten Banco auf Macbeth gedeutet hatte. »Ich will dich mal was fragen, Niklas: Weißt du, was Freundschaft bedeutet? Hast du eine leise Ahnung? Dann sag ich's dir: Freundschaft heißt ganz schlicht und einfach, dass man in einem solchen Fall nicht fragt, ob jemand schuldig oder unschuldig ist. Es interessiert einen nicht. Weil man sofort weiß, dass der Mann, der einen für seinen Freund hält, nicht schuldig sein *kann*. Und ich übertreibe wohl nicht, wenn ich anmerke, dass genau dieser

Fall die Nagelprobe ist, der Ernstfall, der davon zeugt, ob eine Freundschaft überhaupt als solche bezeichnet werden kann oder ob sie nur eine Sonntagsfreundschaft ist, eine Feierabendbekanntschaft ...«

»Ich habe übrigens mit deiner Nachbarin gesprochen«, unterbrach de Jong.

Küppers stockte, hielt den Finger noch eine Weile in der Luft, entschlossen, seine Predigt über den Wert der Freundschaft zu Ende zu führen, war aber aus dem Konzept geraten. Er ließ den Finger sinken. »Und?«

»Deshalb bin ich hier. Weil sie mir etwas anvertraut hat, was ich nun wirklich nicht glauben kann.«

»Sie hat gesagt, dass ich es war, stimmt's?«

»Das sowieso.« De Jong nickte. »Aber außerdem, dass du dich ihr unsittlich genähert hättest.«

Küppers starrte de Jong an. Das ganze vorwurfsvolle Gehabe war plötzlich von ihm abgefallen. Er stand mit halb geöffnetem Mund da und starrte seinen Besucher an, als wäre er jetzt erst damit herausgerückt, dass er von einem anderen Planeten stamme.

»Stimmt das etwa?«, fragte de Jong und bereute es im selben Moment. Gleich würde Küppers ihm die Frage um die Ohren hauen und ihm Verrat vorwerfen.

Aber das passierte nicht. Stattdessen öffnete Küppers den Mund und schloss ihn wieder. Als setzte er an, etwas zu sagen, was ihm dann doch nicht über die Lippen kam. »Sie ist eines Tages bei mir aufgekreuzt. Obwohl ... das fing alles schon viel früher an.«

»Was?«

»Naja, immer wenn sie im Garten gearbeitet hat. Und was sie dann anhatte, diese luftigen Sachen. Sie waren nicht nur luftig, sondern irgendwie so, dass man einfach hingucken musste. Die hatte sie auch an dem Tag an, als sie vor meiner Tür stand. So ein weit ausgeschnittenes Top und eine eng anliegende Hose, eine helle, die irgendwie durchsichtig war.«

»Gab es Zeugen?«

»Zeugen? Nein, wie denn? Sie stand an der Tür und hat mir einen Hefezopf überreicht. Heute sei sie als Friedensbotschafterin unterwegs, meinte sie.«

De Jong nickte nachdenklich. »Und das war schon alles? Dann ist sie wieder gegangen?«

Wieder zögerte Küppers. »Genau«, sagte er, ganz so als wollte er seinen Neffen imitieren. Und dann schwieg er wieder auf diese trotzige Art und Weise, die de Jong stutzig machte.

»Sie ist also wieder gegangen. Also ist gar nichts passiert, oder was?«

»Hab ich doch gesagt.«

Jetzt schwieg auch de Jong, allerdings nicht trotzig, sondern wartend.

»Was hat sie denn erzählt?«, fragte Küppers.

»Du hättest die Situation ausgenutzt. Dich an sie gepresst. Und ihre Brüste angefasst.«

Küppers ließ stoßweise Luft aus seiner Nase, was wie ein unterdrücktes Lachen wirkte. Dazu schüttelte er den Kopf. »Dabei war es doch genau umgekehrt.«

»Was denn?« De Jong glaubte, sich verhört zu haben. »Was war umgekehrt?«

Keine Antwort. Stattdessen kam noch weitere Luft.

»Jetzt sag schon, Eugen. Was war umgekehrt? Hat sie *deine* Brüste angefasst, oder was?«

»Quatsch!« Küppers funkelte ihn wütend an. »Das ist nicht komisch.«

»Ganz meine Meinung. Jetzt sag schon: Sie ist nicht wieder gegangen, stimmt's?«

Endlich hörte Küppers auf, mit sich zu ringen. Er dämpfte seine Stimme fast bis zur Unhörbarkeit: »Es war nur ein einziges Mal. Ich weiß, es war eine Riesendummheit, glaub mir. Aber irgendwie war es auch sensationell …«

De Jong nickte. »Dann ist ja klar, wer deine Dienstwaffe geklaut hat.«

»Ach ja, ist es das?«

Ach ja? De Jong glaubte, sich verhört zu haben.

»Du denkst, sie war es.« Küppers nickte wie jemand, der etwas bestätigt fand, das schon seit Ursprung der Menschheit als unzweifelhaft galt. »Deshalb hab ich dir nichts gesagt, Niklas.«

»Weshalb?«

»Weil sie so was nie tun würde. Und weil du mir das niemals glaubst.«

»Natürlich nicht.«

»Siehst du, das wusste ich. Und deshalb hab ich nichts gesagt. Weil du es eh nicht verstehen würdest. Bapsi hat mir die Waffe nicht gestohlen.«

Bapsi. De Jong schäumte plötzlich. »Herzlichen Dank, dass du mir das jetzt schon sagst.«

»Genau. das hab ich befürchtet. Dass du sie einfach für schuldig erklärst, anstatt ordentlich zu ermitteln. Ob zum Beispiel auch noch jemand anderer als Täter infrage kommt.«

»Einfach so? Du wirst beschuldigt, deinen Nachbarn ermordet zu haben!« Fassungslos schüttelte de Jong den

Kopf. »Wenn rauskommt, dass du dich so von ihr hast austricksen lassen, dann bist du die längste Zeit bei der Kripo gewesen.«

»Eben.«

»Eben was?«

Eugen Küppers' ohnehin schon zerknirschte Büßermiene verknitterte noch mehr. »Dazu kommt, dass sie mich in der Hand hätte. Jedenfalls im Zweifelsfall.«

»Im Zweifelsfall?«

»Ich habe Fotos gemacht und sie ihr zugeschickt.«

»Fotos? Was für Fotos?«

»Naja, es sind delikate Fotos. Du verstehst schon.«

»Nein, ganz und gar nicht. Was ist denn drauf?«

»Barbara – also Frau Gerresheim – hat posiert. Nackt, verstehst du? Jedenfalls so gut wie. Und auf dem Foto hatte sie meine Dienstmarke und die Dienstwaffe. Das hat sie angeturnt.«

De Jong verbrachte ein paar Minuten damit, dieses absurde Szenario vor seinem inneren Auge auszubreiten. Frau Gerresheim, die Kleinunternehmerin mit ihren esoterischen Düften und Flüssigkeiten, in violetter Unterwäsche. Dann schüttelte er den Kopf. »Bis heute dachte ich, es gäbe irgendwo eine Grenze für Dämlichkeit. Aber soll ich dir was sagen: An deiner Stelle würde ich auch lieber wegen Mordes einfahren, als dass diese Peinlichkeit öffentlich wird.«

Hauptkommissar Eugen Küppers schwieg betreten und sah auf seine Schuhe. In de Jong keimte Hoffnung auf, dass jetzt wenigstens Schluss war mit den Du-bist-kein-echter-Freund-Litaneien. Mit dem ausgestreckten Zeigefinger und dem peinlichen Pathos. Endlich konnten sie wieder wie Erwachsene miteinander reden.

Während der Untersuchungshäftling auf die Toilette verschwand, nahm de Jong an einem rechteckigen Tisch Platz, der aussah, als stammte er aus einer Haushaltsauflösung, und checkte seine Nachrichten. Er las eine SMS von Bühlow, der sich am Abend mit ihm zu einer kleinen Arbeitsbesprechung verabreden wollte und nach Zeit und Ort fragte. De Jong schrieb *zwanzig Uhr* und *Nostromo II*.

Dann kehrte Küppers zurück. Er setzte sich de Jong gegenüber. »Jetzt weißt du jedenfalls, warum ich das nicht herumerzähle. Und weshalb ich gerade deine Hilfe brauche, auf möglichst diskrete Weise. Wenn sie die Fotos mit meiner Dienstmarke postet und im Netz verbreitet, bin ich erledigt.«

»Du bist doch jetzt schon erledigt«, widersprach de Jong. »Wenn sie dir was anhängen will, sollten wir das beweisen, das ist der einzige Weg, aus der Sache rauszukommen.«

Küppers nickte fahrig, nicht so recht überzeugt.

»Anders herum geht es natürlich auch: Du schweigst und wanderst in den Bau, weil du deinen Nachbarn eiskalt abgeknallt hast. Und die Leute werden sagen: Immerhin, der Mann mag ein gefährlicher Killer sein, aber Hut ab, seine Moral ist bewundernswert: Bei Nacktfotos hört bei ihm der Spaß auf.« De Jong winkte seinem Freund zu. »Bis dahin wünsche ich dir noch eine schöne Untersuchungshaft.«

* * *

Auf der *Nostromo* war an diesem Abend *Free acting* angesagt, was bedeutete, dass alle Gäste, die wollten, etwas zum Vortrag bringen durften – einen Song, Slam-Poetry, Kabarett oder Publikumsbeschimpfung – Hauptsache, sie waren dafür in keiner Weise qualifiziert. Zum Glück hatte sich aber niemand gemeldet, sodass de Jong und Bühlow sich einen gemütlichen Tisch suchen und ein Bier bestellen konnten.

Bühlow berichtete mit Erleichterung, dass die Intervention Dr. Gonskis, des obersten Brauchtumspflegers, bei seinem Chef nicht verfangen habe. Und de Jong erzählte von seiner Unterredung mit dem Augenarzt, trug vielleicht ein bisschen dick auf, dass er das Gefühl nicht loswerde, Wiedemann habe ihm nicht alles erzählt. Hauptsächlich wohl tat er es dem jungen Kriminalisten zuliebe, schließlich hatte Bühlow die Wiedemannspur aufgetan.

»Der Mann verschweigt uns etwas«, pflichtete der ihm wieder einmal bei und nickte. »Das habe ich auch sofort gedacht.«

»Trotzdem glaube ich nicht so recht daran, dass er eine heiße Spur ist.«

»Immerhin hätte er ein Motiv. Rache für den Tod seiner Frau, den Schöpping verschuldet hat.«

De Jong blieb skeptisch. »Aber es fehlt jede Verbindung zu Rambeaux.«

»Und wenn wir uns da irren? Wenn es diese Verbindung nicht gibt, weil die beiden Fälle gar nichts miteinander zu tun haben? Genau: weil wir sie voreilig miteinander verknüpft haben?«

»Es ist dein Fall«, sagte de Jong zugeknöpft. »Du sagst, wo es langgeht.« Aber er sah das Klassenfoto aus der

Turmstube vor sich und glaubte nicht einen Moment an Zufall oder voreilige Verknüpfung.

»Wie bist du eigentlich zur Kripo gekommen?«, erkundigte sich Bühlow, während er von seinem Bier kostete und den Blick über das Hafenbecken schweifen ließ, hinüber zur städtischen Flaniermeile, auf der zurzeit Gedrängel herrschte, dass man nur im Stop-and-go-Rhythmus flanieren konnte. Auf der *Nostromo* war es relativ still, viele Tische auf dem Kahn blieben leer und die Chance, die Aussicht einmal ohne störende Kunstevents zu genießen, weitgehend ungenutzt. »Wolltest du die Welt ein Stück besser machen, indem du sie von Bösewichtern befreist?«

»Falsche Frage«, meinte de Jong. »Das ist bei mir alles zu lange her. Ich kann dir höchstens noch sagen, weshalb ich weggegangen bin.«

»Na schön: also, weshalb bist du gegangen?«

»Ehrlich gesagt, hat es mich gelangweilt. Tatorte, die angeblich immer anders sind und sich doch immer gleichen, Spuren sichern, Tür-zu-Tür-Befragungen durchführen, Dienstbesprechungen abhalten. Im Auto sitzen, am Schreibtisch, im Verhörraum und dann wieder im Auto. Irgendwann hab ich mir eingebildet, es müsse noch was anderes im Leben geben als das. Und wenn nicht, also wenn es das nicht gab, war das noch lange kein Grund, so weiterzumachen wie bisher.« De Jong ärgerte sich im selben Moment, weil er Unsinn erzählte. Es war gar nicht so gewesen, dass er sich gelangweilt hatte. Vielmehr war es Giulia gewesen, die ihm etwas zu oft gesagt hatte, dass er langweilig sei, und das hatte ihm über die Jahre immer mehr zugesetzt. Er grinste.

»Von wegen Reiz des Kriminellen. Naja«, fügte er hinzu. »Wenigstens du hast gefunden, was du gesucht hast. Es fällt mir schwer, mir dich als wohlsituierten Steuerberater vorzustellen.«

Bühlow schüttelte den Kopf. »Ich erinnere mich, dass meinem Vater, einem windigen Geschäftsmann, immer der Schweiß auf der Stirn gestanden hat, wenn er von seinem Steuerberater gesprochen hat. Ich war damals so fünf oder sechs. Wahrscheinlich war für mich der Steuerberater *die* Respektsperson, so wie für meine Oma der Pfarrer. Erst später bin ich darauf gekommen, dass mein Vater gern etwas gemauschelt und nur Angst hatte, dass man ihm draufkam.« Der junge Kommissar stellte sein Bier ab und beugte sich vor, als wollte er de Jong etwas Peinliches oder Schlüpfriges anvertrauen. »Weißt du was: An manchen Tagen denke ich, ein Kloster, das wäre das Richtige für mich.«

»Ein Kloster? Nein, das ist ein Scherz.«

»Vielleicht, weil ich nie in einem war. Man stellt sich das so idyllisch vor: der Geruch dicker, alter Gemäuer, die Stille, das Mittagessen in einer großen Halle. Morgens noch vor Sonnenaufgang aufstehen. Ein karges Leben, ehrlich und ohne Schnörkel.« Jetzt war es Bühlow, der seinen Mund zu einem verlegenen Grinsen verzog. »Naja, ist vielleicht doch ein Scherz.«

De Jong stellte sich Bühlow in einer Mönchskutte vor, sein vogelhaftes Gesicht unter einer Kapuze verborgen. Keine angenehme Vorstellung. Wie er zu nachtschlafender Zeit in einem Chorgestühl hockte und gregorianischen Gesang anstimmte. Nicht dass er etwas gegen Religion hatte, wenn sie auch seiner Meinung nach nicht ohne Vorkenntnisse ausgeübt werden sollte. Ihm schwebte so etwas wie ein Religions-Führerschein vor: Menschen dürften erst dann eine Religion annehmen oder sich zu ihr bekennen, wenn sie in einer theoretischen und einer praktischen Prüfung bewiesen hatten, dass sie in der Lage waren, sie verantwortungsvoll auszuüben, was unter anderem bedeutete: Andersgläubigen nicht den Tod zu wünschen, Frauen nicht zu steinigen, sich des Folterns zu enthalten und sich nicht ständig von anderen Meinungen beleidigt zu fühlen. Dazu müssten sie eine Intoleranz-Verzichts-Erklärung unterschreiben, und bei wiederholtem Verstoß gegen sie konnte der Führerschein auch wieder aberkannt werden.

Eine junge Frau mit einem Lippenpiercing trat an ihren Tisch und erkundigte sich, ob sie etwas bringen solle. Beide hoben ihr noch halbvolles Glas zum Zeichen, dass es noch eins sein dürfe.

»Und wie steht's mit dir?«, erkundigte sich Achim Bühlow. »Plagt dich auch irgendein Traum?«

De Jong schloss die Augen, aber was er sah, waren Giulia und Hugh auf einer Pritsche während des Schweigeworkshops, nackt, eng umschlungen und stöhnend. Da war er, allerdings ein Albtraum. Er öffnete die Augen wieder. »Nicht nur einer«, sagte er.« Aber zum Glück gehen sie nicht alle in Erfüllung.«

19. Kapitel

Der Exkommissar war nicht zufrieden mit Dr. Wiedemann als Mordverdächtigem. Dessen rührselige und schräge Geschichte von der Aussöhnung mit dem Philosophen klang zwar nicht besonders glaubwürdig; aber wer konnte schon wissen, ob am Ende seine Fähigkeit zu vergeben und zu vergessen tatsächlich so ausgeprägt war, dass er, selbst wenn es um den Tod seiner Angetrauten ging, bereit war, ein Auge zuzudrücken. Schließlich war er Augenarzt, wie er oft genug betont hatte. Wollte er aber von de Jong weiter als Verdächtiger betrachtet werden, dann musste sich doch wenigstens etwas finden, das ihn mit Rambeaux verband. Oder mit Kira Nevinghoff, die, so war sich de Jong mittlerweile sicher, auch eine Rolle in diesem Drama spielte. Nicht dass er eine Idee gehabt hätte, wie sich das Knäuel entwirren ließ. Da war nur das vage Gefühl, dass es zwischen diesen Personen eine Verbindung geben musste.

Es war spät, schon kurz vor Mitternacht, als er sein Fahrrad an Bord des *Alten Mädchens* hievte. Auf dem Weg in sein Schlafgemach hatte er ein Déjà-vu-Erlebnis der abstoßenden Art: Schon wieder schlug ihm der penetrante Geruch nach Erbrochenem entgegen. Er machte kehrt, floh nach draußen, um frische Luft zu atmen und fuhr herum, als ihn jemand von hinten antippte.

Da stand Spohn in seinem Gespensterkostüm. Er wirkte verschlafen, aber keineswegs so, als hätte er sich gerade übergeben. »Tut mir leid wegen des Geruchs«, entschuldigte er sich. »Aber ich wurde überfallen.«

»Und von dem Überfall ist Ihnen schlecht geworden?«

»Es war ein Anschlag. Zwei Typen haben mir aufgelauert. Ich hatte keine Chance.«

»Ein Anschlag? Hier?«

»In meiner Wohnung. Ich wollte nur nach der Post sehen, weil ja jetzt niemand sonst da wohnt.« Er deutete auf eine improvisierte Wäscheleine, die er an Bord gespannt hatte. Ein Sweatshirt, eine Jeans und zwei Strümpfe baumelten daran.

»Die *Mietpreisbremse*«, riet de Jong und suchte für seine Nase einen Weg, noch mehr von der frischen Luft zu bekommen, ohne seinem Gegenüber den Rücken zuzukehren. »Ich verstehe. Die war auch bei Frau Nevinghoff.«

»Diese Typen sind vollkommen durchgeknallt«, schimpfte sein Dauergast. »Ach was, durchgeknallt ist noch viel zu harmlos. Ich sag nur: Wer keine Argumente hat, der versucht es mit Kotze.«

»Ich frage mich«, sagte de Jong, »wo sie die in diesen Mengen herkriegen. Produzieren sie sie selbst und lagern sie im Kühlschrank oder gibt es irgendeinen Online-Shop, wo man Kotze literweise bestellen kann?«

Spohn verzog das Gesicht. »Hören Sie auf, das will ich mir gar nicht vorstellen. Da kommt es einem ja schon wieder hoch.«

De Jong nickte. »Genau. So könnte es also funktionieren.« Er schenkte Spohn ein Lächeln, achtete aber auf Abstand. »Tut mir leid wegen gestern Nacht. Ich habe Sie ziemlich angeranzt.«

»Schon vergessen.« Statt de Jong eine gute Nacht zu wünschen, schien der Mann im Nachtgewand noch etwas auf dem Herzen zu haben. »Wissen Sie, was ich mir die ganze Zeit überlege: Ob ich es mit Maybritt noch mal versuche.«

De Jong hatte keine Lust auf einen nächtlichen Disput, also schwieg er.

»Nicht, dass sie mir wirklich viel bedeuten würde, das nicht, aber es gibt so Tage oder Nächte, da liegt man nicht gern allein im Bett. Kennen Sie doch auch, oder?«

»Das sagen ausgerechnet Sie, der Enthaltsamkeits-Apostel?«

Das gab Spohn zu denken, wenigstens für einen kurzen Augenblick. »Sie haben vollkommen recht, Käpt'n«, gab er dann zu. »Sex ist und bleibt ein Luxusartikel.«

»Und, wie Sie gesagt haben, bedeutet Maybritt Ihnen ja nicht einmal viel …«

Der Exbänker hob den Zeigefinger. »Genau das ist der Punkt! Unter dieser Bedingung kann man den fleischlichen Akt durchaus wieder als einen Akt der Selbstkasteiung betrachten. Was wiederum wunderbar zum

Prinzip der Enthaltsamkeit passen würde. Sehen Sie, so herum wird ein Schuh daraus.«

»Dann wünsche ich viel Spaß bei der Askese.«

Spohn machte sich auf den Weg ins Bett. Vor der Treppe drehte er sich aber noch einmal um. »Übrigens kenne ich die Typen. Die die Kotze über mir ausgegossen haben, meine ich. Wenigstens einen von denen.«

»Bänkerkollegen von Ihnen?«, wunderte sich de Jong.

»Sein Gesicht vergisst man nicht«, stieß Spohn mit Abscheu hervor, »weil er aussieht wie Frankensteins Neffe.«

»Frankenstein kennen Sie also auch?«, staunte de Jong.

»Außerdem hatte er was mit Maybritt, da bin ich mir ziemlich sicher. Damals, als sie damit angefangen hat, mich einen Zocker jenseits aller Skrupel zu nennen.«

»Was Sie ja auch waren«, meinte de Jong. »Ich meine, bevor Sie vom Saulus zum Paulus wurden.«

»Sie hat den Typ bei *Occupy* kennengelernt, der hat mich auch so beschimpft. Und das hat sie angeturnt. Nicht nur die Tatsache, dass er auf Knoblauch steht.«

»Verständlich, dass Sie auf ihn sauer sind.«

»Zumbrinck, so heißt der Kerl. Holger Zumbrinck. Lebt vom Nichtstun und der Revolution. Angeblich hat er einen Fahrradladen im Ostviertel.«

»Das ist doch was Ehrbares.«

»Wenn er ihn nicht runtergewirtschaftet hätte. Also ich wünsche eine gute Nacht.« Spohn salutierte wieder, und die zackige Bewegung beförderte die Luft in seine Richtung. »Und lassen Sie sich vom Geruch nicht stören. Der verzieht sich schon noch.«

* * *

Tatsache war, dass der Geruch, falls er sich wirklich verzog, die Sache ziemlich langsam angehen ließ. De Jong stand unter dem Sternenhimmel, mitten in der Sommernacht, und schätzte seine Chancen, jemals Schlaf zu finden, gering ein angesichts des Schnarchkonzerts, dessen Ouvertüre da unten gerade begann, verhalten, wie ein Orchester, das erst noch zu seinem Spiel finden muss, zuzüglich des unangenehmen Geruchs, der sich mittlerweile im ganzen Unterdeck breitmachte, anstatt sich zu verziehen. Er entschied sich gegen einen Versuch, stattdessen hielt er die Luft an, lief hinunter in seine Schlafkammer und versorgte sich mit seinem Schlafsack und einem Kissen. Dann tauchte er wieder auf.

Überhaupt war das *die* Gelegenheit, die Sommernacht zu genießen, denn sie war eine der besonderen, denen ein spezieller Zauber anhaftete. De Jong hockte sich auf die Bank auf dem Achterdeck, wickelte den Schlafsack um sich herum und knipste eine Taschenlampe an, dann fiel ihm auf, dass es ausnahmsweise so windstill war, dass er hier oben ohne Probleme eine Kerze brennen lassen konnte. Und im Schein der Kerze widmete er sich seiner Einschlaflektüre: Langhorns Buch *Biegen und Brechen*.

Zuerst las er den Text *Über dieses Buch* auf der Innenklappe und dann das, was auf der Rückseite des Covers stand. Er fand es seltsam, dass man Bücher anpries, indem man ihnen Eigenschaften zuschrieb, die alles sein mochten, aber keinesfalls angenehm. *Dieses Buch wird Sie nicht mehr loslassen* stand da. Was für eine unschöne

Vorstellung, dass einen mir nichts dir nichts ein Buch angrapschte, an einem festpappte und wie eine Klette am Bein hing. Wer wollte denn so etwas? Das Zweite klang schon wie eine Warnung: *Sie werden dieses Buch nicht mehr aus der Hand legen können.* Und was dann? Von heute an mit einer Hand klarkommen? Autofahren mit einer Hand, Beifall klatschen mit einer Hand, Sex mit einer Hand? Vielleicht hätte man es besser anders formuliert: *Wir weisen darauf hin, dass dieses Buch aufgrund seiner Nichtausderhandlegbarkeit Ihr tägliches Leben dauerhaft beeinträchtigen kann.*

De Jong widmete sich dem ersten Kapitel: *Die Anfänge.* Schon nach wenigen Sätzen war ihm klar: Die Gefahr, dieses Buch nicht mehr aus der Hand legen zu können, war in Wirklichkeit gering. Langhorn schilderte knapp seine Kindheit in Klein-Muffi, dem alten Arbeiterviertel im Osten der Stadt, verlor sich aber nicht in Einzelheiten, sondern konzentrierte sich ganz auf die Aussage, dass er schon als kleiner Junge jemand gewesen sei, der sich nicht verbiegen und schon gar nicht kaufen ließ. Und so ging es weiter. Langhorn, der Kämpfer, der sich in seinem Drang, sich selbst zu wiederholen, tatsächlich treu blieb. Höhepunkt des Werkes, den de Jong mühsam und mit einem Gähnen überflog, war der Kampf gegen die Schneekönigin, die, wenn man seiner Schilderung folgte, original die aus dem Märchen von Hans-Christian Andersen war. Ihre Herzenskälte und Skrupellosigkeit, ihre unstillbare Raffgier. Ihre Familie, die vor Geld stank und seit Generationen stolz darauf war, dass das ganze Münsterland nach ihrer Pfeife tanzte. Und auf der Gegenseite Langhorn, genannt der Commandante, strahlender Held der Proletarifizierungs-Bewegung. Auf Biegen und Brechen. Als selbst er allmählich müde wurde, dies zu betonen, verlor er sich am Schluss in einer ausführlichen Beschreibung seines Zuhauses, einer Mietwohnung in Coerde, die karg und extra trist gehalten war, beschrieb wortreich und sichtlich von sich selbst beeindruckt, wie wenig er sich aus Luxus mache und dass er, wenn er aus dem Fenster sehe, auf eine nackte Betonwand schaue. Dass ihn das aber nicht entmutige, sondern seinen Kampfgeist nur noch anstachele, im Sinne jenes Graffito, das auf eben jene Wand gesprüht sei: *Krieg den Palästen*. Und dass er im Übrigen mächtig stolz auf sein uraltes Dreigang-Fahrrad sei.

De Jong gähnte erneut und blies beim Ausatmen versehentlich die Kerze aus. Er legte das Buch aus der Hand, es war ganz einfach. Dann tauchte er noch einmal unter Deck, holte den Computer, fuhr ihn hoch und gab den Namen Langhorn in die Suchmaschine ein. Er bekam Interviews, Zeitungsberichte, Statements zum Anklicken. Nichts, was eine Beziehung zu einem Augenarzt namens Wiedemann hergestellt hätte.

Schließlich öffnete er die Website eines Ladens namens *L&LL – Leezen & Leezen Lassen* – der sich zufälligerweise ganz in der Nähe des *Alten Mädchens* befand. Der Laden bot diverse Commandante-Devotionalien an: T-Shirts, Tassen und Feuerzeuge. Inhaber war ein gewisser H. Zumbrinck.

20. Kapitel

Achim Bühlow hatte dem Chef seine Sicht der Angelegenheit dargelegt. Jedenfalls den Großteil dieser Sicht. Dass er Dr. Gonski, den Vorsitzenden des Vereins zur Pflege Westfälischen Brauchtums, für einen alten, verbitterten Mann halte, der Gefallen am Verbreiten haltloser Behauptungen finde und seine Mitmenschen gern mit aggressivem Räuspern am Telefon terrorisiere, hatte er verschwiegen. Der Chef hatte sogar Verständnis für Bühlows Lage geäußert, ihn jedoch ersucht, sie so weit wie möglich hintanzustellen und sich mit Leib und Seele dem Mordfall zu widmen. Was Bühlow natürlich versprochen hatte.

Obwohl er das, wie er wusste, nicht halten konnte. Denn zusätzlich zum Mordfall hatte er ja ein akutes Wohnungsproblem. Ralf Schöpping, Frau Noll und Jean Marie Rambeaux mochten tot sein – das war tragisch, keine Frage, aber nicht mehr zu ändern. Sollte einer von ihnen sich beschweren, dass es mit den Ermittlungen nicht schnell genug vorangehe, dann würde er, Achim Bühlow, ihn oder sie daran erinnern, dass tot sein eine Sache sei, eine Wohnung finden aber eine andere. Nein, das Finden war gar nicht so schwierig, schließlich bestand die Stadt zum großen Teil aus Wohnungen, man konnte sie also gar nicht verfehlen. Nur eben auch nicht bezahlen.

Mittwoch früh gegen acht begab sich der Hauptkommissar nach Sprakel, wo eine Wohnungsbesichtigung stattfand. Es war die Lage der Wohnung, weshalb er sich diesmal Hoffnungen machte. Sicher mochte es den einen oder anderen geben, der so weit hinausziehen wollte, aber gleich mehrere?

Sprakel war ein Stadtteil, der so weit vom Zentrum entfernt lag, dass er eigentlich nur noch juristisch zu Münster gehörte. Ganz weit oben im Norden, an der Schnellstraße nach Greven, die eine pulsierende Verkehrsader war, nur leider etwas zu weit entfernt, um im Ort selbst für Abwechslung sorgen zu können. Die Häuser Sprakels standen lustlos und grau herum, einzeln oder in Gruppen, so als würden sie auf einen Bus warten, der so verspätet war, dass allen klar war, er würde sowieso nicht mehr kommen. Bestimmt hatten sie früher einmal so wie alle Häuser auf dieser Welt davon geträumt, hübsch auszusehen und sich auf anmutige Weise um einen malerischen Ortskern herumzugruppieren, um die Durchreisenden voller Bewunderung sagen zu hören: Seht nur, was für ein uriges, kleines Dörflein, hier könnte man doch mal länger verweilen. Aber dann hatten einige der Häuser mit ihren unansehnlichen Achseln gezuckt und gebrummt: Wozu der ganze Stress? Man tut und macht, und am Ende kommt ja doch keine Sau. Und genau das war passiert. So atmete das heutige Sprakel eher den Geist eines verlassenen Goldgräberdorfes in einer gottverlassenen Ecke Alaskas – nur ohne Saloon und ohne Puff.

Die zur Vermietung stehende Wohnung erwies sich als klein und verhältnismäßig teuer. Bühlow würde sich verschulden müssen, vielleicht konnte er einen günstigen Kredit bei seinen Eltern aufnehmen. Entscheidendes würde davon abhängen, ob der gefürchtete Steuerberater grünes Licht gab. Irgendwie würde er das aber schon hinbekommen. Doch als er sich durch den frühen Mittagessen-Geruch im Treppenhaus in den zweiten Stock hinaufgearbeitet hatte, schwand seine Zuversicht: Er geriet in eine Menschenmenge. Nicht einer, nicht zwei andere Bewerber – ein ganzer Siedlertreck drängelte sich in dem engen Wohnungsflur und strafte den von ihm erhofften Sprakel-Effekt Lügen.

Bühlow drängelte vorwärts, warf einen kurzen, gequetschten Blick ins Bad, während er von hinten weitergeschoben wurde, und schaffte es bis ins Wohnzimmer. Dort stand eine junge Frau, die vom Makler beauftragte Wohnungszeigerin, im hellgrauen Blazer mit einer hellgrauen Handtasche und einem Tablet in der Hand. Momentan wurde sie von einem Paar um die fünfzig mit Beschlag belegt, dem legeren, aber nicht billigen Outfit nach zu urteilen Intellektuelle.

Er: Sie selbst hätten in Münster studiert und das mit den Wohnungen sei damals schon echt schwer genug gewesen. Nun habe ihre Tochter einen Medizinstudienplatz eingeklagt und suche eine Wohnung.

Sie: Ob es eventuell hilfreich bei der Auslese der Bewerber sei, wenn sie gegen einen angemessenen Abstand gern Teile der Möblierung übernähme?

Hauptkommissar Bühlow hatte noch gar nichts von einer Möblierung gesehen. Da war nur ein Haufen Schrott, den man in der Ecke des Wohnzimmers für die Entsorgung zusammengeschoben hatte: eine versiffte Spüle ohne Unterschrank, eine durchgesessene, schimmelgrüne Couch und ein Tisch mit drei Beinen.

Die große Masse der Besichtiger verlagerte sich inzwischen in die Küche, sodass der Hauptkommissar gerade Zeit hatte, einen Blick auf das Formular zu werfen, das ihm die Zeigerin in die Hand gedrückt hatte. *Mieterselbstauskunftsbogen.* Der potenzielle Wohnungsgeber wollte von seinem potenziellen Mieter einiges wissen: Wie lautet die Adresse Ihres Arbeitgebers? Wie lange sind Sie bei ihm beschäftigt? Welche beruflichen Abschlüsse haben Sie? Welcher Religion gehören Sie an? Sind Sie Mitglied in einer politischen Partei? Was ist Ihre sexuelle Ausrichtung? Nehmen Sie irgendwelche Medikamente ein, machen Sie Therapien irgendwelcher Art?

Als Bühlow aufblickte, stand die Wohnungszeigerin vor ihm und hielt ihm einen Kuli hin. »Eigentlich haben Sie doch kein Recht, all diese Informationen zu verlangen«, meinte er. »Was ist denn, wenn ich diese Fragen nicht beantworte?«

»Aber natürlich, es handelt sich nur um Auskunfts-Vorschläge.« Die Frau schenkte ihm ein freimütiges, irgendwie beruhigendes Lächeln. »Die Angaben sind rein freiwillig.«

Erleichtert nahm Bühlow den Kuli und trug Namen, Adresse und Telefonnummer ein. Als seinen bisherigen Vermieter gab er die *Westfalen Heim AG* an und fügte noch den Namen Schwarzlappen als Kontaktperson hinzu. Dann kam sein Arbeitgeber, die Kripo Münster, dran. Er beantwortete die Fragen, die den Vermieter seiner Meinung nach interessieren durften und ließ den Rest frei. Dann reichte er Kuli und Formular der Zeigerin, die sie mit einem gnädigen Nicken entgegennahm.

Also schön, das wär's, dachte Bühlow und wandte sich zum Gehen. Auf der Schwelle der Wohnungstür drehte er sich noch einmal um und erhaschte einen zufälligen Blick auf die Frau im Blazer, die seinen Bewerbungsbogen gerade überflogen hatte. Jetzt knüllte sie ihn zusammen und warf ihn aus dem Fenster.

* * *

Zum Mittagessen war er mit de Jong in einer Trattoria an der Promenade verabredet. Inzwischen war es so warm, dass die Schattenplätze im Freien begehrt waren. Die Luft war gesättigt von Oregano und Knoblauch. Gäste widmeten sich Salaten und Pasta, schwatzten, lasen Zeitung oder streichelten ihre Smartphones. Nur Bühlow saß da, fern von Salat oder Pasta, und starrte geradeaus, als weigerte er sich standhaft, sich von einem quirligen Sommertag die schlechte Laune vertreiben zu lassen. Er hing lieber düsteren Gedanken nach, wie zum Beispiel: Wenn ich nicht mal eine so unansehnliche Wohnung bekomme, was habe ich denn dann überhaupt für Chancen? Oder anders herum gedacht: Wäre es angesichts dieser vertrackten Lage nicht doch vielleicht wenigstens eine Überlegung wert, ob man nicht über seinen Schatten sprang und sich bereit erklärte, einem wohlwollenden Vermieter als Sexsklave zu Willen zu sein? Ein hoher Preis, zweifellos, aber wenn man dafür zwei Zimmer mit Bad und Balkonmitbenutzung bekam ...

De Jong schien sich zu verspäten, Bühlow ärgerte sich auch darüber, dann sagte ihm ein zufälliger Blick auf die Uhr, dass er viel zu früh dran war. Hätte er den Fragebogen sorgfältig ausgefüllt, dachte er, dann wäre er jetzt auch nicht zu früh. Um den missmutig dreinblickenden Kellner zu besänftigen, bestellte er ein Wasser.

Vom Nebentisch schnappte er sich ein Hochglanzmagazin. Es handelte sich um eine Ausgabe von *Start up*, dem »Journal des münsterländischen Unternehmertums«. Er blätterte ziellos Hochglanzseiten mit nichtssagenden Gesichtern von Anzugträgern, die regelrecht entindividualisiert wirkten. Dazwischen stieß er auf einen Essay, der sich mit den neuerlichen Anschlägen der *Mietpreisbremse* beschäftigte. Titel: *Der totgeschwiegene Skandal*. Der Autor beschwor eine gezielte Kampagne gegen Reiche in dieser Stadt. Eine Neidkampagne. Reiche fühlten sich nicht mehr sicher, sondern fürchteten Diskriminierung. Ausgrenzung. Nur weil sie sich alles leisten könnten, nenne man sie raffgierig und hartherzig. Es gebe schon eine dokumentierte Abwanderung von Begüterten in Richtung Hamburg oder Köln, ja sogar in den Osten der Republik. Wohlhabende würden aus ihren angestammten Stadtvierteln verdrängt und gezwungen, sich eine andere Bleibe zu suchen. Aber wenn die Reichen abwanderten, habe das eine Kehrseite, und das seien die Arbeitsplätze. Im Niedriglohnbereich, aber vor allem im Dienstleistungsbereich: Diener, Butler, Chauffeure, Stallknechte etc. Für wen die denn arbeiten sollten, etwa für Geringverdiener und Aufstocker?

»Und ich dachte, ich wäre noch viel zu früh dran«, sagte de Jong, der gerade ihm gegenüber Platz nahm. Er wirkte beneidenswert frisch und unternehmungslustig. So als hätte er heute seinen freien Tag. Dann fiel Bühlow ein, dass de Jong schon lange nicht mehr bei der Kripo war und deshalb auch keinen freien Tag haben konnte. Er legte das Journal zurück auf den Nebentisch.

»Nicht gut drauf heute, was?«, erkundigte sich de Jong mitfühlend.

»Wieso nicht? Wie kommst du darauf?«

»Naja, bei strahlendem Sonnenschein fällt ein Regenwettergesicht eben unweigerlich auf.«

Bühlow stand aber nicht der Sinn danach, von seinen Erlebnissen in Sprakel zu erzählen.

»Ich glaube nicht, dass Wiedemann unser Mörder ist«, kam der ehemalige Kommissar ohne Umschweife zum Thema.

Die Bedienung trat an den Tisch. De Jong bestellte eine Cola, Bühlow einen Espresso.

»Einmal abgesehen von Wiedemann: Rambeaux und Schöpping kannten sich«, sagte de Jong. »Beide sind tot. Wo ist die Verbindung zwischen den beiden? Außerdem vermute ich, dass Schöpping Frau Nevinghoff erpresst hat. Das alles könnte mit dem Mord zu tun haben.«

»Womit hat er sie erpresst?«

»Keine Ahnung. Vielleicht eine Affäre. Schöppings Teleskop war auf eine Wohnung gerichtet, die der Nevinghoff gehört. Und in seiner winzigen Wohnung hatte er stapelweise Zeitungsartikel über sie gehortet.«

»Du meinst, sie könnte hinter dem Mord stecken?«

Die Getränke wurden gebracht. De Jong nahm einen Schluck von seiner Cola und zuckte mit den Schultern. »Vor fünf Jahren hat Schöpping an der Seite Ronald Langhorns gegen Gentrifizierung protestiert. Sie haben gegen die Nevinghoff Stimmung gemacht. Langhorn hat gerade sein neues Buch herausgebracht, was allerdings mies läuft. Deshalb hat er die *Mietpreisbremse* gebucht, eine Terrorgruppe, die Kotzanschläge auf Immobilien verübt. Und die haben es ausgerechnet auf Kira Nevinghoff abgesehen.«

Bühlow nickte. »Genau. Ich hab von dem Anschlag auf dem Nevinghoff'schen Anwesen gehört. Es gibt auch Tatverdächtige.«

»Holger Zumbrinck und Rolf Platzek, stimmt's?«

»Die Namen hab ich mir nicht gemerkt. Jedenfalls sind sie früher schon öfter aufgefallen. Wegen Krawall-Tourismus. Angeblich haben sie Kontakte zur autonomen Szene und zum Schwarzen Block. Man hat sie gestern wegen der Nevinghoff-Sache vernommen, kann ihnen aber nichts nachweisen.«

Der Exkommissar trank den Rest Cola aus seinem Glas und zückte sein Portemonnaie. »Okay, mit denen werde ich mich mal unterhalten.« Er erhob sich vom Tisch. »Na los. Bist du dabei?«

Bühlow machte ein zerknirschtes Gesicht. Die Mahnung seines Chefs kam ihm in den Sinn, sich vorrangig dem Mordfall zu widmen. »Wenn es nicht zu viel verlangt ist, würde ich später dazustoßen«, sagte er. »Ich besichtige gleich noch eine Wohnung. Sie liegt etwas weiter draußen. In Sendenhorst.«

»Hoffentlich ein attraktives Angebot.«

»Nein, eben nicht. Deshalb mache ich mir ja Hoffnungen. Wenn es auch nur halbwegs attraktiv wäre, würde es von Bewerbern überrannt.«

De Jong winkte mit seinem Portemonnaie. »Das übernehme ich.«

* * *

Nachdem der Exkommissar weg war, brütete Bühlow wieder in seiner düsteren Stimmung. Der Schatten wanderte weiter, machte Platz für die Sonne, und die brannte ordentlich, aber er weigerte sich, seine Jacke auszuziehen und schwitzte aus reinem Trotz.

Eine ganze Weile saß er so da, mindestens fünf Minuten. Erst dann erhaschte sein Blick etwas, das seine Stimmung von einem Moment auf den anderen schlagartig in eine andere Richtung lenkte und neue Zuversicht in ihm aufkeimen ließ.

Zwei Tische weiter entdeckte er exakt das Mädchen, das er neulich schon auf der *Nostromo II* beobachtet hatte. Es bestand kein Zweifel, er erkannte sie sofort wieder an ihrem versonnenen, sehnsuchtsvollen Blick, der so gut in ihr Gesicht passte, als hätte man es um diesen Blick herum modelliert. Und der Charmeur, der dieses Mal offenbar pünktlich gewesen war, saß ihr gegenüber. Ein Anblick, der das anfängliche Hochgefühl fast schon wieder abbremste und sich anschickte, die Stimmungskurve doch wieder talwärts zu drücken. Wären da nicht deutliche Zeichen gewesen. Zum Beispiel die zusammengepressten Lippen der Frau. Seine Redseligkeit, die diese Lippen gar nicht zu bemerken schien und ihn insgesamt überhaupt nicht mehr so charmant wirken ließ. Ferner, dass er versuchte, auf dem Tisch seine Hand auf die ihre zu legen, sie sie aber wegzog, als wäre ihr die Berührung unangenehm. Und es kam noch besser. Er hob seine Stimme, ein paar erregte Wortfetzen drangen bis zu Bühlow herüber. Sie schüttelte den Kopf. Er machte eine Geste, die Bühlow mit *also schön, du hast es nicht anders gewollt* interpretierte, schob seinen Stuhl zurück und stand abrupt auf. Einen Moment schien er darauf zu warten, dass sie ihn zurückhielt, aber das geschah nicht. Und nach zwei weiteren Momenten war er verschwunden.

Bühlow starrte zum Tisch hinüber. Zu dem Mädchen. Zu dem Stuhl auf der anderen Seite ihres Tisches, der jetzt frei war.

Sie saß da und sah gar nicht zerknirscht aus. Eher erleichtert. Entspannt geradezu.

Das war seine Chance.

21. Kapitel

L&LL befand sich auf der Margaretenstraße, im beschaulichen Herzen des Ostviertels, wo die Welt noch so zu sein schien wie anderen Orts schon seit Langem nicht mehr. Schmucke Häuserfassaden, verkehrsberuhigte Gässchen, friedliche Bolzplätze und grüne Hinterhöfe – alles wirkte nicht nur unbeschädigt und bodenständig, sondern auch malerisch, sodass man es der Zeit nicht verdenken konnte, dass sie hier stehen geblieben war, nur um sich ein bisschen umzusehen.

Das *Leezen Lassen* war mal ein zünftiger Fahrradladen gewesen, in dem Drahtesel von der Decke gehangen hatten, und wenn die Ladenklingel ging, war der Inhaber mit Schraubenschlüssel und Speichenspanner bewaffnet hinter einem seiner Zweiräder hervorgetaucht und hatte sich die kettenschmierigen Hände an der Hose abgewischt. Jetzt stand nur noch ein antikes und blitzblank geputztes NSU-Fahrrad zu reinen Dekozwecken im Schaufenster, dafür gab es in den Auslagen und Drehständern jede Menge linke Devotionalien zu bestaunen: Demo-Spruchbänder aus den glorreichen Zeiten der Hausbesetzungen, Prospekte über Vorträge und Workshops an alternativen Bildungsstätten. Flyer über Achtsamkeitskurse im Rahmen des gewaltfreien Widerstandes, eine kurze Anleitung zum Häuserkampf als Broschüre im Selbstverlag. Doku-DVDs und CDs über den langen Marsch der Proletarifizierer. Ein handgemaltes Pappschild wies den Kunden auf ein einmaliges und limitiertes Schnäppchen hin: echte *Leave*-Aufkleber und *Remain*-Buttons von der Insel.

»Womit kann ich dienen, alter Mann?«, fragte jemand, der hinter de Jong getreten war, während er sich die Aufkleber-Sammlung anschaute. Er war selbst nicht mehr der Jüngste, schätzungsweise Anfang fünfzig, mit einem runden Gesicht, das perfekt zur runden Figur passte; er trug eine nietenbesetzte Lederhose und eine kurzärmelige Weste, die die auf den linken Oberarm tätowierte Schmeißfliege mit der geballten Faust zur Geltung brachte.

»Zumbrinck oder Platzek?«, fragte de Jong.

»Wer will das wissen?«

»Der alte Mann«, sagte de Jong. »De Jong.«

»Zumbrinck bin ich. Suchen Sie was Bestimmtes? Ein T-Shirt oder solche Buttons?«

De Jong deutete auf das Bremsen-Tatoo. »Mich würde interessieren: Woher beziehen Sie die Munition für Ihre Anschläge? Gibt es einen Online-Shop für Körperflüssigkeiten?«

Zumbrinck musterte ihn voller Misstrauen. »Sind Sie ein Bulle oder was?«

»War ich«, sagte de Jong. »Jetzt bin ich nur noch neugierig.«

Hinter dem Ladentresen stand jetzt ein weiterer Mann, der de Jong argwöhnisch beäugte. Er trug einen Kinnbart, der an eine Grasnarbe erinnerte, und war gertenschlank, schmächtig geradezu – das genaue Gegenteil seines beleibten Compagnons.

De Jong musste an Laurel und Hardy denken. »Herr Platzek, nehme ich an«, sagte er. »Sehr erfreut.«

»Wir haben mit dieser Sache nichts zu tun«, beteuerte Stan Laurel.

»Woher sollten Sie auch die Zeit nehmen? Sie sind sicher mit dem Aufkleberverkauf voll ausgelastet. Aber nur einmal angenommen, Sie hätten etwas damit zu tun …«

»Allerdings sympathisieren wir ausdrücklich mit dem Anschlag«, fügte Zumbrinck mit trotzigem Stolz hinzu. »Das ist eine neue und gewaltfreie Dimension politischen Handelns.«

»Anders als jemandem mit dem Knüppel aufzulauern und ihm in einer dunklen Ecke eins überzubraten«, präzisierte de Jong. »Was eindeutig eine alte Dimension wäre.«

Einen Moment blieb es still. »Meinst du damit was Bestimmtes?«, erkundigte sich Zumbrinck mit einem drohenden Unterton in der Stimme.

»Ralf Schöpping, der Türmer von Münster.«

»Der vom Turm gesprungen ist?«

»Er ist nicht gesprungen. Jemand hat nachgeholfen. Waren er und der Commandante nicht ziemlich dicke miteinander?«

»Naja, dicke würde ich nicht sagen. Eher im Gegenteil.«

»Also konnten sie sich nicht ab?«

»Er wäre gern so wie wir gewesen«, sagte Hardy alias Zumbrinck. »So wie der Commandante, smart und trotzdem knallhart. Und den Mächtigen ein Dorn im Auge.«

»Stattdessen ist er ein Mann der Kirche geworden«, sagte Platzek.

De Jong wunderte sich. »Der Kirche?«

»Wenn irgendetwas rückwärtsgewandt und reaktionär ist, dann doch wohl die Kirche«, steuerte Zumbrinck erläuternd bei.

»Er war Angestellter der Stadt Münster, nicht der Kirche«, stellte de Jong richtig.

»Trotzdem«, beharrte Platzek. »So ein beschissener Glöckner wohnt nun mal auf einem Turm.«

»Ein Glöckner ist etwas ganz anderes«, berichtete de Jong. »Aber noch mal zurück zur dunklen Straßenecke. Niemand unterstellt, dass ihr was damit zu tun habt. Aber einmal angenommen, ihr hättet …«

Zumbrinck schwieg.

»Und weiter angenommen«, ließ sich Platzek mit erhobenem Zeigefinger auf diese Hypothese ein, »jemand *hätte* dem Commandante gedroht. Mit übler Nachrede und erfundenen Lügen. Dann *müsste* man sich überlegen, wie man den Kerl dazu bringen könnte, seine Meinung zu überdenken und lieber keine erfundenen Lügen zu verbreiten.«

»Ihm eins auf die Mütze geben«, sagte de Jong. »Nur als Beispiel.«

»Aber so ist es nicht gewesen«, stellte Zumbrinck ärgerlich klar. »Er behauptete, ein alter Kampfgefährte zu sein und faselte wirres Zeug von einer Hure Babylon.«

»Ich hab 'ne Menge Huren kennengelernt, aber keine, die Babylon hieß«, sagte Platzek.

»Außerdem hat er behauptet, der Commandante wolle nur eine unbequeme Stimme zum Schweigen bringen. Er würde mit ihm das Gleiche machen, was Stalin mit Trotzki gemacht hat. Oder Fidel mit Che.«

»Dafür habe ich ihm gleich noch eins auf die Mütze gegeben«, ärgerte sich der Schmächtige. »Ich meine: hätte.«

»Was hätte der Commandante dazu gesagt?«

»Dass er uns für die Hilfe danken würde, aber dass er das jetzt selbst klären würde. Dass es eine Sache zwischen ihm und dem Kerl sei.«

De Jong nickte. »Er kann sich auf euch verlassen, hab ich recht?«

Die Gesichter der beiden bekamen einen versonnenen Ausdruck, als diese Frage ihre Erinnerung in eine andere, ruhmreiche Zeit zurückspulte. Der goldene Glanz der Vergangenheit fiel wie Sonnenschein durch das staubige Fenster des Fahrradladens herein und ließ all den ollen Krempel aussehen wie kostbare Relikte. »Der hat sich immer über jeden gefreut, der zu uns gestoßen ist, auch wenn er ein hoffnungsloser Fall war.«

De Jong sah den verkniffenen Gesichtsausdruck vor sich, mit dem Langhorn Annerose, der Antifa-Kämpferin, im *Nostromo* hinterhergesehen hatte und erinnerte sich, welche Kommentare er über sie abgelassen hatte. Es machte Mühe, sich den Langhorn'schen Langmut vorzustellen.

»Einmal hat er ihm sogar einen Rat gegeben«, schwärmte Platzek, »ja, genau, das war an dem Tag, als der *Spiegel* diesen Bericht über die Nevinghoff gebracht hat. ›Zwei Dinge musst du beachten‹, hat er zu Schöpping gesagt. ›Lass dich nicht verbiegen und mach keine müden Kompromisse.‹«

Zumbrinck nickte andächtig. »Das hat er gesagt. Ganz sicher.«

»Und dass er immer eins beherzigen soll: Expropriation der Expropriateure.«

De Jong kam da nicht ganz mit. »Was?«

»Quatsch, hat er nicht gesagt.« Der Mann, der an Oliver Hardy erinnerte, schüttelte den Kopf. »Nicht zu Schöpping.«

»Hat er doch.«

»Das mit er Extraportion hat er …«

»Extraportion – bist du dämlich oder was? Ich sagte Expropriation …«

Die beiden verhedderten sich in kleinlichen Scharmützeln, in denen es darum ging, wer was und ob er es überhaupt gesagt hatte. De Jong sah auf die Uhr. Eigentlich hatte er nur kurz vorbeischauen wollen.

Draußen auf der Straße näherte sich ein Paar, blieb kurz vor dem Schaufenster von *L&LL* stehen, um den Fahrrad-Oldtimer zu bewundern. De Jong erkannte das Gesicht der Frau, brauchte allerdings einen Moment, um es einem Namen zuzuordnen: Barbara Gerresheim. An ihrer Seite, den Arm um ihre Hüfte gelegt, befand sich ein deutlich jüngerer Mann, vom Outfit her auch aus der esoterischen Szene, mit Pferdeschwanz und bunter Fransenjacke. Frau Gerresheim schmiegte sich an ihn.

De Jong wunderte sich und starrte die beiden an. Kein Grund, misstrauisch zu werden, sagte er sich. Es konnte ihr jüngerer Bruder sein oder ihr Sohn ...

Damit ließ sich das Misstrauen aber nicht abspeisen. »Also ich werde dann mal wieder«, sagte de Jong, ohne dass sein Abschied zur Kenntnis genommen wurde. Er verließ den Laden, nahm aber nicht das Fahrrad, sondern folgte dem Pärchen zu Fuß, immer auf größtmöglichen Abstand bedacht. An jeder Straßenecke wartete er ein paar Sekunden und horchte, bevor er ihnen folgte, für den Fall, dass sie stehen blieben oder ihm auflauerten. Schließlich entdeckte er sie in einem dieser winzigen Straßencafés, die aussahen, als würden sie in einem privaten Garten betrieben. Frau Gerresheim und ihr Begleiter bestellten gerade. Und während sie das taten, lag ihr Arm auf dem Tisch, und er hatte seine Hand auf die ihre gelegt.

Diese zärtliche Geste sorgte dafür, dass de Jong sich von der Bruder-oder-Sohn-Theorie verabschiedete. Er zog sein Smartphone hervor.

* * *

Eine gute Stunde später betrat er die Justizvollzugsanstalt an der Gartenstraße. Bei strahlendem Sonnenschein. Die ohnehin zweifelhafte These vom Zusammenhang zwischen Moral und Meteorologie war damit widerlegt.

Dafür, dass Küppers Kopf nach wie vor in der Schlinge steckte, war er überraschend guter Laune. De Jong war schon fast versucht, der Wetterthese doch noch eine

Chance zu geben, eben nicht auf Knäste bezogen, sondern direkt auf Eugen Küppers Launenhaftigkeit, die sich heute allzu sonnig gab. »Na, endlich kommt die Sache in Gang«, lobte er de Jong, als der ihm die Handy-Fotos zeigte. »Wie konnte ich so naiv sein: Die Frau knallt ihren Gatten mit meiner Waffe ab, um für diesen neuen Lover die Bahn freizumachen. Und ich soll dafür einfahren, so hat sie sich das gedacht.«

»Wäre der Nachbar nicht allzu arglos gewesen«, meinte de Jong, »und hätte sich nicht so leicht ablenken lassen, dann hätte er die Falle vielleicht rechtzeitig geahnt.«

»Aber egal«, meinte Küppers. »Jetzt haben wir sie bei den Eiern.«

»Die Sache ist leider etwas komplizierter«, gab de Jong zu bedenken. »Sie hat das nämlich ganz schön clever eingefädelt. Sich ihres spießigen Nachbarn zu bedienen, sich von ihm ins Bett zerren zu lassen und darauf zu bauen, dass er den Mund hält, aus lauter Angst vor peinlichen Nacktfotos.«

»Und genau da hat sie sich verrechnet«, verkündete Küppers mutig. »Ich werde nichts mehr verschweigen und alles ans Licht bringen.«

»Bravo«, meinte de Jong. Von Merzenich, mit dem er kurz telefoniert hatte, wusste er, dass auch die Kripo inzwischen die Rolle der Ehefrau des ermordeten Gerresheim ins Visier nahm. »Aber abgesehen von den Fotos ist da die bodenlose Dämlichkeit, sich die Dienstwaffe von ihr klauen zu lassen.« Er schüttelte den Kopf. »Überleg dir das gut: Ich an deiner Stelle würde mich vielleicht doch lieber schuldig bekennen.«

Eugen Küppers schien das keine großen Kopfschmerzen mehr zu machen. Er wirkte so entspannt, dass de Jong es geradezu besorgniserregend fand. So als säße er nicht in Untersuchungshaft, sondern in irgendeinem Wochenendhaus, wo er sich Ferien vom lästigen Alltag gönnte und die Seele baumeln ließ.

»Na, sag mal, wie macht sich denn eigentlich mein Neffe?«, erkundigte er sich.

De Jong, der gerade am Fenster stand und auf den Kunstrasen hinunterschaute, der in der Sonne glänzte, berichtete von den Ermittlungen, verzichtete aber auf Details. »Wir ermitteln sozusagen in alle Richtungen.«

»Das hört sich aber nicht gut an«, sagte Küppers. »Wenn man nach so vielen Tagen immer noch in alle Richtungen ermittelt, heißt das in der Regel, dass man keinen Schritt weitergekommen ist.«

»Es ist vertrackt. Da ist ein zweiter Toter. Rambeaux, ein Schnorrer.«

»Aber das muss doch nichts bedeuten.«

»Doch, es muss. Er und Schöpping kannten sich.«

»Und in welche Richtung ermittelt ihr noch?«

»Was meinst du?«

»Du sagst, wir ermitteln in alle Richtungen. Bisher hast du mir nur von einer erzählt.«

»Ronald Langhorn«, sagte de Jong. »Genannt der Commandante. Er war Schöppings großes Vorbild und hat ihm trotzdem Schläger auf den Hals geschickt. Und Frau Nevinghoff war das große Feindbild. Irgendwie war Schöpping aber von ihr besessen.«

»Nevinghoff? *Die* Nevinghoffs? Die hängen da auch mit drin?«

»Kann man noch nicht sagen. Möglicherweise schon.«

»Nevinghoff.« Küppers verschränkte die Arme vor der Brust und blinzelte in eine ferne Vergangenheit. »Neben denen hab ich auch mal gewohnt.«

»Echt? Das wusste ich ja gar nicht. Also kennst du sie persönlich?«

»Na, so richtig wohl nicht. Wir waren mal Nachbarn. Wie das so ist. Wir hatten nicht das beste Verhältnis.«

»Wieso wundert mich das jetzt nicht«, meinte de Jong.

»Die kleine Kira war damals gerade zehn. Sie hat mir schon leid getan, das muss ich sagen.«

»Leid getan? Nach allem, was man hört, war sie doch wohl eher zu beneiden.«

Küpppers schüttelte den Kopf. »Jeden Tag reiten und voltigieren. Jeden beschissenen Tag, da nervte allein das Zuschauen. Und was für ein Theater los war, wenn sie bei irgendeinem Wettbewerb mal nur Zweitbeste geworden war. Die hatte es nicht leicht, so viel steht fest. Kein Wunder, dass sie so geworden ist. Und dass sie Pferde hasst.«

»Sag das noch mal: Sie hasst Pferde?«

»Davon würde ich mal ausgehen. Was sie übrigens mit mir gemeinsam hat. Was meinst du, wie oft ich damals in Pferdeäpfel getreten bin. Die lagen ja überall rum. Aber der alte Nevinghoff machte einen auf Ben Cartwright, den hat das nicht angefochten. Ich sag dir was, Niklas …«

»Ich weiß«, sagte de Jong. »Nachbarn sind eine Plage. Sieh nur dich an.«

22. Kapitel

Am späten Nachmittag kehrte de Jong auf das *Alte Mädchen* zurück. Spohn ließ sich nicht blicken, sodass der Exkommissar die seltene Chance ergriff, einen Stuhl mit verstellbarer Rückenlehne an Bord zu hieven, die Füße hochzulegen und die späte Sonne zu genießen. Drüben auf dem Kanalseitenweg joggte die Frau mit dem Hund vorbei, sie trug eng anliegende Jogging-Klamotten und das hellblonde Haar zu einem Pferdeschwanz gebunden. Es wippte auf und ab im Takt ihrer Schritte. De Jong winkte ihr zu, aber sie bemerkte ihn nicht.

Das hätte er ihr nicht einmal übelgenommen, wäre der Feierabend in seinem weiteren Verlauf den Erwartungen wenigstens einigermaßen gerecht geworden. Aber es kam dann eins zum anderen. Inspiriert von der Frau mit dem Pferdeschwanz wollte er Giulia eine SMS schicken, feilte mindestens zwanzig Minuten an dem kurzen Text, nur um ihn dann wieder zu löschen. Warum zum Teufel mühte er sich mit einer blöden SMS ab, die nicht das Geringste an der Tatsache ändern würde, dass Giulia lieber mit ihrem göttergleichen Hugh schwieg, als mit ihm, de Jong, zu reden. Wenn sie also dachte, er würde sich freiwillig zum Idioten machen, hatte sie sich getäuscht.

Ohne lange zu überlegen, wählte er Ronja Hinsbecks Nummer. Warum auch nicht, der Abend war noch jung, und vielleicht hatte sie ja Lust auf eine weitere Arbeitsbesprechung bei Aristoteles? Er hätte sich allerdings denken können, dass er nur die Mailbox erreichte. Und damit nicht genug: Er stotterte sich auch noch irgendeinen sinnfreien Mist zusammen, während ihm im selben Moment einfiel, dass Ronja ja vergeben war. Er sah Schmedebach mit seinem gepunkteten Schlafanzug und unterbrach die Verbindung. Jetzt hätte er wer weiß was dafür gegeben, sein Gestammel wieder zurücknehmen zu können, aber dazu war es zu spät.

Während er sich noch über die Peinlichkeit ärgerte, tauchte zu allem Überfluss – genau im falschen Moment – Spohn an Deck auf. Er war die ganze Zeit über da gewesen, hatte nur ein kurzes Schläfchen gemacht, wundersamerweise ohne durch sein gewaltiges Schnarcharsenal auf sich aufmerksam zu machen. Und er hatte nichts Besseres zu tun, als de Jong ausgerechnet mit seinem Lieblingsthema zu nerven: die Tugend der Enthaltsamkeit. De Jong war drauf und dran, den Kerl von Bord zu werfen. Jetzt aber wirklich.

»Übrigens«, sagte Spohn mitten in seinen Ärger hinein, »ich hab mir gedacht, ich koch heute für uns was Leckeres. Was halten Sie von Rosenkohlauflauf?«

»Ich, eh ...«

»Das Rezept hab ich von Maybritt. Sie werden es mögen, vertrauen Sie mir.«

»Nein danke.«

»Wie schade!« Enttäuschung zeichnete sich auf Spohns Miene ab. »Ich habe nämlich schon die Sachen dafür eingekauft.«

»Sonst gern, aber ich habe noch zu arbeiten«, sagte de Jong, der ein schlechtes Gewissen angesichts Spohns Trauermine und gleichzeitig das Gefühl hatte, diesem Abend irgendwie entfliehen zu müssen. »Wie wär's denn mit morgen?«

Schon zwei Minuten später verließ er das Hausboot geradezu fluchtartig und radelte wie ein Besessener in Richtung Innenstadt. Holte alles aus seinem ollen Drahtesel heraus, überholte E-Scooter und sogar Pedelecs. Eine regelrechte Arbeitswut hatte ihn befallen, er war süchtig danach, dem schönen Schein hier und heute die Maske herunterzureißen, und mit schönem Schein waren vor allem schöne Frauen gemeint, die einem wie ein Traum von einem Leben vorkamen, vom Nachhausekommen nach einem langen und ereignisreichen Tag, und die sich am Ende eben dieses Tages mit einem Schweigeworkshop herausredeten oder es mit einem komischen Kerl im gepunkteten Schlafanzug trieben. Als Kommissar oder Exkommissar war de Jong immer noch ein Gegner dieses schönen Scheins! Seine Ermittlungswut trieb ihn geradewegs zum Staufenplatz, jagte ihn die Treppe hinauf und ließ ihn bei Hauptkommissar Bühlow Sturm klingen. Und sie bestand darauf, dass er den jungen Kripomann so lange nervte, bis er den Schlüssel für die Turmstube auf Sankt Lamberti herausrückte.

* * *

Etwa zwanzig Minuten später, kurz vor halb sieben, nahm er die letzten steinernen Stufen nach oben, beugte sich vor, stützte die Hände auf die Oberschenkel und schnappte wie ein Fisch auf dem Trockenen nach Luft. In des Türmers guter Stube empfing ihn der vertraute, muffige Geruch. Alles war unverändert seit dem letzten Mal, als er hier gewesen war. Das durchgesessene Sofa, das Klassenfoto mit Schöpping und Rambeaux drauf. Das Teleskop.

Richtig, das Teleskop. Je mehr er darüber nachdachte, desto mehr erschien ihm, dass er nur und ausschließlich wegen des Teleskops hergekommen war! Das Gerät schien geradezu auf ihn gewartet zu haben. Tritt nur näher, schien es zu sagen. Das ist es doch, was du willst. Schau durch mich und erblicke die Wahrheit. Es mag vielleicht unwahrscheinlich klingen, aber was hast du zu verlieren? Ein einziger Blick, und wenn du Glück hast, sind diese üblen Mordfälle bald aufgeklärt.

Gib nicht so an, dachte de Jong. Für wen hältst du dich, für das Orakel von Delphi?

Versuch es doch. Du wirst schon sehen.

Egal, ging es ihm durch den Kopf. In einem Punkt hat das Ding immerhin recht: Was habe ich schon zu verlieren?

Wobei ihm tief in seinem Innersten natürlich klar war, dass seine Neugier vorrangig davon gespeist wurde:

von der völlig irrationalen und doch heimlich glimmenden Hoffnung, noch einen zufälligen Blick auf die unbekannte Nackte erhaschen zu können.

Falls das der Fall war, wurde er allerdings bitter enttäuscht. Dicke, rote Vorhänge verwehrten ihm die Sicht in das betreffende Zimmer. De Jong schwenkte das Objektiv nach links zum Fenster der Arbeitsvermittlung, in deren Räume eine Putzkolonne bei der Arbeit war, dann nach rechts auf die Softwarefirma. Noch einmal, hin und her. Er spürte, dass die Ermittlungswut bereits deutlich abflaute und dahinter wie eine Silhouette im Nebel die nüchterne Frage auftauchte, was zum Teufel er hier überhaupt wollte.

Sobald diese Frage klar und deutlich zu erkennen war, kam de Jong wieder zu sich. Er setzte das Fernrohr auf die ursprüngliche Position zurück und wollte den Raum sich selbst überlassen, als er in dem Moment ein helles *Klack*-Geräusch vernahm. Etwas Winziges rollte über den Fußboden. Das Teleskop bekam Schlagseite und ließ sich nicht mehr fixieren.

Eine der Stellschrauben für die Justierung hatte sich gelöst. De Jong ging in die Hocke und tastete den staubigen Fußboden ab. Nichts. Er vergrößerte den Radius seiner Suche, wurde aber nicht fündig. Mit dem Smartphone, an dem er die Taschenlampenfunktion aktiviert hatte, kroch er auf allen Vieren zum Sofa. Das winzige Ding musste sich unter das Sitzmöbel geflüchtet haben. Schon seit Langem hegte de Jong den Verdacht, dass kleine Gegenstände nicht einfach so auf den Boden fielen und dort liegen blieben, sondern sich aus einem Fluchtreflex heraus blitzschnell davonmachen konnten, und zwar nicht irgendwohin, sondern klugerweise immer dorthin, wo man sie am wenigsten suchen würde. Und so ertastete de Jong das Schräubchen im hintersten Winkel unter dem Sofa.

Er ertastete aber noch etwas. Mit der Stellschraube zusammen förderte er ein Blatt Papier zutage. Das musste der Spurensicherung entgangen sein, oder sie hatte es als unwichtig ignoriert: Auf dem Blatt waren die Gottesdienst-Zeiten von Sankt Lamberti aufgelistet: sonnabends, sonntags und in der Woche, dazu Termine für Beichtgelegenheiten und Jahresgedächtnisse. De Jong drehte das Papier um. Und was er auf der anderen Seite fand, ließ ihn sich aufrichten und ans Fenster treten, um seinen Fund im besseren Licht zu betrachten. Die Handschrift erkannte er sofort wieder:

... nicht einfach tatenlos zusehen, las er, *wenn sich vor meinen Augen Schändlichkeit und Sünde vollzieht. Heute habe ich durch mein Fernrohr den Apostel Paulus gesehen. Wie er zum Saulus wurde. Nein, falsch: Er war immer schon Saulus, von Anfang an. Nur hat das keiner gemerkt. Paulus hat es nie gegeben. Er hat nur so getan, als wäre er Paulus – welch dreiste und billige Täuschung! Er hat den Menschen den Paulus vorgespielt – zugegeben auf brillante Weise – ich bin auch darauf hereingefallen. Alle haben zu ihm aufgeschaut, auch ich. Bis ich sie jetzt eines nachts erblickte, die Hure Babylon. Die Schöne und das Biest in einer Person. Ich sah sie so nah, wie du mir jetzt bist, nackt, wie Gott oder wer immer sonst sie erschaffen hat. Ich betrachtete ihre vollen Brüste, ihre makellos glatte Haut und blickte in ihr Angesicht, welches*

wunderschön war und dennoch eiskalt wie das steinerne der Medusa. Und ich sah, wie sie sich hingab und ihren Körper Satan schenkte.

(Nun, ich dachte jedenfalls, es sei Satan. Aber dann schaute ich näher hin und musste zur Kenntnis nehmen, dass derjenige, der in sie eindrang, in Wirklichkeit Saulus (s.o.) war.)

Tuten und Blasen. Schöppings Kladde. Seine Aufzeichnungen, die mitten im Satz aufhörten. Und dieses Blatt mit einem Text, der mitten im Satz anfing. Das hier musste der fehlende, dazu passende Schluss sein. Die Kladde war bis zum Rand vollgeschrieben, deshalb hatte sich der Türmer mit der Rückseite der Gottesdienst-Hinweise beholfen und sie wahrscheinlich hinten hineingelegt, und das Blatt war, wie de Jong vermutete, irgendwann herausgefallen.

Ohne die Schraube weiter zu beachten, ließ sich der Exkommissar auf die muffige Couch sinken und las den seltsamen Text wieder und wieder. Saulus, Paulus, die Hure Babylon, Satan und Medusa – der Autor hatte mit mythologischen Figuren nicht gegeizt. Und trotzdem erschien ihm das Ganze nicht schwer zu entschlüsseln zu sein. Die Hure Babylon – de Jong war sich ziemlich sicher, dass jene Frau gemeint sein musste, die er durch das Teleskop gesehen hatte. Und wer mit Paulus alias Saulus gemeint war, fiel dann auch nicht mehr schwer zu erraten.

Er hat den Menschen den Paulus vorgespielt – zugegeben auf brillante Weise – ich habe ihn ihm schließlich auch abgekauft. Alle haben zu ihm aufgeschaut, auch ich. Ging man davon aus, dass hier die Rede vom Commandante sei, dann erschloss sich doch, dass de Jong mit seinem Verdacht richtig gelegen hatte: Die *Schöne und das Biest in Person* musste Kira Nevinghoff, die Schneekönigin, sein. Und hier erklärte sich auch, weshalb der Autor so viel aufgewühltes Pathos auf diesen kurzen Schlussabsatz verschwendet hatte: Er hatte sein großes Vorbild an Gradlinigkeit und Unbeugsamkeit im Bett zusammen mit dessen Erzfeindin erwischt. Die moralische Entrüstung richtete sich nicht darauf, dass zwei Menschen heimlich Sex hatten, sondern dass alles, was sie beide der Öffentlichkeit vorspielten, nur Theater war. Für den Moralpuristen Schöpping musste eine Welt zusammengebrochen sein.

* * *

Das Fernrohr, dachte de Jong auf dem Weg hinunter, hatte nicht zu viel versprochen. Er wählte seine Schritte mit Bedacht, wollte dieses Mal auf jeden Fall den Turmkoller vermeiden. Endlich hatte er ein klares Bild davon, was sich da oben abgespielt hatte. Ralf Schöpping, Eigenbrötler und selbsternannter Hüter über Recht und Anständigkeit, war ein Bewunderer der Geradlinigkeit des Commandante gewesen. Langhorn war sein Vorbild gewesen, einer, der sich weder verbiegen noch brechen ließ und den Mächtigen die Stirn bot auf die Art und Weise, wie er es in seinem Buch ausführlich beschrieben hatte. Und dann beobachtete der Türmer eines Nachts, wie eben dieser Unverbogene und Ungebrochene sich mit jener Person im Bett vergnügte, die für den Commandante und seine Gleichgesinnten das Feindbild schlechthin war. Die Schneekönigin! Wie hatte Schöpping reagiert? Was hatte er unternommen? – Was auch immer, de Jong war sich sicher, dass er endlich auf das Ereignis gestoßen war, dass das mörderische Drama da oben auf dem Turm in Gang gesetzt hatte.

Draußen auf dem Lambertikirchplatz empfing ihn Regen. Leichter, milder Regen von der Sorte, die ein paar dunkle Flecke auf Gehwegen und Plätzen hinterlässt, aber nach kurzer Zeit schon wieder aufgibt, sodass alles wieder trocknet. Es herrschte nicht viel Betrieb. Gegenüber, auf der anderen Seite des Prinzipalmarktes, bewegte sich ein Häuflein Touristen auf einem Nachtwächterrundgang in Richtung Dom.

Jemand stupste ihn an. »Herr Kommissar?« Eine Frau, schätzungsweise Ende vierzig, mit einer etwas zu steifen Dauerwelle und einem zu roten Lippenstift, stand plötzlich vor ihm.

»Exkommissar«, sagte er.

»Sie waren doch neulich bei uns in der Praxis. Doktor Wiedemann.«

De Jong schwante, dass er sich eigentlich an das Gesicht erinnern sollte.

»Hiltrud Bücker. Ich bin die Sprechstundenhilfe.«

»Ja, richtig. Ich erinnere mich an Sie«, behauptete er, obwohl es nicht stimmte. »Entschuldigen Sie.« Einen Moment stand er unschlüssig da und rechnete mit den in einer solchen Situation üblichen Bemerkungen. Doch dann begriff er, dass Frau Bücker die Chance nutzen wollte, ihm noch etwas mitzuteilen.

»Ich war nicht immer seine Sprechstundenhilfe«, sagte sie. »Jedenfalls nicht nur. Wir standen uns auch schon viel näher, der Doktor und ich.«

»Sie waren ein Paar?«

»Allerdings.« Frau Bücker presste die Lippen zusammen, als bereitete ihr die Erinnerung Schmerzen. »Naja, vielleicht sollte ich lieber sagen: Wir *wären* es beinahe gewesen. Waren es, so gut wie. Wenn nicht eines Tages Wilma um die Ecke gebogen wäre und ihn mir ausgespannt hätte.«

»Das tut mir leid für Sie«, sagte de Jong ungeschickt.

»Ich dachte, wir beide wären wie füreinander geschaffen. Tja, falsch gedacht. Aus und vorbei. Und dann, Jahre später, steht er eines Tages hier in Münster und tut so, als könnte er alles wieder auf Null stellen. Und ich dumme Kuh lass mich auch noch drauf ein.«

»Dr. Wiedemann war verwitwet und wollte mit Ihnen noch einmal neu anfangen?«

»So hatte er sich das gedacht, ja.«

»Sie wollten davon aber nichts wissen?«

Frau Bücker sah ihn an, als hätte sie gerade ein unmoralisches Angebot bekommen.

»Aber Sie arbeiten doch für ihn«, sagte der Exkommissar.

»Das schon. Aber es ist rein beruflich, auch wenn er es hundertmal anders sehen will. Zwischen uns ist nichts, und so wird es auch bleiben, egal was er sich einbildet.«

»Aber wäre es für beide dann nicht einfacher – ich meine ...«

»Dieser Schöpping, der vom Turm gestürzt wurde, der kannte meinen Chef«, sagte sie.

»Das wissen wir.«

»Deshalb ist er überhaupt nach Münster gezogen.«

»Wegen Schöpping?«

»Und Wilma. Verstehen Sie denn nicht: Das ist auch der Grund, weshalb ich mich nicht auf ihn einlasse.«

»Dass er nach Münster gezogen ist?«

»Er hat geschworen, es sei vorbei. Dass er losgelassen hat. Aber das ist nicht wahr. Er kann gar nicht loslassen. Von Wilma ist er wie besessen. Er kennt kein anderes Thema. Und ich habe ihm gesagt, dass ich auf eine Beziehung zu dritt keine Lust habe. Nein, für so etwas bin ich nicht zu haben.«

»Aber Wilma lebt nicht mehr«, wandte de Jong ein.

»Na und? Ständig vergleicht er mich mit ihr. In allen Belangen. Und dass er ihr schuldig sei, für Gerechtigkeit zu sorgen. Auge um Auge.«

»Um Auge?« De Jong sah sofort Wiedemanns belehrenden Gesichtsausdruck vor sich: *Ich bin Augenarzt, vergessen Sie das nicht ...*

»Wilma hat sich das Leben genommen«, fuhr Frau Bücker fort, »und er, Carlos, hat gesagt, dass Schopenhauer daran schuld sei. Er ganz allein. Und Schopenhauer werde dafür büßen.«

»Das hat er gesagt? Wörtlich?«

»Wortwörtlich. Und genau das ist ja auch passiert.«

»Was?«

Frau Bücker beugte sich vor, damit nicht jeder hörte, was sie zu sagen hatte: »Er hat ihn umgebracht. Einfach so, ohne Aufsehen. Dass er tot ist, habe ich zufällig im Internet gelesen.«

»Wer denn?«

»Na, dieser Schopenhauer.«

De Jong starrte die Sprechstundenhilfe an. »Ja, das ... hab ich auch gelesen, glaub ich. Also dann, ich danke Ihnen sehr, dass Sie mich angesprochen haben. Wir werden dem auf jeden Fall nachgehen.«

23. Kapitel

Als de Jong seinem jungen Kollegen den Schlüssel zurückbrachte, brannte er darauf, von seinem kleinen Erlebnis in der Turmstube zu berichten. Von einem dieser Momente, die jedes Ermittlerherz höherschlagen lassen: Du findest ein schäbiges Blatt Papier, und urplötzlich erscheint der Fall in einem ganz neuen und klareren Licht. Leider unterlief ihm ein kleiner Fehler, nämlich der, auch die kurze Episode mit Frau Bücker zu erwähnen.

»Ich hatte sofort ein seltsames Gefühl bei diesem Augenarzt«, bekräftigte Achim Bühlow. »Dass er uns nicht alles erzählt. Und jetzt stellt sich heraus, er hat uns nur Theater vorgespielt.«

»Aber meinst du nicht, dass wir auch diesem Commandante mal auf den Pelz rücken sollten?«, versuchte de Jong den Kurs des Gesprächs zu korrigieren. »Ich würde wetten, dass …«

»Haben wir denn Beweise?«, störte Bühlow de Jongs Hochstimmung.

»Was?«

»Ich meine: Wir haben dieses Blatt Papier mit Schöppings Handschrift. Du hast eine Frau durch das Fernrohr gesehen. Können wir denn wenigstens beweisen, dass die Frau im Fenster Frau Nevinghoff war?«

»Strenggenommen nicht, nein.«

»Oder dass mit Saulus dieser Langhorn gemeint ist?«

»Nein, auch das steht da nicht, jedenfalls nicht wortwörtlich, sonst wäre es ja kein Code. Aber man braucht ja wohl nicht viel Phantasie, um ...«

»Es ist also alles nur eine Theorie. Bis jetzt.«

»Schön und gut, aber man muss doch eben auch sehen, dass ...« De Jong begann zu schwitzen, nicht nur weil er sich offenkundig vor dem Neuling blamierte, sondern außerdem aus purem Ärger. Bühlow war eben noch grün hinter den Ohren und konnte bei ganz vielen Dingen gar nicht mitreden. Was wusste er schon von diesem berauschenden, ja orgiastischen Gefühl, auf einen entscheidenden Hinweis gestoßen zu sein, mit dem man sich der Lösung eines Falles ganz nahe wähnte – Beweise hin oder her. Wer fragte in einem solchen Moment nach Beweisen? Man ließ die Intuition sprechen.

»Im Gegensatz dazu haben wir eine Zeugin, die Dr. Wiedemann konkret belastet. Warum hat er uns nichts von Hiltrud Bücker erzählt?«

»Weil diese Dame ihn außerdem in der Mordsache Arthur Schopenhauer belastet? Und man sich wohl fragen darf, ob da noch mehr kommt: Hat er nicht auch Abraham Lincoln auf dem Gewissen, Maria Stuart? Julius Caesar?«

Achim Bühlow schüttelte trotzig den Kopf. »Bloß weil jemand eine lückenhafte Allgemeinbildung besitzt, muss nicht alles, was sie sagt, barer Unsinn sein.«

»Richtig, aber wo ist die Verbindung zu Rambeaux?«, erhob de Jong Einspruch. »Was hat Wiedemann mit dem zu tun gehabt? Ist da irgendwo auch nur ansatzweise eine Verbindung in Sicht?«

»Aber das Gleiche gilt doch wohl auch für Herrn Langhorn.«

De Jong gab auf. »Na schön, es ist dein Fall. Und es ist dein Augenarzt.« Er deutete auf Umzugskisten, die in Bühlows Wohnung standen. Halb ausgeräumte Regale und Porzellangeschirr, das in Zeitungspapier eingewickelt war. »Das sieht aber sehr nach Umzug aus.«

»Ich hab den Hauptgewinn gezogen«, sagte Bühlow, wirkte aber weder begeistert noch merklich erleichtert. »Eine Wohnung, sogar hier in der Stadt. Ist nicht billig, dafür ziemlich düster. Kleine, abgedunkelte Fenster, aber fließendes Wasser und Internetanschluss.«

»Gratuliere, Glückspilz.«

»Tja, ich musste mich sofort entscheiden. Und nächste Woche einziehen. Hab der Wohnungsgesellschaft schon Bescheid gesagt.«

»Wenn ich dir da irgendwie helfen kann …«

Bühlow stand da und kratzte sich hinter dem Ohr, als überlegte er, ob er das Angebot annehmen sollte. »Könntest du Wiedemann noch mal auf den Zahn fühlen? Ihn mit Frau Bückers Geschichte konfrontieren? Genau. Das wäre toll, dann könnte ich hier morgen noch weiter ausräumen.«

»Ich hatte eher an Kistenschleppen gedacht«, sagte de Jong, weil er nicht fand, dass er für Wiedemann der Richtige sei.

»Eine Festnahme, das wäre endlich mal was Konkretes zum Vorzeigen. Der Chef wäre begeistert.«

»Und Dr. Gonski, der Brauchtümliche, sicher auch«, sagte de Jong. »Trotzdem, eine voreilige Festnahme, die man später wieder rückgängig machen muss, ist etwas, das man lieber nicht mehr vorzeigt.«

»Dann machen wir es so: Du redest noch mal mit ihm, und wenn wir sicher sind, er hat nichts damit zu tun, dann warten wir ab, bis wir mehr haben. Ich würde solange hier weiter zusammenpacken.«

* * *

Die Praxis hatte schon lange geschlossen, also suchte de Jong Wiedemann zu Hause auf. Die Abendsonne tauchte die kleinen Reihenhausidyllen in der Stichstraße in mildes, rötliches Licht. Schräg gegenüber bearbeitete ein Nachbar in kurzen Hosen seine Einfahrt mit einem Hochdruckreiniger und nickte de Jong zu; de Jong nickte zurück. Der Vorgartenzwerg grinste, als würde er den Exkommissar vom letzten Mal wiedererkennen.

Auf sein Klingeln antwortete drinnen Hundegebell. Ein schrilles Gebell, weit oberhalb der Sopranlage, und als sich die Tür öffnete, sauste ein flauschiges, weißes Lebewesen in Eichhörnchengröße heraus und kläffte ihn aus sicherer Entfernung an.

Wiedemann, der sein Hündchen mit einem sanften Wischen des Fußes wieder zurück ins Haus beförderte, war offensichtlich nicht begeistert von de Jongs Besuch, auch nachdem der versichert hatte, dass ihm bewusst sei, dass er den Augenarzt ohne Ankündigung überfalle.

»Leider haben sich aber kurzfristig noch einige Fragen ergeben«, sagte de Jong.

Der Augenarzt machte keinen guten Eindruck. Obwohl er sich im Feierabend befand, wirkte er noch zerknirschter als das letzte Mal. Nicht nur zerknirscht, sondern geradezu ausgelaugt. De Jong überlegte, ob der Ophtalmologe vielleicht eine geheime andere Seite habe, die sich nachts, wenn die Praxis schlief, auf einen Zug durch die Kneipen begab. Eine Art Mr. Hyde, der im biederen Augenarzt Dr. Jekyll schlummerte.

»Heute hatte ich ein kurzes Gespräch mit Ihrer Sprechstundenhilfe, Frau Bücker«, erklärte de Jong gegen das schrille Bellen des Hundes an, den Wiedemann in ein Zimmer gesperrt hatte. »Sie vertraute mir an, dass sie in Ihrem Leben nicht immer nur Sprechstundenhilfe war. Sondern mehr.«

»Ja, Sie haben recht, ich hätte das erwähnen sollen«, räumte Wiedemann kleinlaut ein. »Ich weiß, dass ich Ihnen besser die Wahrheit …« Wieder einmal ließ er einen Satz unvollendet und erhob sich, stopfte die Fäuste tief in die Taschen. »Kann ich Ihnen etwas anbieten? Wasser oder Saft?«

»Erzählen Sie nur weiter«, sagte de Jong und folgte dem Hausherrn auf die Terrasse, wo das Hundegebell nicht so schrill in den Ohren gellte.

»Ich war von Rache besessen. Das habe ich Ihnen ja bereits gesagt. Aber es war schlimmer. Ich kannte nichts mehr anderes. Ehrlich, statt nachts zu schlafen, habe ich im Internet nach Türmen gesucht, von denen man den Kerl möglichst effektvoll hinunterstoßen konnte. Verrückt, nicht wahr?«

De Jong nickte.

»Und dann stellte sich auch noch heraus, dass er auf einem Turm lebte!«

»Da haben Sie sich gesagt: Wenn das keine idealen Bedingungen sind.«

Wiedemann starrte de Jong an und nickte so vorsichtig, als befürchte er, sein Kopf könnte herabfallen. »Sie werden es nicht glauben, aber so etwas Ähnliches habe ich mir tatsächlich gesagt.«

»Warum haben Sie es nicht auch uns gesagt?«

»Also gut, ich gebe zu, nach Münster gezogen bin ich seinetwegen. Ich hatte nur eins im Kopf: den Kerl zur Strecke zu bringen. Kennen Sie das, wenn einen so etwas nicht mehr loslässt? Wenn Sie an nichts mehr denken können als …«

De Jong musste an Schmedebach in seinem gepunkteten Schlafanzug denken. An den göttergleichen Hugh, der es schweigend und auf unverschämt genüssliche Weise mit Giulia trieb. Aber auch an Eugen Küppers, der seine Nächte mit Mordplanungen verbrachte und sich dann wunderte, dass man ihn beschuldigte. »Nicht, dass ich wüsste«, log er. »Sie planten also, Herrn Schöpping vom Turm zu stürzen. Und eines Abends sahen Sie Ihre Chance gekommen.«

Wiedemann schüttelte den Kopf. »Ich bin Augenarzt, vergessen Sie das bitte nicht. Als Augenarzt hat man einen ganz anderen Blick auf solche Angelegenheiten.«

»Wie Sie bereits sagten.«

»Und wie ich Ihnen auch schon sagte: Auch ich habe Schopenhauer gelesen, sogar Schleiermacher. Und mit der Zeit war ich durchaus zu der Auffassung gelangt, dass Schöpping nicht völlig falsch gehandelt hat. Just an diesem Abend, als das Gewitter losging, kam ich zur Besinnung und habe mir gesagt: Was machst du eigentlich hier? Was für eine Dummheit bist du im Begriff zu begehen?«

»Das haben Sie sich gesagt?«, fragte de Jong zweifelnd. »Wie kommt es dann, dass Frau Bücker, Ihre Sprechstundenhilfe, den Eindruck hat, Sie seien vom Gedanken an Rache für Wilma besessen gewesen? Dass die arme Wilma Ihnen so präsent gewesen sei, dass sie, hätte sie mit Ihnen etwas angefangen, sich in einer Dreierbeziehung gefühlt hätte.«

Dr. Wiedemann trat an den Rand der Terrasse, dorthin, wo der Waschbeton in unkrautfreien Rollrasen überging, der wiederum nach knappen dreieinhalb Metern von einer sauber beschnittenen Buchsbaumhecke gestoppt wurde. »Ich mag Hiltrud sehr, glauben Sie mir, Herr Kommissar.«

»Exkommissar«, sagte de Jong.

»Aber, glauben Sie mir oder nicht, sie neigte schon immer dazu, alles zu dramatisieren. Hiltrud lebt in einer Groschenromanwelt, verstehen Sie? Der reiche Arzt und die kleine Sprechstundenhilfe – das Märchen vom Aschenputtel. Eine Dreierbeziehung!« Der Augenarzt schüttelte missbilligend den Kopf. »Wie auch immer, ich kann Ihnen versichern, dass ich meine Mordpläne für mich behalten habe. Hiltrud wusste nichts davon.«

»Also gut«, sagte de Jong. »An diesem Abend, als Sie zur Besinnung kamen, da haben Sie den Türmer aufgesucht?«

»Es war die Nacht, in der es passierte«, sagte Wiedemann. »Deshalb habe ich Ihnen nichts davon gesagt. Weil ich mir gedacht habe, dass Sie mich als Ersten ...«

»Erzählen Sie, was passiert ist.«

»Nun ja, ich habe unten am Turm gewartet und wollte ihn abpassen, wenn er seine Schicht begann. Und als er dann kam, musste ich feststellen, dass nicht ich, sondern vielmehr er es war, der sich auf einem Rachefeldzug befand.«

»Herr Schöpping?«

»Ich habe ihm davon erzählt, dass ich den ganzen Schleiermacher gelesen habe. Wissen Sie, was er sagte: Alle Philosophen, wie sie da sind, hätten die Welt immer nur verschieden interpretiert; es komme aber darauf an, sie zu verändern. Zum Guten, versteht sich. Und das bedeute, dass man gegen die Sünde vorgehen müsse. Auch wenn man dabei Regeln verletzen und selbst Schuld auf sich laden müsse.«

»Das waren seine Worte? Er wollte gegen die Sünde vorgehen?«

Wiedemann nickte. »Exakt. Ehrlich gesagt, ich fand, dass er sich verändert hatte. Er war nicht mehr derselbe Mann, der er gewesen war, als er in Osnabrück als Philosoph praktizierte.«

»Wie ging es dann weiter? Er sagte also, er wolle gegen die Sünde vorgehen ...«

»Er bat mich inständig um Verzeihung wegen Wilma, weil ihm auch in seinem neuen Amt bewusst geworden sei, dass man im Bemühen für Gerechtigkeit seine Unschuld verliere. Und dass er deshalb keine Absolution verdiene.«

»Was hat er damit gemeint?«

»Das habe ich ihn auch gefragt, aber er sagte, seine Zeit sei leider knapp, weil er sich um handfeste Skandale kümmern müsse.«

»Skandale?«

»Hoffart, Fleischeslust, Mord und Totschlag. In dieser Reihenfolge. Und dass er sich der Bürde seines Amtes bewusst sei.«

»Welches Amt?«

»Als Auge Gottes. So hat er sich ausgedrückt.« Wiedemann zuckte mit den Schultern. »Wie gesagt, ich fand, dass er sich verändert hatte. Seltsam geworden war, verbissen. Er steckte den Rezeptvordruck in die Tasche, machte kehrt und stieg grußlos hinauf. Nicht mal die Tür hat er hinter sich geschlossen. Glauben Sie mir, Herr Kommissar, dass ich …«

»De Jong«, sagte de Jong.

»Selbst wenn ich noch vorgehabt hätte, ihn zu töten, in diesem Moment hätte ich es nicht über mich gebracht.«

»Das ist tröstlich zu hören«, meinte de Jong. »Aber trotzdem war er kurz darauf tot.«

Eine Weile standen sie da und betrachteten die Buchsbaumhecke, an der es eigentlich nicht viel zu betrachten gab. Im nahegelegenen Zoo schrie ein Affe. De Jong erwog, doch um ein Glas Wasser zu bitten.

»Wissen Sie was?«, meinte der Augenarzt. »Ich bin immer noch der Meinung, dass er sich am Ende selbst gerichtet hat. Egal was die Polizei sagt.«

* * *

Hoffart und Fleischeslust, überlegte de Jong auf dem Nachhauseweg. Für Dr. Wiedemann mochte das wenig Sinn ergeben, auch wenn er noch so ausgiebig Schleiermacher und Kierkegaard gelesen hatte. De Jong dagegen hatte *Tuten und Blasen* gelesen und wusste genau, dass es hier um Nevinghoff und den Commandante ging. Ihm war endlich auch klar, was der Türmer mit philosophischer Schuld gemeint hatte: eine Mitschuld, die er sich an Wilma Wiedemanns Suizid gab. Trotzdem blieb so manche Frage offen: Wer hatte Rambeaux ermordet? Trug Schöpping auch daran eine Mitschuld? Nur, was war sein Motiv gewesen?

De Jong war so tief in Gedanken und Grübeleien versunken, dass er erst wieder aus ihnen auftauchte, als er an einem Tisch saß und vor sich einen Teller hatte, dazu Messer und Gabel. Er befand sich an Deck des *Alten Mädchens*, Mücken schwirrten in der Abendluft, und es duftete nach Oregano und etwas Undefinierbarem.

»Ich bin mal gespannt, ob Sie erraten, was das ist«, freute sich Spohn, der sich wieder einmal die Küchenschürze umgebunden hatte und geschäftig hin- und hereilte. Er schien bester Laune zu sein, und de Jong wollte sie ihm nicht verderben, indem er sich rundheraus weigerte, das mit Käse überbackene Etwas auf seinem Teller zu kosten, bevor er nicht wenigstens wusste, ob es essbar war.

»Also gut, dann gebe ich Ihnen ein paar Stichworte: Tomaten, Orangen und westfälisches Allerlei.«

»Westfälisches Allerlei? Ich dachte, es gibt nur Leipziger Allerlei.«

»Sehen Sie, das wusste ich jetzt nicht«, gab Spohn zu.

»Und was ist das?« De Jong deutete auf etwas Bräunliches, das sich in einer Glasschale befand und von dem schwer zu sagen war, ob es sich um eine Soße handelte, einen Brei oder ganz etwas anderes.

»Töttchen. Aber: garantiert vegan! Müssen Sie unbedingt probieren.«

»Später vielleicht«, sagte de Jong und widmete sich erst mal dem überbackenen Allerlei, mit dem Hintergedanken, dass ihm dann vielleicht das vegane Töttchen erlassen wurde.

Auch Spohn griff zu und plauderte währenddessen unentwegt weiter, erzählte, dass er wieder neue Pläne geschmiedet habe. »Schluss mit dem Müßiggang, das war und ist mein Motto.«

»Sehr löblich«, meinte de Jong.

»Erst heute habe ich den Entschluss gefasst, Schriftsteller werden.«

»Lecker!« De Jong schwenkte die gefüllte Gabel und hob sie zum Mund.

»Naja, vielleicht auch nicht. Maler wäre auch eine Option. Jäger, Hirte oder Kritiker.«

»Jäger?« De Jong verzog das Gesicht. »Das muss doch nicht sein, oder?«

»Egal. Jedenfalls will ich nicht wie Krösus enden.«

De Jong bekam etwas Hartes zwischen die Zähne. Er pulte es aus dem Mund, legte es auf den Tellerrand und spülte mit Mineralwasser nach. »Wie wer?«

»Krösus. Ein reicher Typ. So wie ich. Was glauben Sie, was ich auf der hohen Kante habe.«

»Und wie endete dieser reiche Typ?«

Sein Gast beugte sich vor und tat sich selbst noch ein großes Stück überbackenes Allerlei auf. Garnierte es mit reichlich Töttchen. »Krösus hat mit seinem Reichtum rumgeprotzt und wollte von Solon, einem damals ziemlich bekannten Philosophen, wissen, wen dieser für einen glückseligen Menschen halte. Natürlich ging er davon aus, dass der Philosoph auf ihn zeigen würde; zu seiner Zeit gab es nämlich niemanden, der auf einem so großen Berg Geld saß. Aber Solon nannte stattdessen irgendeinen Niemand, den keiner kannte, bloß weil der brav und anständig gelebt hatte. Krösus hatte den Eindruck, dass Solon keine Ahnung vom Glück hatte. Und Solon: Wenn du ein rechtschaffenes und moralisch einwandfreies Leben lebst, und zwar bis zum Schluss, dann bist du ein glücklicher Mensch. Und ob das so ist, kann man eben erst am Schluss sagen, wenn der Vorhang gefallen ist, nicht vorher, weil ja bis dahin immer noch was dazwischenkommen kann. Ist dir klar, was das bedeutet: Glücklich und lebendig geht nicht. Nur wer tot ist, ist glücklich. Was sagen Sie dazu?«

»Was ist Ihnen denn da passiert?«, fragte de Jong statt einer Antwort, da er jetzt erst Spohns linken Daumen bemerkte, der in einem beachtlichen Mullverband steckte.

»Ach das.« Der Exbänker grinste. »Hab mir beim Schnipseln für das Allerlei wohl den halben Fingernagel abgesäbelt. – Noch ein Stück?«

»Nein danke.« De Jong tippte das Ding auf seinem Tellerrand vorsichtig mit der Gabel an. »Ich bin so weit satt.«

»Na, dann hoffen wir mal, dass morgen trotzdem die Sonne scheint«, flachste Spohn, erhob sich und begann abzuräumen. »Übrigens – das hätte ich jetzt fast vergessen – da hat eine Frau nach Ihnen gefragt. Heute Nachmittag, als Sie unterwegs waren.«

»Eine Frau? Wer denn?«

»Sie hieß, Moment ... – nein, den Namen habe ich mir nicht gemerkt.«

»Ronja Hinsbeck? War das ihr Name?«

Spohn zuckte mit der Schulter. »Wie gesagt, ich ...«

»Was wollte sie denn?«

»Hat sie nicht so gesagt. Aber ich bin ja nicht von gestern.«

»Nicht von gestern? Was soll das heißen?«

»Wenn Sie mich fragen, wollte sie ein Date.«

De Jong spürte ein Grummeln in seinem Inneren, was eine Reaktion auf das Allerlei sein konnte, aber auch Ärger über Spohn, wie er selbstgefällig die Teller aufeinanderstapelte und man ihm alles aus der Nase ziehen musste. »Na und? Hat sie eine Nummer hinterlassen?«

»Ich habe ihr gesagt, Sie seien nicht interessiert.«

»*Was* haben Sie?«

Spohn, der offenbar nicht recht begriff, was er angerichtet hatte, duckte sich wie ein Kind, das Ärger heraufziehen sieht, wenn es auch nicht weiß, wieso. »Also, wissen Sie nicht mehr, dass wir erst neulich darüber geredet haben? Sie haben mir gesagt, dass Sie kein Interesse an einer Beziehung hätten.«

»Was bilden Sie sich ein!«, platzte de Jong der Kragen. »Was erlauben Sie sich!«

»Schon gut, schon gut, es scheint sich da ja um ein kleines Missverständnis zu handeln.«

»Ein Missverständnis?« De Jong warf seine Serviette neben den Teller und erhob sich abrupt, dass auch das

Geschirr auf dem Tisch aufsprang. »Erst bieten Sie mir Ihre Ex an, dann predigen Sie Enthaltsamkeit und jetzt mischen Sie sich auf dreiste Weise in meine Verabredungen!«

»Wie gesagt, ich hätte jetzt nicht gedacht, dass ...«

»Danke für das Essen«, blaffte der Exkommissar, während er von Deck polterte. »Und schaffen Sie Ihren Fingernagel hier weg. Das ist ja eklig.«

24. Kapitel

De Jong erwog, Ronja Hinsbeck anzurufen und sich für seinen Gast zu entschuldigen und bei der Gelegenheit klarzustellen, dass er sehr wohl an einem Date interessiert sei. Aber er ließ es sein.

Am Freitagmorgen lag eine Nebelbank auf dem Kanal, die so dicht war, dass Jogger, Nordic-Walker und Hundespaziergänger am Ufer nur schemenhaft sichtbar waren, undeutlich wie auf einem flüchtig dahingetupften Aquarell. Das galt auch für die blonde Schönheit, die kurz nach acht in Begleitung ihres Vierbeiners anmutig vorbeischwebte. Erst gegen neun lichtete sich der Dunst und präsentierte einen prallen, sonnigen Morgen, der es in sich hatte.

Außerdem präsentierte er Achim Bühlow. Der Hauptkommissar stand unschlüssig an der Anlegestelle, als wäre er schon eine ganze Weile da und hätte klare Sicht abgewartet, um endlich auf sich aufmerksam zu machen. Mit einem schüchternen Winken näherte er sich und kam an Bord, als de Jong das Winken erwiderte.

»Lust auf Frühstück?«, fragte der Exkommissar, der sich gerade einen Kaffee gebrüht hatte. Von unten, aus dem Bauch des Bootes, tönte ein grollendes Schnarchen herauf, wie von einem alten Stromgenerator, der sich mit einer rostigen Kette abmüht.

Bühlow erklärte, er wolle da nicht nein sagen, und wenige Minuten später saßen sie bei Toast und Marmelade.

»Ich hatte gestern noch ein Schwätzchen mit Wiedemann«, sagte de Jong. »Er hat zugegeben, dass er fest entschlossen war, Schöpping vom Turm zu stürzen. Und dass er ihn an dem betreffenden Abend aufgesucht hat.«

»Das hatte ich mir fast gedacht.«

»Als er dem Türmer aber Auge in Auge gegenüberstand, fand er, dass der Mann sich sehr geändert habe, wenn auch nicht unbedingt zum Positiven. Jedenfalls brachte er es nicht mehr übers Herz, ihn zu ermorden.«

»Naja«, meinte der junge Kommissar. »Er wird schließlich nicht müde zu betonen, dass er als Augenarzt einen besonderen Blick auf die Menschen hat.«

»Aber er hat noch zwei andere Dinge erwähnt: Schöpping sagte etwas von einer Schuld, die er auf sich geladen habe. Und zwar im Kampf gegen die Sünde. Und dem Bemühen für Gerechtigkeit.«

»Was meinte er denn damit?«

»Und dann sei der Türmer einfach auf den Turm hinaufgestiegen, ohne die Tür zu schließen. So viel zu der Frage, wie der Mörder auf den Turm gelangt ist.«

»Vorausgesetzt, die Version des Doktors entspricht der Wahrheit.«

De Jong, der gerade seinen Toast bestrich, hielt inne. Das Bestreichen des Toastes kam ihm ungewöhnlich laut vor, war ein unangenehmes Kratzgeräusch, was aber nur wegen der plötzlich eingetretenen Stille auffiel. Er spitzte die Ohren und lauschte. Unvermittelt setzte das Schnarchen wieder ein. De Jong atmete auf und widmete sich wieder seinem Toast.

»Kampf gegen Sünde und Verderbtheit«, sagte er. »Das ist wieder der Schöpping, den ich kenne. Der aus *Tuten und Blasen*.«

»Ehrlich gesagt«, meinte Bühlow, »glaube ich auch nicht mehr daran, dass der Augenarzt unser Mann ist.«

»Na, woher kommt denn dieser späte Meinungsumschwung?«

Bühlow grinste. »Wie du gesagt hast: Man sollte erst zugreifen, wenn man sicher ist, den Richtigen zu haben. Das ist besser für die Karriere.«

De Jong hob seine Kaffeetasse und stieß sie gegen Bühlows. »Genau«, sagte er, indem er versuchte, die Ausdrucksweise des Kommissars zu imitieren. »Weißt du was? Rambeaux ist der Schlüssel. Da sollten wir ansetzen.«

»Du meinst, die beiden kannten sich?«

»Was wir suchen«, vermutete de Jong, »hat etwas mit seiner Vorgeschichte zu tun. Rambeaux war doch sicher nicht immer Schnorrer.«

»Also müssten wir jemanden fragen, der was drüber weiß.«

De Jong blinzelte in die Sonne, die schon wärmer war, als man um diese Tageszeit vermutet hätte. »Ich wüsste vielleicht jemanden.«

* * *

Schmedebachs Tabakladen war geschlossen. De Jong schirmte die Augen mit den Händen ab und warf einen Blick durchs Schaufenster: Drinnen stapelten sich noch mehr Pappkartons als beim letzten Mal. Auch der Tresen war inzwischen leergeräumt. Dann bemerkte er einen handgeschriebenen Zettel, der in Hüfthöhe an der Scheibe klebte: *Bin gleich zurück.*

Er sah sich um, ob er den Ladenbesitzer irgendwo entdeckte. Es war Mittagszeit, Touristen schoben sich shoppend durch die Innenstadt. In den Bistros und Eiscafés waren alle Plätze besetzt. Aussichtslos, Schmedebach in diesem Trubel zu entdecken. De Jong überließ sich eine Weile der Touristenströmung und fand sich so wenige Minuten später auf dem Domplatz wieder. Und dann entdeckte er Schmedebach doch noch, der auf einer Bank saß und versuchte, in einen Hamburger zu beißen und gleichzeitig zu verhindern, dass Ketchup auf seine Hose tropfte. Es war genau die Bank, auf der sich de Jong erst kürzlich mit Picasso unterhalten hatte.

»Ich hab Sie schon gesucht«, begrüßte ihn der Exkommissar, als er neben dem Ladenbesitzer Platz nahm.

»Tja, da staunen Sie, was?« Schmedebach hielt seine Mahlzeit mit zwei Fingern fest und spreizte die anderen ab, obwohl sie längst mit Soße und Majo bekleckert waren. »Aber was willst du machen: Der Laden ist weg, also gibt's ab jetzt nur noch solchen Fraß.«

»Lassen Sie es sich schmecken«, riet de Jong. »Sie sollten bedenken, der Hamburger ist einer der Top-Bestseller unter den Nahrungsmitteln.«

Der Mann neben ihm schnaufte verächtlich.

»Wissen Sie noch: Rambeaux? Das hier«, der Exkommissar umfasste den Domplatz mit einer Geste, »war Rambos Revier.«

Schmedebach wies mit dem Kopf in eine Richtung. »Sehen Sie doch, da drüben. Picasso hat alle Hände voll zu tun.«

Der Exkommissar entdeckte den Schnorrer, der sich in einem angeregten Gespräch mit einer bunt gekleideten Touristin mittleren Alters befand. »Sie mochten Rambo nicht besonders, weil er Ihnen die Kunden vergraulte. Kann ich verstehen.«

»Sagen wir besser: Er hat ihnen das Kleingeld aus der Tasche geleiert, das sie eigentlich in meinem Laden lassen wollten. Jetzt sehen Sie ja, wohin das geführt hat.«

»Verstehe«, sagte de Jong. »Also streng genommen hat er Geld genommen, das Ihnen zusteht.«

Der Tabakhändler zuckte mit den Schultern.

»Aber Sie kannten ihn doch ein bisschen, oder nicht? Wenigstens so viel, dass er Ihnen mal erzählt hat, ob er eine Ausbildung hatte oder einen Beruf?«

»Woher soll ich das wissen?« Schmedebachs zwei Finger hatten sich auf den letzten Rest Hamburger zurückgezogen; ein weiterer Biss, und eine Gurkenscheibe mitsamt einem halben Salatblatt drohte, zwischen den Weißbrothälften unweigerlich herausgequetscht zu werden. »Wenn der Mann einer ordentlichen Arbeit nachgegangen wäre, dann hätte er wohl nicht die Zeit gehabt, die Leute vor meinem Laden um Geld anzuschnorren.«

»Ich meine vorher«, präzisierte de Jong. »Sie haben doch bestimmt mal mit ihm ein Schwätzchen gehalten.«

»Da gab's nicht viel zu schwätzen. Soviel ich weiß, komplette Fehlanzeige.« Schmedebach biss doch noch einmal von seinem Hamburger ab, und das Unvermeidliche geschah: Die Gurkenscheibe, von Ketchup und Majo optimal geschmiert, flitschte heraus wie ein Geschoss und landete unhaltbar auf der Hose des Essers, der mit vollem Mund fluchte und es damit noch schlimmer machte, weil er obendrein eine Zwiebelscheibe ausspuckte, die gleich neben der Gurke einschlug.

De Jong half ihm mit einem Taschentuch. »Fehlanzeige?«

»Was die Ausbildung angeht, meine ich.« Schmedebach beugte sich zum nahen Mülleimer und entsorgte den Rest Junkfood. Dann spuckte er auf das Taschentuch und rückte dem Ketchupfleck auf seiner Hose zu Leibe. »Wenn man sich allerdings seine Geschichten anhörte, dann kannte er keine Tabus: dass er in Wirklichkeit ein verwunschener Prinz sei, aber die wirtschaftliche Not ihn zwinge zu betteln. Dass er Wildhüter auf einem Pferdehof sei und man ihn gefeuert hätte, weil er mit der Gutsherrin ein Verhältnis hatte. Schmalztriefende Groschenromane, aber die Leute haben das gern gehört.«

»Er hat auf einem Pferdehof gearbeitet? Auf welchem denn?«

»Wie gesagt, das hat er aus dem Fernsehen. Und es hat mich nicht interessiert. Der Mann hatte eine blühende Fantasie.«

De Jong blieb noch eine Weile auf der Bank sitzen und sah Schmedebach dabei zu, wie er seinen aussichtslosen Kampf kämpfte. »Ein Pferdehof. Das könnte doch die gesuchte Verbindung sein«, meinte de Jong zufrieden und erhob sich. »Danke für den Tipp.«

»Was?« Schmedebach sah nicht mal auf. Der Fleck auf seiner Hose war zwar weniger rot, dafür aber jetzt doppelt so groß. »Was denn für eine Verbindung?«

25. Kapitel

Natürlich war der Hinweis im kriminalistischen Sinne nicht besonders viel wert, aber de Jongs vorläufige Arbeitshypothese war, *Tuten und Blasen* für den Code zu halten, mit dem er die Mordfälle entschlüsseln konnte. Und so bestellte er für den Nachmittag ein zweites Mal ein Taxi, das ihn hinaus zur *Southfolk Ranch* brachte. Die Sonne, die den Morgen so fulminant begonnen hatte, gönnte sich eine kurze Auszeit, sodass das Landleben sich an diesem Tag nicht von seiner goldenen Seite zeigte. Tiefhängende, dunkle Wolken verstopften das Panorama und nahmen Feldern und Wiesen ihren romantischen Zauber. Die Pferde standen unschlüssig auf den Nevinghoff'schen Weiden herum, so als hätte man ihnen strahlenden Sonnenschein versprochen, und dann gab es doch wieder nur Grau in Grau und das übliche fade Gras zu fressen. Wenigstens war der Kotze-Geruch verschwunden.

Kerkerink, der Hausangestellte, öffnete. Er trug eine schwarze Hose und ein weißes Hemd unter einer altertümlichen Weste und nahm sich alle Zeit der Welt, de Jong von oben bis unten zu mustern. »Ach, sieh an: der falsche Kommissar.«

»Falsch würde ich nicht sagen«, widersprach de Jong. »Ehemalig wäre die korrekte Bezeichnung. Trotzdem hätte ich ein oder zwei Fragen.«

»Frau Nevinghoff ist zwar nicht sehr beschäftigt.« Ein boshaftes Grinsen. »Aber für Sie *zu* beschäftigt.«

»Das glaube ich gern. Vielleicht können Sie mir dann weiterhelfen. Es geht um einen Mann, der hier einmal als Wildhüter gearbeitet hat.«

»Wildhüter? So was gibt's hier nicht.«

»Der Name ist Jean-Marie Rambeaux.«

Kerkerinks Mundwinkel, die auch so schon einen Zug nach unten hatten, rutschten noch steiler abwärts. »Rambeaux.« Er verzog das Gesicht zu einem ungläubigen Grinsen. »Hat er Ihnen erzählt, er wäre Wildhüter gewesen? Das sieht ihm ähnlich. Soll ich Ihnen mal sagen, was er gemacht hat? Was sein Job war?«

»Genau das wäre meine Frage.«

»Er hat hier die Pferdeställe gefegt. Die Scheiße weggeschaufelt.« Der Angestellte schüttelte amüsiert den Kopf. »Wildhüter ...«

»Ja, und wie war er so? War man mit seiner Arbeit zufrieden?«

»Sie meinen, weil er rausgeworfen wurde? Lassen Sie mal, das hat er sich selbst zuzuschreiben. Er hat sich die Finger schmutzig gemacht, aber nicht vom Pferdemist. Das nicht.«

»Er wurde rausgeworfen? Weil er etwas mit der Gutsherrin hatte?«

Dem Hausangestellten dämmerte offenbar, dass de Jong keine Ahnung hatte. »Ich wüsste nicht, warum ich mit Ihnen darüber reden sollte.«

»Aber das ist doch ganz einfach: weil ich sonst nichts erfahren würde«, erklärte de Jong.

Kerkerink reagierte mit einem genervten Kopfschütteln. »Ich muss Sie dann bitten zu gehen.«

»Herr Hauptkommissar!«, ertönte Kira Nevinghoffs Stimme hinter ihm. Und dann trat sie neben ihren Angestellten, der sich sogar anmaßte, sie zu korrigieren.

»Das ist er ja eben nicht«, zischte er.

»Naja, und wenn schon.« Sie winkte ihm zu mit einer Hand, die ein Glas hielt. »Treten Sie ein, machen Sie mir die Freude.«

De Jong ergriff die Chance. Auch wenn ihm sofort klar war, dass dieser plötzliche Anfall von Gastfreundschaft nicht auf einer Sinneswandlung beruhte, sondern rein alkoholbedingt war. Mit einer fahrigen Kopfbewegung bedeutete die Gutsbesitzerin Kerkerink, sich zu entfernen, was dieser wortlos tat. Dann schenkte sie de Jong ein abwesendes Lächeln, und er folgte ihr in die Bibliothek.

»Nett, dass Sie mich empfangen, obwohl ich hier einfach so ohne Ankündigung hereinschneie«, sagte er.

Kira Nevinghoff stand vor einem offenen Schrank, der eine Minibar enthielt, und goss sich einen Drink ein. »Also, was für eine dringende Angelegenheit führt Sie denn zu mir, Herr Kommissar?«

»Exkommissar«, sagte de Jong. »Es geht um einen Mann, der einmal für Sie gearbeitet hat. Ein gewisser Jean-Marie Rambeaux.«

»Rambeaux.« Sie sprach den Namen langsam aus und schien seinem Klang nachzuhorchen. »Das ist aber lange her. Bestimmt an die zehn Jahre oder so. Schnee von vorgestern.«

»Würden Sie mir trotzdem verraten, wie gut Sie ihn kannten?«

Frau Nevinghoff starrte de Jong eine Weile an. Immer noch schien sie sich in der Vergangenheit aufzuhalten, während sich ihr Mund allmählich zu einem breiten Grinsen verzog. »Ach, diese Geschichte.«

»Welche Geschichte?«

»Er hat Ihnen erzählt, er hätte was mit mir gehabt, richtig?«

»Und das stimmte gar nicht?«

»Die offizielle Version lautete, dass er mich sexuell belästigt hat.«

»Und die Wirklichkeit?«

Sie machte eine wegwerfende Geste und verschüttete beinahe ihren Drink. »Sie haben recht, auch diese Version war erfunden. Mir fiel damals nur keine bessere Lösung ein.«

»Eine Lösung wofür denn?«

»Ihn loszuwerden. Der Mann hatte mich auf dreiste Weise bestohlen. Anderthalb Millionen Euro, die ich für zwei englische Top-Springpferde ausgeben wollte. Nur war die Polizei damals genauso unfähig wie heute. Unfähig, ihm etwas nachzuweisen. Also gut, dann eben nicht. Aber hier bleiben konnte er auch nicht.«

»Sie meinen, Sie haben ihn beschuldigt, aber er hat es abgestritten?«

»Was hätten Sie denn gemacht?«

»Sie haben recht«, meinte de Jong. »Vielleicht hätte ich es auch mit sexueller Belästigung versucht.«

Kira Nevinghoff goss sich nach, trat neben de Jong und sah mit ihm nach draußen auf die Weide hinaus, auf die ländliche Idylle, die unter dem bleigrauen Himmel nur noch halb so idyllisch aussah. Weit hinten am äußersten Horizont schimmerte wie durchsichtig die winzige Silhouette eines Kirchturms.

»Wollen Sie wissen, welche Abi-Note ich hatte, Herr Kommissar?«

»Wie wir beide doch längst wissen, bin ich kein Kommissar.«

»Eins Komma null. In Tennis war ich die beste. Und dann das Reiten. Da konnte mich auch keiner schlagen. Meine Eltern waren stolz auf mich.«

»Sicher mit Recht«, sagte de Jong.

»Aber ich sage Ihnen mal was: Ich hasse Reiten. Mehr als Zähne ziehen. Das hätten Sie jetzt nicht gedacht, was?«

»Gedacht nicht, aber ehrlich gesagt, habe ich so etwas läuten gehört.«

»Nicht nur Reiten. Ich hasse Pferde. Kann die vermaledeiten Viecher auf den Tod nicht ausstehen. Wenn's nach mir ginge, sollte man sie zum Abschuss freigeben.«

De Jong wartete ab in der Vermutung, dass die Hausherrin sich etwas von der Seele reden wollte. Und sie nahm sogar ihre Finger zu Hilfe, um die Punkte abzuzählen: »Der übelkeitserregende Geruch, der einem den Atem nimmt. Das nervtötende Gewieher, vor dem man nicht mal nachts seine Ruhe hat. Der berühmte Pferdeblick, der einem angeblich durch und durch gehen soll, dabei nur ein einziger Ausbund von spatzenhirniger Dämlichkeit ist. Und dann die Pferdeäpfel. Die vor allem. Pferdeäpfel, egal, wo du hintrittst. Selbst Affenscheiße riecht besser. Und ehrlich, wenn Sie mich fragen, ich weiß zum Verrecken nicht, was die mit Äpfeln zu tun haben sollen.«

»Ich frage Sie natürlich gern«, sagte de Jong hilfsbereit. »Abgesehen davon kann ich mir gut vorstellen, dass es nicht leicht ist, in einer Familie wie der Ihren aufzuwachsen. Bei jedem Wettkampf die Erste sein zu müssen, immer die besten Noten nach Hause zu bringen.«

Kira presste die Lippen aufeinander. »Ach, das können Sie sich vorstellen?« Zweifelnd schüttelte sie den Kopf und berührte ihre eng frisierten Haare, die dieses Mal leicht in Unordnung gerieten. Was sie lebendiger aussehen ließ, wie de Jong fand. »Was rede ich, Reiten ist doch gar nicht so übel. Nein, wirklich nicht. Mein Vater sagte immer: Der Mensch oben, der Gaul unten.« Sie hob ihr Glas in seine Richtung. »Das ist immerhin besser als umgekehrt.«

De Jong schwieg, weil er vermutete, dass eine unglückliche Seele wie die ihre sich lieber hinter harten Worten versteckte als sich ihrem Unglück zu stellen. »Lassen Sie sich von der Presse nicht verrückt machen«, meinte er. »Sie sind keine Schneekönigin. Die Schneekönigin gibt es nur im Märchen.«

Kira Nevinghoff nickte. Nach wie vor hielt sie die Lippen zusammengepresst, aber immerhin nickte sie. »Wollen Sie auch etwas zu trinken?«, fragte sie schließlich.

»Gern«, sagte de Jong. »Vielleicht einen Orangensaft?«

Sie ging zur Tür und rief etwas. Kurz darauf betrat James Cagney alias Kerkerink mit einem silbernen Tablett, auf dem sich ein Glas und eine Karaffe mit Orangensaft befanden, das Zimmer. Ohne de Jong eines Blickes zu würdigen, stellte er beides auf den Tisch, goss Saft ein und entfernte sich wieder.

»Ich kann Ihnen gut nachfühlen, dass Sie ausbrechen wollten«, sagte de Jong, sobald sich die Tür hinter Kerkerink geschlossen hatte. »Aus dieser glamourösen Welt, die trotzdem den Muff eines Pferdestalls ausstrahlt. Aus einer Welt, in der man sich kaufen könnte, was immer man will, aber dann muss es doch immer wieder ein neues Pferd sein. Verständlich, dass Sie es als durch und durch ungerecht empfinden, von der Presse als kalt und herzlos dargestellt zu werden, während man Ihren Widersacher zum warmherzigen Helden der Ausgebeuteten stilisiert.«

Frau Nevinghoff antwortete nicht, nahm einen Schluck aus ihrem Glas.

»Und ich kann mir denken, dass es in Ihnen eine Seite gibt, die von diesem Helden der Herzen beeindruckt ist. Von seiner Unbeugsamkeit. Eine Seite, die ihn um dieses Image beneidet, vielleicht sogar deswegen anhimmelt.«

Auf einmal fühlte de Jong Kiras Nevinghoffs Blick auf sich gerichtet, der misstrauisch war und lauernd. Ihre Körperhaltung war alles andere als entspannt; ihm war klar, dass er dabei war, den kleinen, fast schon intimen Moment der Ehrlichkeit zwischen ihnen zu zerstören. Aber er war schließlich nicht zum Plaudern hier und außerdem konnte er jetzt auch nicht mehr zurück.

»Vielleicht haben Sie ja heimlich gehofft, dass von Langhorns Charisma, von seiner Glorie ein wenig auf Sie übergeht, wenn Sie seine Geliebte werden.«

»Was erlauben Sie sich ...«, zischte sie wütend. »Wie kommen Sie auf die Idee, dass ich mit diesem Kerl ...?«

»Also stimmt es nicht? Sie verabscheuen ihn?«

Frau Nevinghoff atmete schnaufend ein und aus. Dann ging sie zur Tür, öffnete sie und stand mit vor der Brust verschränkten Armen in der Türfüllung. »Das Gespräch ist zu Ende, Herr Kommissar.«

»De Jong«, sagte de Jong. »Natürlich muss alles geheim bleiben. Wenn Ihre Affäre bekannt würde, wäre der Nimbus des Commandante unwiederbringlich zerstört. Der unbeugsame Held der Proletarifizierung wäre eine Lachnummer.«

»Sie sind widerlich.« Kira Nevinghoffs Gesicht zerknitterte. Ihre maskenhafte Schönheit war dahin, wie de Jong mit Bedauern zur Kenntnis nahm. Ihre Stimme zitterte vor Wut. »Was Sie tun, ist widerlich. Sie und diese Kerle von der Presse, die immer das Gleiche schreiben, ganz egal, ob es stimmt oder nicht.«

»Sie haben recht«, sagte de Jong, »es sind ja auch nur Mutmaßungen. Mich interessiert nicht, mit wem Sie zusammen sind, heimlich oder nicht. Ich möchte nur wissen, wer den Türmer von Münster ermordet hat.«

Frau Nevinghoff stand immer noch in der Türfüllung und machte eine Geste, die offenbar ihrem Angestellten galt. »Sie glotzen in jedes Schlafzimmer, nichts ist Ihnen heilig. Dass Gefühle auch echt sein können, dass würde Ihnen niemals in den Sinn kommen!«

Zu ihr war jetzt Kerkerink gestoßen, der seine Ähnlichkeit mit James Cagney komplett abgelegt hatte; so, wie er da stand, breitbeinig, mit einem auf de Jong gerichteten tödlichen Blick, glich er eher einem etwas zu klein geratenen Rachengel, der Mühe hat, Gefährlichkeit auszustrahlen, weil er anstelle eines Flammenschwerts eine Mistgabel präsentiert.

»Machen Sie, dass Sie rauskommen!«, zischte die Hausherrin eisig.

De Jong musste sich an der Mistgabel vorbeischieben, um zum Ausgang zu gelangen. »Es tut mir leid, Ihnen zu nahe zu treten«, sagte er, »aber ich brauche Antworten. Ich denke, ich habe jetzt eine. Und übrigens: Jean-Marie Rambeaux hat mir nichts erzählt. Jemand hat ihn erschlagen und seine Leiche im Venner Moor versenkt.«

* * *

Für den Rückweg in die Stadt erwischte er dieses Mal auch ein Taxi. Ein Vortrag über die weltweite Verschwörung gegen den Autofahrer blieb ihm erspart, des Taxifahrers Thema waren E-Scooter, der neue fahrbare Untersatz für die Touristen in der Stadt. Ja, und die Massen von Radfahrern, die er mehrmals als verkehrsuntaugliche Analphabeten bezeichnete. Sie gingen ihm so sehr auf den Zeiger, dass er, wie er de Jong anvertraute, nachts regelmäßig auf die Promenade schleiche, um dort Glassplitter auszustreuen. De Jong ärgerte sich und stieg früher aus, als er geplant hatte, ging den Rest zu Fuß. Unterwegs sprach er Bühlow auf die Mailbox, bat ihn herauszufinden, was mit dem Diebstahl vor zehn Jahren bei Nevinghoffs gewesen sei und welche Rolle Rambeaux dabei gespielt habe.

Als er gegen neunzehn Uhr an Bord des *Alten Mädchens* ging, hielt er vergeblich Ausschau nach Konrad

Spohn, von dem er sich wenigstens erhofft hatte, dass er mit einem Abendessen aufwarten würde.

»Ahoi, Sie da an Bord!« Es war eine bekannte Stimme.

De Jong brauchte einen Moment, um sie als die Schmedebachs zu identifizieren, weil er den Tabakhändler einfach nicht mit diesem Ort in Verbindung brachte. »Was treibt Sie denn hierher, Herr Schmedebach?«

Schmedebach nahm das als Einladung, an Bord zu kommen. »Nun, ich war gerade in der Nähe, und da dachte ich, warum schaue ich nicht mal vorbei und mache einem meiner langjährigen Stammkunden einen Hausbesuch.«

»Eigentlich ist es ja ein Boot«, sagte de Jong.

Schmedebach kam an Bord. Er trug immer noch die Hose vom Mittag, der Ketchup-Fleck auf dem rechten Hosenbein war unübersehbar. Der Ladenbesitzer hatte einen langsamen, schleppenden Gang. Die Geschäftsaufgabe schien ihm zu schaffen zu machen.

»Kann ich Ihnen etwas anbieten? Tee? Orangensaft? Ein Bier?«

»Ach, dann nehme ich lieber einen Kurzen.« Das also war die Ursache für den schwankenden Gang und die umständliche Art, wie Schmedebach am Tisch auf dem Achterdeck Platz nahm: Es war nicht der erste Kurze, den er sich heute genehmigte. »Schön haben Sie's hier, wirklich.«

De Jong ging hinein und kramte in der Küche, bis er eine noch ungeöffnete Flasche Wodka fand, die irgendjemand ihm mal als Mitbringsel überreicht hatte. Er nahm die Flasche und zwei Gläser und kehrte auf das Achterdeck zurück. Öffnete sie, goss ihnen beiden ein und nahm seinem Gast gegenüber Platz. »Das Ausmaß Ihrer Kundenpflege ist beeindruckend«, lobte er.

»Das können Sie laut sagen, de Jong.« Schmedebach ergriff sein Glas und prostete de Jong zu. »Auf Ihr Spezielles.«

De Jong prostete zurück, nahm aber nur einen winzigen Höflichkeits-Schluck. Wodka war nicht so sein Ding.

Eine Weile saßen die Männer schweigend da. Abgesehen davon, dass Schmedebach in regelmäßigen Abständen tief seufzte. Das Wetter hatte sich längst wieder gefangen. Nur für wenige Stunden war es der Wolkendecke am Nachmittag gelungen, schlechte Stimmung zu verbreiten. Dann hatte sie aufgegeben, war in Fetzen gerissen und schließlich ganz verschwunden.

Der Einzelhändler seufzte wieder.

»Ein schöner Abend, nicht wahr?«, sagte de Jong.

Schmedebach überhörte die Bemerkung komplett; sie passte wohl nicht in sein Universum voller Düsternis und Verfall. »Mein Vater, Gott hab ihn selig, hat sich nie mit mir verstanden«, sagte er. »Wir waren irgendwie kein gutes Team.«

»Das tut mir leid.«

»Was ich auch angefasst habe, es ging irgendwie nicht gut. Jedenfalls nicht so, dass es ihn zufrieden gemacht hätte. Dass er es bewundert hätte. Na ja, sagte er immer, da kannst du ja noch dran arbeiten. Und dann hat er so seltsam geguckt. Skeptisch. Nicht überzeugt. So als würde es auch nichts bringen, wenn ich dran arbeitete.« Schmedebach hob das kleine Glas, das de Jong wieder gefüllt hatte. »Zum Wohl.«

»Gleichfalls«, sagte de Jong, hob auch sein Glas, stellte es aber unverrichteter Dinge wieder hin.

»Und das ist ja klar, ich meine: Wenn dir einer ständig über die Schulter guckt und denkt, jetzt sieh dir das an, da versemmelt er es schon wieder, genau wie ich gesagt habe! Dann ist doch klar, dass du es versemmelst, oder nicht?«

»Kann schon sein«, sagte de Jong.

»Ich glaube, er war davon überzeugt, dass aus mir nichts werden kann. Warum? Keine Ahnung. Irgendwie hat er nicht daran geglaubt. Vielleicht, weil aus ihm selbst ja auch nicht so viel geworden ist. Abteilungsleiter in einer Firma, die Toilettendeckel hergestellt hat.«

»Immerhin.«

»Oder er *wollte* nicht dran glauben. Vielleicht hat er sich gesagt, mein Junge soll es möglichst nicht besser haben als ich es hatte. Was meinen Sie?«

»Das lässt sich jetzt wohl nicht mehr klären.«

»Aber nicht mit mir, habe ich gedacht. Nicht mit mir. Ich werde es dir zeigen, hab ich gedacht. Bleib du nur bei deinen Toilettendeckeln, aber aus mir wird was. Du wirst schon sehen.«

»Bravo«, sagte de Jong.

»Ich war fest entschlossen, ihn Lügen zu strafen, und eine Zeit lang hat es ja tatsächlich so ausgesehen, als würde es mir gelingen. Tja …«

De Jong wartete.

Es dauerte noch einen weiteren Drink, dem ein unterdrückter Rülpser folgte, bis Schmedebach den Faden wieder aufnahm. »Eben nur fast. Es wäre mir fast gelungen. Und wissen Sie, was dann passiert ist?«

De Jong überlegte. »Es ist etwas dazwischengekommen?«

»Ich hab's eben doch versemmelt. So sieht's nun mal aus. Ich hab's gründlich versemmelt. Verstehen Sie: nicht so wie sonst. Dieses Mal gründlicher.«

»Denken Sie ein bisschen positiver«, riet de Jong und blinzelte in die Abendsonne. »Wissen Sie noch: Alles geht den Bach hinunter, das ist ganz normal, reine Physik. Nichts geht ihn hinauf, so ist der Lauf der Dinge. Es sei denn, Sie tun was. Waten gegen die Strömung. Tabakläden werden auch weiterhin gebraucht, glauben Sie mir. Besonders wenn sie auch noch Süßigkeiten und salziges Lakritz im Sortiment haben.«

Schmedebach nickte. Ansonsten schwieg er, das Nicken wurde immer flacher, sodass de Jong sich schon bald nicht mehr sicher war, ob Schmedebach wirklich nickte oder vielleicht wegdöste, und bloß der Kopf vom Wind, der gerade aufgekommen war, bewegt wurde. Endlich leuchtete ihm ein, wieso man von »Einnicken« sprach.

Dann kam ruckartig wieder Leben in Schmedebach. »Was denken Sie, de Jong, kann man Dinge ungeschehen machen?«

»Was für Dinge?«

»Egal. Ganz allgemein.«

»Ganz allgemein hängt es immer davon ab«, sagte de Jong vage.

Das Nicken kam wieder, dieses Mal aber deutlicher. »Hab ich mir schon gedacht, de Jong. Das ist eine knifflige Sache. Sie gehen beichten und denken, die Sache ist wieder im Lot, stimmt's?«

»Beichten?«, wunderte sich de Jong. »Ich hätte Sie nicht für den religiösen Typ gehalten.«

»Das war doch nur ein Beispiel. Sie machen das, um die Sache aus der Welt zu schaffen. Naja, aus dieser Welt.«

»Vielleicht. Aber Sie machen sie eben nicht ungeschehen. Das ist was anderes.«

»Naja, aber doch so gut wie.«

»Wenn Ihnen das reicht.«

Schmedebach entließ einen weiteren tiefen Seufzer. Und er bekam noch einen weiteren Kurzen, wobei de Jong inzwischen erwog, die Flasche vom Tisch zu nehmen. Schließlich musste sein Gast ja noch nach Haus radeln.

»Nein, Sie haben recht, de Jong: Das alles ist nichts als ein Riesenbeschiss.« Schmedebach erhob sich ächzend, schwankte bedenklich, pendelte sich aber wieder ein. Er legte den rechten Zeigefinger an die Stirn, als befände sich dort eine Hutkrempe. »Ich bedanke mich für die nette Bewirtung.«

»Nicht dafür«, sagte de Jong.

»Ich werde dann mal wieder. Will Sie nicht weiter aufhalten. Sie haben sicher zu tun.« Schmedebach schritt vorsichtig voran, wie ein Taucher auf dem Meeresboden. Über die kurze Planke vom Boot ans Ufer schaffte er es mit Bravour. An Land angekommen drehte er sich noch einmal um: »Was ich eben gesagt habe: dass ich einen langjährigen Stammkunden besuchen wollte, das stimmt nicht so ganz.«

»Hab ich mir schon gedacht«, sagte de Jong.

»Tut mir leid, dass ich Sie vollgequatscht habe. Aber ich hab was für Sie.« Schmedebach tastete in seinen Jackentaschen und förderte eine zerknitterte Papiertüte mit Lakritzen zutage. »Hätte ich beinahe vergessen ...«

»Das war doch nicht nötig.« De Jong wollte seinem Gast nicht noch einen wackeligen Gang über die Planke zumuten, also eilte er an Land und nahm die Tüte entgegen. »Kommen Sie gut nach Hause, Schmedebach.« Er kehrte auf das *Alte Mädchen* zurück, blieb eine Weile an der Reling stehen und sah dem Noch-Besitzer von Schmedebachs Tabakladen dabei zu, wie er erst versuchte, das falsche Fahrrad aufzuschließen, dann zu einem weiteren Laternenmast wechselte und auf das eigene Gefährt stieß. Wie er aufstieg, für einen Moment umzukippen drohte und dann in anmutigen Schlangenbewegungen davonfuhr.

Schmedebach und sein unzufriedener Vater. Das war weiß Gott keine schöne Geschichte; andererseits hätte de Jong sich auch sehr gewundert, wenn ausgerechnet der König der Schwarzseher auf eine unbeschwerte Kindheit zurückgeblickt hätte. Immer noch wunderte er sich, dass Schmedebach den ganzen Weg zu ihm unternommen hatte, um ihm das zu erzählen, als wäre es etwas, das man sich unbedingt und mit massiver alkoholischer Hilfe von der Seele reden musste. Dass alles den Bach herunter ging. De Jong machte sich klar, dass es für Schmedebach nicht leicht sein konnte, sich den harten Realitäten zu stellen. Wie zum Beispiel der, dass er jetzt, ohne seinen Laden, ohne seine Registrierkasse und ohne seine Kunden, nur ein alter Mann war, ganz für sich allein, der einfach keine andere Wahl hatte, als hin und wieder »Hausbesuche« zu machen, wenn er jemanden vollquatschen wollte.

26. Kapitel

In der Nacht kam dann doch das Gewitter. Die Regenwolken selbst schienen zu wissen, was sich gehörte: Sie ließen den Menschen der Stadt ihren Sommerabend, warteten in aller Ruhe ab, bis sie in den Straßenrestaurants aufgegessen, dann gezahlt hatten und seelenruhig nach Hause geschlendert waren. Einander für diesen wunderschönen Abend gedankt hatten. Sich zu Bett begeben hatten, allein oder in Gesellschaft.

Aber dann, so gegen halb zwei in der Nacht, stürzte sich der Regen mit einer seit Stunden aufgestauten Wut auf alle Dächer, Straßen und Gehwege, drosch auf alles ein – ganz besonders, wie es schien, auf Hausboote. Wutentbrannt hämmerte Wasser auf das Dach, unterstützt von aggressiven Böen, die das *Alte Mädchen* hin und her warfen, als befände es sich draußen vor Kap Hoorn auf schwerer See. Spohn, der noch rechtzeitig in der Nacht zurückgekehrt sein musste, hatte einen seligen Schlaf und schnarchte, was das Zeug hielt. Aber gegen den

Lärm da draußen kam auch sein Gesäge, das sonst Tote aufzuwecken vermochte, nicht an. De Jong verbrachte die halbe Nacht damit, in Unterhosen herumzulaufen und hektisch Gefäße an den Stellen zu platzieren, wo Wasser durch das undichte Dach plätscherte. Um ihn herum krachten Donnersalven, und zackige Blitze illuminierten das Spektakel mit unwirklich gelbem Licht.

Irgendwann verlor das Unwetter die Lust am Randalieren, und der darauf folgende Morgen bot ein ähnliches Bild wie der nach jener denkwürdigen Nacht, in der der Türmer vom Turm gestürzt war: Er tat so, als wäre nichts geschehen, übertrieb es mit der sommerlichen Idylle, offenbar um von einzelnen verräterischen Pfützen abzulenken, die auf den Gehwegen und auf dem Deck des *Alten Mädchens* in der Sonne glänzten.

De Jong leerte die Auffanggefäße im Spülbecken aus und sorgte für Durchzug, um den muffigen Geruch nach feuchtem Holz zu vertreiben. Gegen zehn Uhr – aus der Koje seines Dauergastes drang ein unaufdringliches Schnarchgeräusch, das an Entengeschnatter erinnerte – machte er sich zum *Guantanamera* auf. Dieses Mal wollte er in der stickigen Spelunke aber nicht den Commandante treffen, sondern Hauptkommissar Achim Bühlow, der ihn schon an einem der winzigen Tische erwartete und den Blick über die sepiafarbene Fotogalerie veralteter Revolutionäre gleiten ließ.

»Vor acht Jahren«, berichtete er, »am 2. Oktober 2012, wurden zwei Männer wegen schweren Diebstahls verurteilt: Koemann Jürgen und Kaczmarek Milan. Ihnen wurde vorgeworfen, Bargeld in Höhe von 1,3 Millionen Euro aus einem Safe im Haus der Nevinghoffs entwendet zu haben. Genau.«

»Sehr interessant«, meinte de Jong. Die Bedienung kam, und er bestellte ein Campesino-Frühstück: Wie sich kurz darauf herausstellte, bestand es nur aus lauwarmem, dafür recht bitterem Kaffee, einem aufgebackenen und trotzdem schlaffen Croissant und einer Schale ungesalzener Erdnüsse.

»Die beiden haben sich als Mitarbeiter einer Sanitär-Firma ausgegeben«, erzählte der junge Kommissar. »Irgendwer musste ihnen aber einen Tipp gegeben haben, sodass man auf Rambeaux kam, der damals als Pferdeknecht bei Nevinghoffs beschäftigt war. Allerdings konnte man ihm die Tat nicht nachweisen.« Bühlow hob den Zeigefinger. »Und auch das Geld wurde nie gefunden. Die Verurteilungen erfolgten aufgrund von Geständnissen.«

»Acht Jahre«, sagte de Jong.

»Genau. Koemann und Kaczmarek wurden vor einem halben Jahr aus dem Knast entlassen.«

»Das passt doch.«

»Aber was hat das mit unseren Morden zu tun?«

»Rambeaux wurde rausgeschmissen. Zu Unrecht des Diebstahls verdächtigt. Und da man ihm nichts nachweisen konnte, beschuldigte Kira Nevinghoff ihn, sie sexuell belästigt zu haben. Nicht gerade ein schönes Ende einer Arbeitsbeziehung.«

»Er hatte eine Rechnung mit ihr offen«, sagte Bühlow. »Genau.«

»Rambeaux wurde Schnorrer und traf irgendwann seinen alten Schulkameraden Schöpping wieder. Das war nicht nur irgendein zufälliges Wiedersehen. Schöpping hat seinen alten Kumpel sogar oben auf dem Turm nächtigen lassen, da bin ich ziemlich sicher. Der war immer noch stinksauer auf Kira Nevinghoff, die ihn in den Knast bringen wollte. Und Schöpping hat die Nevinghoff im Bett mit seinem großen Idol, dem Commandante, erwischt. Sie beschließen also, gemeinsam Langhorn zu erpressen, vielleicht als eine Art Schadensersatz für beide. Langhorn lässt sich das aber nicht bieten. Zuerst schickt er Platzek und Zumbrinck los, zwei seiner Fans, die gern auch mal Prügelarbeiten für ihn übernehmen. Aber die erreichen nicht viel. Schließlich gibt es nur einen nachhaltigen Weg, jemanden davon abzuhalten, etwas auszuplaudern.«

»Man bringt ihn endgültig zum Schweigen.«

»Also ermordet er zuerst Rambeaux, was niemand merkt, weil keiner den Schnorrer vermisst. Und dann kreuzt er eines Nachts in der Turmstube auf.«

»Aber das alles sind leider nur Vermutungen«, sagte Bühlow.

»Mag sein. Deshalb brauchen wir dringend ein Geständnis.«

»Aber was sollte diesen Commandante dazu bringen zu gestehen?«

De Jong bemerkte Annerose, die Antifa-Frau, die sich aus dem Pulk am Tresen schälte und mit einer frischen Zigarette zwischen den Lippen den Ausgang ansteuerte, um draußen eine zu rauchen. »Ganz einfach«, sagte er. »Wir locken ihn aus der Reserve. Konfrontieren ihn mit der Wahrheit.«

»Wir tun was?«

»Konfrontation. Eine bewährte Technik in der Kriminalistik. Man begibt sich mit dem Beschuldigten an den Ort, wo das Verbrechen geschehen ist. Dann spielt man das Szenario detailgetreu durch. Was passiert? Der Mörder knickt ein und gesteht. Naja, meistens jedenfalls.« De Jong grinste zuversichtlich in Bühlows skeptisches Gesicht. »Keine Sorge, das klappt schon. Die Kriminalliteratur ist voll von Beispielen dafür.«

* * *

Noch bevor sie ihr Frühstück gezahlt hatten, wählte de Jong die Nummer des Commandante und erreichte ihn auf Anhieb.

»De Jong hier«, sagte der Exkommissar. »Sie wissen schon: Ich bin der, der Ihr Buch gelesen hat.«

»Wie schön, Herr Kommissar«, sagte Langhorn, in seiner Stimme schwang ein wenig begeisterter Unterton mit. »Hören Sie, ich bin im Moment auf einem Workshop. Kreative Formen des Widerstands. Da passt es ganz schlecht.«

»Kreative Formen: zum Beispiel Kotzattacken?«, flachste de Jong. »Aber Sie wissen doch noch gar nicht, was schlecht passt.«

»Das Telefonat meine ich. Wir sitzen hier gerade in einer Stuhlrunde und wollen anschließend zum Mittagessen …«

»Nur eine Sekunde.« De Jong las laut aus dem Klappentext von *Biegen und Brechen*, das vor ihm auf dem Tisch lag: »Der Autor mutet dem Leser einiges zu, indem er sich nicht scheut, heiße Themen anzufassen. Stets bleibt er unbequem und immer er selbst, eben auf Biegen und Brechen, und das auf eine spannende Art und Weise, dass Sie das Buch ganz sicher nicht mehr aus der Hand legen werden.«

»Wer hat das geschrieben?«, unterbrach Langhorn etwas gnädiger.

»Das steht im Klappentext Ihres Buches.«

»Okay, wer immer diese Zeilen geschrieben hat, der wusste, was er da …«

»Ach, kommen Sie, die Klappentexte werden doch so gut wie immer von den Autoren selbst verfasst. Also gratulieren Sie sich nicht auch noch dazu, wie gekonnt Sie sich selbst loben.«

Der Ton am anderen Ende kühlte deutlich ab. »Wollen Sie mir nicht einfach sagen, was Sie auf dem Herzen haben, Herr Kommissar?«

»Ehemaliger Kommissar«, verbesserte ihn de Jong. »Was würden Sie sagen, Herr Langhorn, wenn diese von mir zitierten Zeilen stark übertrieben wären? Was, wenn sie so stark übertrieben wären, dass, wenn die Presse davon Wind bekäme, sie den berühmten Commandante zum Frühstück verspeisen würde? Und was würden all die kleinen Leute von ihm denken, die ja bisher davon ausgegangen waren, dass er ihr großer strahlender Held ist?«

»Wissen Sie was, ich lege jetzt auf.« Am anderen Ende wurde es still, man hörte leise Hintergrundgeräusche, die wohl vom Stuhlkreis stammten. Aber Langhorn legte nicht auf. Er wartete, auf was auch immer.

»Na schön«, sagte de Jong. »Ich werde heute so um neunzehn Uhr dort oben in der Turmstube sein. St. Lamberti. Sie wissen sicher, wo das ist.«

»Sie meinen den Turm, auf dem dieser Glöckner von Notre Dame gehaust hat?«

»Exakt. Wenn Sie Lust und Zeit haben, kommen Sie doch einfach dazu. Ich kann Ihnen etwas sehr Interessantes zeigen«, versprach der Exkommissar, und bevor er die Verbindung unterbrach: »Übrigens, Glöckner sind für das Geläut zuständig. Ein völlig anderer Job. Schöpping war Türmer.«

* * *

Am Nachmittag begab sich de Jong in die Untersuchungshaft, um seinem alten Freund beizustehen, der unerwarteterweise in ein seelisches Tief gestürzt war. Eugen Küppers hatte die Phase der euphorischen Siegesgewissheit hinter sich gelassen und wurde plötzlich von argen Gewissensbissen geplagt: Schlimm genug, dass sie den falschen, nämlich Küppers, erwischt hätten, sodass »da draußen« jetzt die Frau herumlaufe, frei und ungestört herumlaufe, die ihren Ehemann kaltblütig ermordet habe. Gerresheim, diesen armen Mann – zugegeben, sie hätten sich nicht besonders gut verstanden, aber ehrlich gesagt seien sie auch nicht wirklich verfeindet gewesen, es habe sich bei den Nickeligkeiten eher um ein Spiel gehandelt. Am allerschlimmsten sei dabei, dass Küppers selbst Erleichterung empfunden habe, als er von dem Mord erfahren habe, was ihn zumindest der geistigen Täterschaft schuldig mache. Dieser klammheimlichen Freude sei es zu verdanken, dass er völlig zurecht hier einsitze …

»Klammheimliche Freude«, amüsierte sich de Jong. »Anstatt wie andere Leute zu schlafen, hast du dir nachts genüsslich und in allen Einzelheiten ausgemalt, wie man Gerresheim besonders grausam ermorden könnte.«

»Aber das meine ich doch!« Küppers stand da, in bußfertiger Zerknirschung, den anklagenden Finger auf sein

Spiegelbild im Fenster gerichtet. »Niklas, du hast völlig recht: Ich habe es mir ausgemalt. Alles bis ins kleinste Detail. Und es hat mir Genugtuung bereitet. Heimliche Lust sogar.« Er schüttelte den Kopf voller Abscheu. »Das ist nicht anständig. Das ist widerwärtig. Der arme Mann konnte schließlich nichts dafür, dass er neben mir wohnte. Dieser aufrechte Lehrer für Geschichte ...«

»Jetzt hör aber mal auf«, sagte de Jong. »Denkst du vielleicht, es würde dir beim Jüngsten Gericht irgendeine Strafminderung einbringen, wenn du hier auf diese erbärmliche Art herumjammerst?«

»Strafminderung«, wiederholte Küppers. »Jüngstes Gericht? Mika sagt, dass sie kurz davor sind, Bapsi festzunageln. Dass ich mir keine Sorgen machen soll, weil die Sache für mich gut ausgeht.«

»Mika?«

»Mika de Fries, meine Anwältin. Dr. de Fries. Sehr nett. Sehr ansehnlich. – Anständig, wollte ich sagen.«

»Okay«, sagte de Jong. Er konnte nicht verhindern, dass in seiner Stimme ein ansatzweise beleidigter Unterton mitschwang: »Wenn sie so ansehnlich ist, wird meine Hilfe ja offenbar nicht mehr benötigt.«

»Aber du verstehst nicht!« Küppers rang die Hände in wehleidiger Zerknirschung. »Vielleicht löst sich bald alles in Wohlgefallen auf. Nur, was dann? – Das macht den armen Mann schließlich nicht wieder lebendig.«

»Richtig«, gab de Jong zu. »Aber falls du da irgendwas drehen willst, such dir lieber jemand anderen.«

Von der JVA fuhr er direkt nach St. Lamberti. Unterwegs versuchte er, Eleni zu erreichen, die ehemalige Flamme von Aristoteles, die bei Gerresheims anderen Nachbarn nach dem Haushalt sah; vielleicht konnte er von ihr ja noch Sachdienliches über den »aufrechten Nachbarn« erfahren. Leider erreichte er nur die Mailbox.

Um zehn vor sieben traf er vor dem Lambertikirchturm ein. Schwer atmend wie immer stolperte er in die Turmstube um 18.57 Uhr. Bühlow hatte versprochen, spätestens um sieben da zu sein, ließ aber noch auf sich warten.

Es war ein traumhafter Abend. Durch die offene Tür genoss de Jong einen vorsichtigen Blick über die historischen Dächer der Stadt, die von einem leuchtend goldenen Sonnenlicht übergossen wurden, das gar nicht recht zu einer westfälischen Metropole passte; so stellte de Jong sich den Abendhimmel über Marrakesch oder Timbuktu vor. Voll und ganz mit Staunen beschäftigt, bemerkte er gar nicht, dass die Zeit verging, und als er hinter sich ein Geräusch vernahm, war es schon zehn nach sieben. »Na endlich«, sagte er und drehte sich um.

Aber es war nicht wie erwartet Achim Bühlow, sondern Langhorn, der Commandante.

»Freuen Sie sich aber nicht zu früh«, schnauzte der Ankömmling, der sich ganz offensichtlich im Kampfmodus befand, anstelle einer Begrüßung. »Falls Sie denken sollten, Herr Polizist ...«

»Ehemaliger Polizist«, verbesserte de Jong.

»Einmal Bulle, immer Bulle.« Langhorn trug eine nietenbesetzte, schwarze Lederjacke, sein Gesicht war gerötet, möglicherweise alkohol- oder auch bluthochdruckbedingt. Die spätrevolutionäre Jovialität war komplett von ihm abgefallen; er schien sich ganz bewusst für ein Rockeroutfit entschieden zu haben. »Werten Sie mein Kommen bloß nicht als Schuldeingeständnis. Ich bin nur immer gern darüber informiert, mit welchem Dreck man mich bewerfen will.«

»Wie wär's«, schlug der Exkommissar freundlich vor, »wenn jeder von uns nur mit dem Dreck wirft, den der jeweils andere am Stecken hat?«

»Sehr witzig.« Langhorns Grinsen war essigsauer. »Denken Sie vielleicht, das wäre neu für mich? Dass Medien, Behörden, sogenannte soziale Netzwerke über mich herfallen, mich in den Dreck ziehen und zum Schweigen bringen wollen? Weil die Wahrheit immer unbequem ist? Glauben Sie mir, das ist nichts Neues für mich. An so was bin ich gewöhnt.«

»Das ist schon mal sehr beruhigend«, sagte de Jong und machte eine den Raum umfassende Geste. »Sie wissen, dass das der Arbeitsplatz von Ralf Schöpping war?«

Der Commandante verzichtete darauf, dies zu bestätigen, und verschränkte abwartend die Arme vor der Brust.

»Ralf Schöpping, für den Sie übrigens so etwas wie ein Idol waren«, erklärte de Jong und trat neben das Fernrohr, »hat sich ein bisschen in etwas hineingesteigert. In das Gefühl, eine Instanz zu sein, die über Recht und Moral wacht. Diese abgeschiedene Existenz hier oben hat ihn wohl etwas seltsam werden lassen.«

»Seltsam ist gar kein Ausdruck«, bestätigte der Mann in der Lederjacke.

»Er verbrachte eine Menge Zeit an diesem Ort, viel mehr, als er musste. Und wohl auch viel mehr, als gut für ihn war.«

»Sie müssen ihn ja recht gut gekannt haben.«

»Nett, dass Sie das ansprechen«, sagte de Jong. »Ich kannte ihn nämlich gar nicht. Aber Herr Schöpping hat Tagebuch geschrieben – naja, so etwas Ähnliches wie ein Tagebuch. Und darin schreibt er, dass er eines Abends, als er durch dieses Fernrohr blickte, angeblich die Hure Babylon erblickte, wie sie es mit Saulus trieb.«

»Würden Sie zur Sache kommen?«, drängte Langhorn mit einem Blick auf seine Uhr. »Ich habe heute Abend noch Termine.«

»Gern«, sagte de Jong. »Die Hure Babylon, damit meinte der Türmer Frau Kira Nevinghoff. Und Saulus, das sind Sie.«

»Ach nee.« Langhorn lachte trocken. »Das war's schon? Mehr haben Sie nicht?« Die Spannung schien von ihm abzufallen, er wirkte jetzt eher amüsiert als wütend. »Ich bitte Sie, Herr Kommissar, dafür haben Sie mich extra herbestellt.«

»Verstehen Sie mich nicht falsch, Herr Langhorn, mir ist es völlig egal, mit wem Sie das Bett teilen. Aber für Schöpping war es das nicht. Weil er sich ja als Auge Gottes betrachtete, wie gesagt. Er sah den Mann, den er dafür bewunderte, dass er keine halben Sachen, keine Kompromisse machte, wie er sich mit der Frau im Bett vergnügte, die in dieser Stadt Inbegriff für Mietwucher, Gentrifizierung und Arroganz im Allgemeinen ist. Und für ihn ging eine Welt unter. Wahrscheinlich war es für ihn so, als hätte er den Teufel und den lieben Gott bei einem intimen Techtelmechtel ertappt.«

Der Commandante schien immer noch amüsiert, aber für de Jongs Geschmack trug er das etwas zu sehr zur Schau. »Na und?« Er machte einen Schritt in Richtung de Jong und tippte ihm mit dem Zeigefinger an die Brust. »Ich sag Ihnen mal was, Herr Polizist: Ich bin ein toleranter Mensch. Und wenn ich den Teufel beim Sex mit dem lieben Gott erwischen würde, dann würde ich sagen: okay. Wenn's euch Spaß macht, lasst euch nicht stören.« Der Finger erhob sich belehrend. »So geht Toleranz.«

»Völlig richtig«, stimmte de Jong zu, »nur leider geht es nicht darum, Toleranz für die sexuellen Vorlieben himmlischer Wesen aufzubringen, sondern um ein Mordmotiv.«

»Das wird ja immer hanebüchener.«

»Schöpping drohte nämlich damit, Ihre Affäre mit der Schneekönigin öffentlich zu machen. Und das konnten Sie nicht zulassen. Schließlich hatten Sie einen Ruf zu verlieren.«

»Was dann? Dann hab ich ihn ermordet, oder was?« Der Mann in der Lederjacke lachte kopfschüttelnd in sich hinein, als könnte er so viel Dummheit nicht fassen.

De Jong nickte. »Genau das denke ich, ja.« Dass er zuerst alles abstritt, war ganz normal, dachte de Jong, er hatte ja auch gerade erst angefangen. Allerdings fragte er sich inzwischen auch, wo Bühlow steckte.

Langhorn stand jetzt breitbeinig vor ihm. Er lachte nicht mehr. »Wie sagten Sie noch: Sie sind nicht mehr Bulle, sondern Privatmann?«

»Das ist korrekt.«

»Und dann erlauben Sie sich, mich hierher zu zitieren und unverschämterweise des Mordes zu bezichtigen?«

»Sagen wir nicht unverschämterweise, sondern mit gutem Grund.«

»Was wollen Sie: Geld? Sind Sie ein mieser Erpresser, Herr …«

»De Jong«, sagte de Jong.

»Dann sag ich Ihnen mal eins: Mit solchen Anschuldigungen verärgert man die Leute. Und man sollte sich auch nicht wundern, wenn man eines Tages einen passenden Denkzettel kassiert.«

»Okay«, versicherte der Exkommissar. »Werde ich nicht, versprochen.«

Aber genau dieses Versprechen konnte er nicht halten. Gerade wandte er sich vom Teleskop ab, um an den Schreibtisch zu treten, wo er Langhorn das Klassenfoto mit Schöpping und Rambeaux zeigen wollte. Der Gedanke, dass er sich nachlässig verhielt, kam ihm viel zu spät, nämlich erst in dem Moment, als er hinter sich ein verräterisches Geräusch hörte. Er fuhr herum.

Da stand der Commandante, der das Teleskop vom Stativ gerupft hatte und wie einen Knüppel schwang, um es de Jong über den Schädel zu ziehen. Es gelang nicht ganz, de Jong duckte sich weg, sodass das Rohr sein Ohr streifte und auf die Schulter niedersauste. Trotzdem ging er zu Boden. Nur für einen winzigen Moment, da wollte er sich schon wieder aufrappeln. Aber Langhorn hielt ihn an den Füßen fest. De Jong versuchte zu strampeln und sich zu wehren, wurde aber unerbittlich über den Boden gezogen, über die Türschwelle, hinaus auf die Balustrade. Dann waren seine Füße frei. Die Tür schlug zu. Der Schlüssel drehte sich im Schloss.

27. Kapitel

De Jong machte keinen Mucks. Er wagte nicht zu atmen, spürte den kühlen, steinernen Boden unter sich, hätte sich am liebsten an ihm festgekrallt, wenn er ihm getraut hätte. Aber unter dem Stein, weniger als eine Armlänge entfernt, gähnte bodenlose Tiefe. Und die Balustrade mit ihren gut sechzig Zentimetern Breite – was waren schon sechzig Zentimeter – schien plötzlich geschrumpft auf weniger als eine Handtuchbreite. Die Höhenluft pfiff in seinen Ohren. Von unten, weit unten, drangen Geräusche zu ihm herauf. Touristen auf der Suche nach einem Restaurant. Weit weg, in der Tiefe, in einer anderen Welt. Der Exkommissar spürte ein Rasen in seinem Inneren, eine übelkeitserregende Leere. Und Eiseskälte, die als riesiger Klumpen seinen Magen ausfüllte, sich weiter ausbreitete, in Arme und Beine hinein, bis in die Fingerspitzen. Sein Herz hämmerte wie wild und ließ sich nicht beruhigen.

Ich bleibe hier liegen, sagte er sich wieder und wieder. Ich werde nicht nach unten sehen, auch nicht zur Seite. Überhaupt nirgendwo werde ich hinsehen. Nur liegen bleiben, egal was passiert. Auch wenn es dunkel wird und die Nacht hereinbricht. Wenn es regnet und stürmt. Keine ideale Lösung, ich weiß, aber egal. Ich bleibe hier liegen und rühre mich nicht von der Stelle.

Irgendwo bellte ein Hund. Und eine Frau lachte. Auf Erden unten war es ein schöner Abend.

Natürlich war es keine wirkliche Option, hier liegen zu bleiben. Aber gab es eine andere? Die Angst vor der Tiefe nannte man Höhenangst. Unter anderen Umständen hätte de Jong darüber gewitzelt. Jetzt, wo er in der Klemme saß, fand er das gar nicht komisch. Selbst für ein saures Grinsen bekam er den Mund nicht auseinander.

Und dann, eine Ewigkeit später – mindestens eine Ewigkeit – drehte sich der Schlüssel erneut im Schloss. Kam der Kerl wieder? Nein, dieses Mal war es Bühlow. Endlich: die Rettung! Wo hatte der Mann nur gesteckt?

»Ich hatte noch eine Wohnungsbesichtigung«, entschuldigte sich Bühlow, außer Atem vom Treppensteigen, während er de Jong auf die gleiche Weise wie zuvor der Commandante zurück in die Kammer beförderte, indem er ihn an den Fußgelenken hineinzog. »Bist du okay?«

»Ich dachte, du hättest schon eine Wohnung«, wunderte sich de Jong, während er sich mühsam aufrappelte und den Dreck von seinen Klamotten klopfte. Da saß der Commandante auf dem Schreibtischstuhl, wenn auch nicht freiwillig; Bühlow hatte ihn mit Handschellen daran befestigt.

»Der Vermieter hat es sich anders überlegt«, erklärte der junge Kommissar. »Seine Tochter hat einen Studienplatz ergattert, jetzt macht er Eigenbedarf geltend.« Er deutete auf den Festgenommenen. »Dieser Herr ist mir auf der Treppe begegnet. Wollte sich vom Acker machen.«

»Lass ihn wieder frei«, meinte de Jong. »Er ist allein und wir zu zweit. Außerdem ist das Fernrohr Schrott.«

Langhorn ließ es geschehen und rieb sich in übertriebener Manier die Handgelenke, als hätte man ihn an den Händen aufgehängt.

»Damit ist die Sache ja wohl geklärt«, meinte de Jong. »Der Mordversuch reicht mir als Geständnis.«

»Völliger Blödsinn!« Dem Commandante war trotz Handschellen seine Arroganz nicht abhandengekommen. »Sie haben mich beleidigt und des Mordes beschuldigt. Ich habe Ihnen gesagt, dass Sie sich nicht wundern sollen, wenn jemand sich so was nicht bieten lässt. Niemand wollte Sie ermorden, Herr Kommissar.«

»Exkommissar.«

»Eben. Kommissar außer Dienst. Eine Zivilperson. Sie haben hier niemanden zu vernehmen oder des Mordes zu verdächtigen.«

»Also gut«, sagte de Jong. »Was halten Sie davon, wenn wir die Sache abkürzen, und Sie erzählen uns einfach, wie Sie Herrn Schöpping dort hinuntergestoßen haben.«

»Ich hab ihn nicht umgebracht.«

»Dass Sie das sagen«, sagte de Jong, »wundert mich nicht.«

Der Commandante seufzte. »Also gut. Ich und Kira, wir haben uns da drüben getroffen. Hatten unseren

Spaß. Das ging nur uns etwas an, niemanden sonst. Sollen die Leute sie für eine eiskalte Hexe halten, ich kenne sie besser.«

»Aber Sie haben sie auch für eine gehalten«, sagte de Jong. »Sie ist die Hexe und Sie sind der Hexenbezwinger.«

»Na und? Wir haben beide von dem öffentlichen Image profitiert, sie in ihren Kreisen und ich in meinen. Daran war nichts auszusetzen. Aber dann hat mich dieser Glöckner hier angequatscht. Ob ich ihn noch kennen würde. Und dass er gern die Augen verschließen würde vor dem, was er gesehen habe, doch es nicht könne. Er war echt schräg drauf.«

»Man nennt es Turmkoller, soviel ich weiß«, sagte de Jong.

»Der Kerl hielt sich für Gott persönlich. Schwafelte von Sünde und Verderbnis. Ich hab ihm gesagt, dass ihn das einen Scheiß angeht, aber das sah er anders. Es sei seines Amtes, der Welt mein wahres Ich zu offenbaren. Seine Worte.«

»Hat er Sie erpresst? Wollte er Geld?«, fragte Bühlow.

Der Commandante schüttelte den Kopf. »Keine Chance. Es ging ihm ausschließlich um Rufmord.«

»Also haben Sie ihm ein paar Schläger auf den Hals gehetzt«, sagte de Jong.

Arglosigkeit erhellte Langhorns Miene wie eine späte Sonne. »Von Schlägen war nie die Rede«, sagte er. »Sie haben angeboten, mit dem Mann zu reden. Ihn von seinem Rachefeldzug abzubringen. Dabei ist ihr Temperament etwas mit ihnen durchgegangen.«

»Was ihn aber nur noch entschlossener gemacht hat. Sodass Sie dann nur noch eine Option hatten. Die finale.«

»Außerdem war da ja noch Herr Rambeaux«, fügte Bühlow hinzu. »Er hatte mit Ihrer Gespielin eine Rechnung offen. Rambeaux und Schöpping waren ein Team. Und Sie haben sich gesagt: Wenn man schon eine Sache zu Ende bringt, dann sollte man es ganz tun, nicht wahr?«

Eine Wolke verdunkelte die Sonne der Arglosigkeit. Langhorn, der Unbiegsame, strich mit den Fingern der linken Hand nachdenklich über seinen Bart, in dem de Jong einige graue Strähnen auffielen. Dabei blickte er auf eine Art und Weise in die Ferne, die Weitsicht und Entschlossenheit zugleich ausstrahlte, ganz so wie Ikonen der Revolution in die Ferne blicken, fand jedenfalls der Exkommissar. Staatsmännisch, so wie Walter Ulbricht geschaut hatte, als er der Welt erklärte, dass niemand die Absicht habe, eine Mauer zu errichten. Eine gekonnte Pose, musste de Jong zugeben, für die Kameras einstudiert.

»Ich gebe zu, ich habe Bullen wie euch nie vertraut«, erklärte der Commandante. »Sie sind Handlanger des Systems und letztlich sind sie nur diesem System verpflichtet und nicht der Wahrheit.« Der Blick kehrte unvermittelt aus der Ferne zurück und richtete sich erst feierlich auf Bühlow, dann auf de Jong. »Also bitte, tun Sie das, was Sie für Ihren Job halten und hängen Sie mir etwas an. Machen Sie das, wofür man Sie bezahlt. Mich werden Sie nicht verbiegen. Ich gebe zu, ich bin hier oben gewesen und habe dem Kerl gesagt, wenn er sein verleumderisches Maul nicht halten würde, dann würde es mit ihm schneller bergab gehen, als ihm lieb sein könne.«

»Genau«, sagte Hauptkommissar Bühlow. »Und dann haben Sie …«

»... ihm auch einen dieser Denkzettel verpassen wollen«, fügte de Jong hinzu. »Es kam zu einem Kampf und da ist er dann kopfüber hinuntergestürzt.«

Langhorn schüttelte den Kopf. »Hören Sie, ich bin nicht bescheuert. Und das wissen Sie, auch wenn es Ihnen nicht passt. Sie mögen mich nicht, weil ich das System infrage stelle, das Sie am Leben erhalten. Aber Ihnen ist schon klar, dass ich nicht so blöd bin, wegen einer solchen Sache einen Mord zu riskieren.«

»Genau so könnte es ja funktionieren«, beharrte de Jong. »Sie bilden sich ein zu wissen, wie wir ticken. Dass wir sagen werden: So blöd wird er nicht sein, wegen so was zwei Männer umzubringen. Also suchen wir den Mörder woanders. Und Sie, Herr Langhorn, kämen damit durch.«

De Jong gab sich Mühe, diesen Verdacht so selbstsicher wie möglich zu äußern, aber während er ihn äußerte, merkte er, wie viel Mühe es machte, wodurch ihm klar wurde, dass er selbst nicht restlos überzeugt war. So sehr er es begrüßt hätte, wenn Bühlow den Mann allein schon wegen seines scheinheiligen Gelabers vom »System« festgenommen hätte, sah es doch irgendwie danach aus, als ob sie auf das falsche Pferd gesetzt hatten.

»Dann schlage ich vor, Sie beweisen es«, sagte Langhorn.

Die ernüchternde Wahrheit war: Sie hatten nichts in der Hand.

28. Kapitel

De Jong kehrte erst am späteren Abend auf sein Boot zurück. Seine Laune war nach der Episode auf dem Turm ziemlich abgekühlt. Nachdem sie Ronald Langhorn wohl oder übel seiner Wege hatten ziehen lassen, waren der Kommissar und der Exkommissar noch in diversen Kneipen eingekehrt zwecks Nachbesprechungen des Falles, bei denen reichlich Bier geflossen war, aber auch die Nachbesprechungen hatten nichts daran ändern können, dass sie mit leeren Händen dastanden. Jetzt war es schon halb zwei in der Nacht. De Jong, ganz schön beschickert, stolperte auf dem Oberdeck herum und ließ sich gähnend auf die Holzbank fallen, von wo aus er beabsichtigte, falls er nicht sofort einschlafen würde, noch ein wenig den Sternenhimmel zu betrachten. Aber da war kein einziger Stern. Eine langweilige, dunkle Wolkendecke hatte sich auf dem Himmel breitgemacht. Und selbst die konnte man nicht sehen.

»Das ist wieder mal typisch«, murrte de Jong.

Die Bank knarrte, als jemand neben ihm Platz nahm. »Wo sind denn die Sterne heute?«, fragte Spohn.

»Wenn Sie eine Mordermittlung durchführen«, sagte de Jong, »dann brauchen Sie Beweise, so ist das nun mal. Sie als Philosoph haben es da natürlich einfacher.«

»Einfacher inwiefern?« Spohn hatte für jeden eine Flasche Bier mitgebracht und öffnete sie mit zwei Plops.

»Naja, Sie überlegen sich einfach was. Denken sich was aus. Mit den Beweisen haben Sie es nicht so.«

»Wir denken uns nicht einfach so was aus«, widersprach Spohn pikiert.

»Nicht? Was denn dann?«

»Wir stellen Fragen. Nach dem Sinn des Ganzen. Was die Welt im Innersten zusammenhält. Und was das Wichtigste im Leben ist. Nur als Beispiel.«

»Und? Was hält sie zusammen? Wäre mal interessant zu erfahren.«

Spohn machte eine vage Geste. »Ich habe nicht gesagt, dass es auf die Fragen Antworten gibt.«

»Verstehe ich nicht. Wenn es keine gibt, warum fragen Sie dann?«

Eine Weile blieb es still. Die beiden Männer saßen nebeneinander, tranken Bier und betrachteten das sternenlose Firmament.

De Jongs Gedanken schweiften ab. Er musste an Giulia denken, ihre erste Zeit, und war sich sicher, dass ihm damals, in dieser ersten Zeit, ganz klar gewesen war, was das Wichtige im Leben war. Es war regelrecht greifbar gewesen. »Wussten Sie übrigens, dass Immanuel Kant eigentlich Busfahrer werden wollte?«

Spohn setzte seine Bierflasche ab und sah ihn konsterniert an.

»Der Beruf übte auf ihn eine ungeheure Faszination aus, man weiß bis heute nicht warum. Aber dann wurde nichts daraus. Der Vater bestand auf Philosophie.« De Jong stieß seine Flasche an die Spohns und grinste.

»Aber gab es denn zu der Zeit überhaupt schon Busse?«, fragte Spohn nach einer geraumen Weile.

De Jong antwortete nicht. Er war halb weggedöst. Seine Gedanken streunten wild umher – kreisten bis zum Schwindeligwerden um Türmer, die sich für Gott hielten, und Geständnisse, die dann doch keine waren. Und um salziges Lakritz.

* * *

Am nächsten Morgen riss ihn das Klingeln seines Handys aus dem Schlaf. De Jong fuhr hoch und realisierte, dass er auf der Bank auf dem Oberdeck genächtigt hatte. Am Telefon war eine Frau, die sich mit Mitsoutakis meldete, und er brauchte eine ganze Weile, um zu kapieren, dass es Eleni war, die wissen wollte, weshalb er sie angerufen habe. Auf seine Frage nach den Gerresheims betonte sie, dass sie gar nichts sagen könne, weil sie nicht der Typ sei, der andere belausche. Er schaffte es, sie dennoch zu einem Treffen zu überreden.

Eine halbe Stunde später traf er sie in einem nahegelegenen Straßencafé. Eleni hatte langes, dunkles Haar, das sie zu einem dicken Knoten aufgebunden trug. Das Grellrot ihrer Lippen hatte den gleichen Farbton wie ein Klunker, der von einer silbernen Halskette in ihr Dekolletee baumelte. »Ich wüsste nicht, was ich Ihnen sagen kann«, bekräftigte sie ein weiteres Mal.

»Wie lange arbeiten Sie denn schon für Gerresheims Nachbarn?«, erkundigte sich de Jong.

»Für Aglaia Alexandridis? Seit etwas mehr als zwei Jahren.«

»Und Ihnen ist nebenan nie etwas aufgefallen?« De Jong hob die Hand. »Ich weiß, Sie sind diskret. Nicht der Typ, der andere belauscht.«

»Da gab es auch nichts zu belauschen«, sagte Eleni und rührte in ihrem Kaffee.

»Ich meine die Nachbarn«, sagte de Jong im Glauben, sich unklar ausgedrückt zu haben.

»Wen denn sonst? Aber ich sage doch, da war nichts. Und das war das eigentlich Unheimliche. Nicht die Geräusche. Sondern dass da keine waren.«

»Keine Geräusche?«

»Ich habe so manches Mal gedacht, dass keiner zu Hause ist. Dass die Gerresheims im Urlaub sind. Aber dann habe ich sie gesehen. Sie waren da. Die ganze Zeit. Aber sie haben kein Wort gesprochen.«

»Naja, man kann sich eben nicht unentwegt miteinander unterhalten.«

Eleni sah ihn direkt an, und de Jong fiel auf, dass auch ihr kräftiger Lidschatten einen rötlichen Ton hatte. »Die haben sich ignoriert. So getan, als wären sie jeder für sich allein im Haus.«

»Vielleicht hatten sie sich gestritten?«

»Das ging über Tage so.« Energisches Kopfschütteln. »Außerdem, das hätte ich gehört.«

»Aber wenn sie nun mal, ich meine …«

»Einmal, das ist noch gar nicht so lange her, da hab ich mal gehört, wie sie sich gestritten haben. Herr de Jong, ich bin nicht der Typ, der hinter der Tür steht und lauscht ...«

»Völlig klar«, bekräftigte de Jong.

»Aber da konnte ich nicht weghören. Die beiden haben sich angebrüllt, das schallte alles herüber. Irgendetwas ist zersplittert, ich glaube, die haben sich mit Gegenständen beworfen. Und sich gedroht.«

»Gedroht?«

»Morddrohungen.« Eleni senkte ihre Stimme. »Ich bring dich um. Eines Tages mach ich dich fertig. Sowas.«

»Er hat ihr also gedroht ...«

»Nicht er. Sie. Und sie hat es ihm auch nicht ins Gesicht gesagt.«

»Nein?«

»Sondern vor sich hin gezischt, aber gut hörbar. Als sie allein auf der Terrasse war. Und er im Schuppen bei seiner elektrischen Eisenbahn. Er hatte die Tür hinter sich zugeknallt.«

De Jong nickte anerkennend. »Und Sie meinen, Sie könnten mir nichts Neues erzählen.«

»Kann ich auch nicht. Was ich Ihnen gesagt habe, Herr de Jong, haben Sie nicht von mir.«

»Und was ist mit dem Tag, als es passierte? Das mit Herrn Gerresheim, meine ich.«

Eleni zuckte mit den Schultern. »Da hatte ich frei.«

* * *

In der Justizvollzugsanstalt herrschte Wochenendbetrieb. Es roch nach Mittagessen, Weißkohl und Fleischsoße. Der

Kunstrasen im Innenhof funkelte im Sonnenlicht, eine einzige Einladung zum fröhlichen Kicken. Auf dem Weg zum Besuchsraum kam de Jong Hauptkommissar Bühlow entgegen. Besorgnis zeichnete sein Gesicht, die der Erleichterung wich, sobald er de Jong bemerkte. »Mein Onkel ist heute offenbar nicht in Stimmung«, sagte er.

»Das trifft sich gut«, sagte de Jong. »Ich hab so ein paar Dinge erfahren, die ihn aufmuntern werden. Die Gerresheims waren alles andere als das harmonische Paar, als das Frau Gerresheim sie beschrieben hat.« De Jong war es sogar gelungen, Eleni dazu zu überreden, eventuell eine Aussage zu machen über das, was er angeblich nicht von ihr hatte. Anschließend hatte er sich auch noch mit Mika, Küppers Anwältin, in Verbindung gesetzt.

»Eugen ist in einer seltsamen Stimmung. Er will Buße tun, hat er gesagt. Deshalb hat er sich Einzelhaft verordnet.«

»Einzelhaft?« De Jong runzelte die Stirn.

»Außerdem hat er für sich selbst eine Besuchssperre verhängt. Deshalb konnte ich ihn auch nicht sehen.«

De Jong glaubte zu wissen, was hinter der plötzlichen Bußfertigkeit steckte: Die Angst davor, dass in der Öffentlichkeit Bilder auftauchen würden, die Barbara Gerresheim zeigten, wie sie nackt mit Küppers' Dienstwaffe und Dienstausweis posierte.

»Einer der Wachleute sagte, er hätte sich einen Rosenkranz auserbeten«, fügte Bühlow hinzu.

De Jong war fest entschlossen, wenigstens diese Sache nicht in den Sand zu setzen. »Wir müssen sehen, dass wir ihn hier herausbekommen«, sagte er. »Und zwar schnellstens.«

* * *

Bevor sich sich vor dem Haupteingang trennten, gab de Jong Bühlow noch ein paar ermutigende Worte mit, was den Mordfall und seine schleppende Aufklärung anging. Bühlow bedankte sich höflich und nahm gern das Angebot de Jongs an, weiter mit Rat und Tat zur Verfügung zu stehen. Das Wochenende würde er aber dazu nutzen, Bewerbungen auf Wohnungsanzeigen zu schreiben und Mieter-Selbstauskunfts-Formulare auszufüllen. Er winkte und machte sich auf seinem Rad davon, während de Jong nach seinem Handy kramte, das den Eingang einer SMS gemeldet hatte.

Hoffe, Sie haben mir meinen »Überfall« neulich nicht übelgenommen. Legen Sie bloß nicht jedes Wort auf die Goldwaage. Übrigens, wussten Sie schon, daß ich am Montag endgültig zumache? Sie sind eingeladen. Letzte Gelegenheit für Lakritz. Gruß Ihr Kurt Schmedebach.

De Jong sah zu, wie das Display verdunkelte. Er steckte das Gerät weg und radelte nach Hause. Dort überlegte er es sich wieder anders, strampelte zum Staufenplatz und half dem jungen Kommissar, seinen Kram in Kisten zu packen und anschließend mit einem Transporter zu einem Bekannten zu fahren, der für den Krempel seine leere Garage zur Verfügung stellte.

»Wenigstens stehen die Sachen nicht auf der Straße«, meinte de Jong.

Bühlow nickte auf seine vogelhafte Art. »Genau. Schön wäre es natürlich, wenn ich auch in der Garage wohnen könnte.«

»Da ergibt sich schon noch was«, sagte de Jong, fand aber, dass das nicht sehr ermutigend klang.

Im weiteren Verlauf des Abends, den er nach dem Kistenschleppen gemeinsam mit Bühlow auf der *Nostromo II* verbrachte, lud er den Kommissar für den nächsten Tag zum Sonntagsmahl auf dem *Alten Mädchen* ein. Spohn gab dieses Mal traditionelle deutsche Küche: Sauerbraten mit Salzkartoffeln und Rotkohl.

Der Sauerbraten misslang jedoch gründlich, sodass die drei gegen Abend bei Aristoteles aufliefen. Während sie sich bei Moussaka, Soutzoukakia und reichlich Raki vom Sauerbraten-Desaster erholten, erreichte de Jong ein Anruf, den er zu spät entgegennahm, weil er ihn bei der Lautstärke im Restaurant komplett überhört hatte. Also ging er vor die Tür und rief zurück.

»Ich bin's«, sagte Küppers. »Zurück unter den Lebenden.«

»Und was ist mit dem Rosenkranz?«, entfuhr es de Jong.

»Sie wollten mir keinen geben. Keine Messer, keine Nagelfeilen, keine Rosenkränze. Und jetzt stehe ich hier.«

»Hier? Wo denn?«

»Vor dem *Knipperdolling*. Ich dachte, wir feiern das ein bisschen.«

»Was denn?«

»Ich bin aus dem Schneider. Aus dem Knast! Vor zwei Stunden hat sich ein Zeuge gemeldet. Ein Hermes-Paketbote. Du wirst es mir nicht glauben, aber genau zu der Zeit, als es passierte, wollte er mir ein Päckchen zustellen.«

»Verstehe. Und du konntest ja nicht gleichzeitig den Empfang quittieren und jemanden abknallen ...«

»Quatsch. Ich war überhaupt nicht da. Das war peinlich genug. Ich hatte nämlich polizeigrüne Dessous bestellt, für Barbara, damit sie nicht ... naja, ist auch egal. Jedenfalls ist der Mann damit also nach nebenan gegangen. Er klingelte, aber keiner öffnete. Stattdessen hört er einen Knall und sieht Barbara, ich meine Frau Gerresheim, mit einer Waffe in der Hand vom Schuppen zum Haus laufen.«

»Also hat er die Bullen gerufen?«

»Nein. Er hielt das Ding für eine Karnevals-Attrappe. Also hat er ein Benachrichtigungskärtchen in den Briefkasten gelegt und ist weitergefahren. Das Kärtchen wurde inzwischen sichergestellt und bestätigt seine Aussage.«

»Du bist frei und die Gerresheim festgenommen?«

»Genauso ist es. Und wie es aussieht, hat sie nichts Kompromittierendes gepostet.«

»Das sollten wir feiern.«

»Wovon rede ich denn die ganze Zeit?«

De Jong schaffte es, seinen freigelassenen Freund dazu zu bewegen, zu ihnen zu stoßen und gemeinsam bei Aristoteles zu feiern. Es wurde spät, sodass de Jong am Montag auch erst reichlich spät aus dem Bett kam. Sogar Spohn war längst auf und hatte gefrühstückt. Dann kam auch noch ein Anruf von Achim Bühlow: dass sie am Morgen in der Mordkommission eine Dienstbesprechung gehabt und sich entschlossen hätten, die Fälle Rambeaux und Schöpping von nun an getrennt voneinander zu ermitteln.

»Und was ist damit, dass die beiden sich kannten?«

»Der Chef meint, das könne auch Zufall sein. John Lennon und Elvis kannten sich auch, trotzdem wurden sie nicht vom selben Mörder ermordet. Seine Worte.«

»Elvis wurde überhaupt nicht ermordet.«

»Aber was Schöpping angeht, bleiben wir natürlich noch an Langhorn dran. Wir werden ihn in die Mangel nehmen, vielleicht verwickelt er sich in Widersprüche. Und Zumbrinck und Platzek natürlich auch.«

»Wie steht's mit Rambeaux?«

»Unsere vorläufige Arbeitshypothese: ein Raubüberfall. Die Sache mit der Erbschaft, die er verbreitet hat.«

»Das war keine Erbschaft, sondern Beute. Das Geld für die Rennpferde.«

»Genau. Und Rambeaux war dafür bekannt, dass er seinen Mund nicht halten konnte. Da ist irgendjemand gierig geworden.«

»Na schön«, sagte de Jong, der ganz und gar nicht traurig darüber war, jetzt überflüssig geworden zu sein. »Wie kommt der Umzug voran?«

»Welcher Umzug?« Durch das Telefon kam ein Geräusch, das sich nach Schniefen anhörte. »Tja, der kommt gar nicht voran. Aus meiner Wohnung muss ich ausziehen, die Handwerker waren schon hier und haben alles vermessen. Und blöderweise ist für mich nichts Neues in Sicht.«

»Kopf hoch«, sagte de Jong. »Das wird schon.«

»Jetzt ziehe ich vorerst zu meinen Eltern. In mein ehemaliges Jugendzimmer.«

De Jong überlief ein Schaudern, als er sich vorstellte, er müsste in sein ehemaliges Jugendzimmer ziehen.

»Vielleicht fällt mir ja noch was anderes ein«, versprach er erneut vage.

* * *

Nach dem Telefonat radelte er in die City, um Schmedebachs Tabakladen die letzte Ehre zu erweisen. Die Luft roch nach Sommer, die Straßencafés brummten, und es war kaum ein Durchkommen. In Schmedebachs Lokal stickige, gähnende Leere. Nur ein paar Kisten standen immer noch ungepackt herum.

»Außerdem muss es noch besenrein werden«, erklärte Schmedebach, der die Hemdsärmel aufgekrempelt hatte. Er nahm einen der Umzugskartons, drehte ihn um und holte zwei Gläser, die schon in Zeitungspapier eingewickelt waren, aus einem anderen. De Jong steuerte eine Flasche Ouzo bei, die er von Aristoteles günstig erworben hatte. Sie stießen an, und de Jong beteuerte, dass ihm Schmedebachs Laden ganz sicher fehlen werde. Und er sagte auch »Kopf hoch« und dass das schon wieder werden würde. Und hatte auch hier ein wenig das Gefühl, dass er ja gut Reden hatte.

»Es war mir eine Ehre, bei Ihnen einzukaufen«, sagte er zum Abschied.

Dann stand er draußen, die Shopping-Touristen strömten vorbei. Und auf der Scheibe des kahlen Schaufensters pappte ein Zettel: *Danke an alle, daß ihr so lange treue Kunden wart. K. Schmedebach.*

Wie traurig, dachte de Jong, während er sein Fahrrad bestieg und versuchte, durch den Trubel zu radeln. Der Satz ging ihm im Kopf herum. Danke an alle, dass ihr so lange treue Kunden wart. Er schaffte es schließlich, sich freizuradeln, und nahm Kurs stadtauswärts zum *Alten Mädchen*.

Der Satz spukte immer noch herum. Und das noch nicht mal nur wegen der Traurigkeit, die mit so einer Ladenschließung zwangsläufig einherging. Da war noch etwas anderes, das de Jong aber nicht so recht fassen konnte. Erst als er schon auf die Warendorfer Straße bog, wurde ihm urplötzlich klar, was das war. Er bremste und stieg ab. Eine Frau, die hinter ihm geradelt und von dem Bremsmanöver überrascht worden war, klingelte wütend und zog mit einem gezischten Fluch an ihm vorbei.

De Jong nahm sein Smartphone aus der Tasche, schaltete es ein und sah sich die letzten SMS an, die er empfangen hatte. Und wurde schon bald fündig. *Hoffe, Sie haben mir meinen »Überfall« neulich nicht übelgenommen. Legen Sie bloß nicht jedes Wort auf die Goldwaage. Übrigens, wussten Sie schon, daß ich am Montag endgültig zumache? Sie sind eingeladen. Letzte Gelegenheit für Lakritz. Gruß Ihr Kurt Schmedebach.*

Er schloss das SMS-Fenster und wählte eine Nummer. Es klingelte lange.

»Was gibt's, Niklas?«, meldete sich Bühlow.

»Hast du noch den Abschiedsbrief zur Hand?«, erkundigte sich de Jong.

»Welchen Abschiedsbrief?«

»Den von Schöpping. Der in der Turmstube lag.«

»Nein, das heißt: im Prinzip ja, der müsste noch da sein. Aber nicht hier. Der ist bei den Beweismitteln ...«

»Könnte ich den haben? Oder noch besser: Du liest ihn mir vor?«

»Der war doch ganz kurz«, meinte Bühlow. »Nur: Glaubt bloß nicht, das wäre hier ein ruhiger Job oder so ähnlich. Und dann was über eine griechische Insel. Mehr nicht, soweit ich mich erinnere.«

»Ja, aber ich bräuchte den genauen Wortlaut.«

»Also gut. Ich melde mich wieder.« Bühlow unterbrach die Verbindung.

Es dauerte. De Jong setzte seinen Weg fort, beschränkte sich aber vorsichtshalber darauf, das Rad zu schieben. Die Kanalbrücke kam schon in Sicht, als das Smartphone erneut einen Ton von sich gab. Bühlow hatte ein Foto geschickt. Den Abschiedsbrief.

Ihr denkt, daß das hier oben ein ruhiger Job ist. Aber ihr habt ja keine Ahnung. Hic Rhodus, hic salta. R. S.

De Jong starrte das Foto an. Den Zettel mit der handschriftlichen Notiz. Man konnte es wohl kaum als Abschiedsbrief bezeichnen. Und es konnte immer noch Zufall sein, zwar ein unwahrscheinlicher, aber immerhin. Und wenn es keiner war, dann wusste er auch nicht so recht, was das dann zu bedeuten hatte. Aber auf jeden Fall sollte man die Sache klären.

De Jong steckte das Handy ein, schob das Rad über die Straße, stieg wieder auf und fuhr in die Gegenrichtung.

* * *

Von draußen konnte er sehen, dass Schmedebach immer noch im Laden zugange war. Den provisorischen Tisch und die Gläser hatte er allerdings inzwischen weggeräumt. De Jong betrat das ehemalige Tabakgeschäft.

Schmedebach bemerkte ihn und winkte ihm verwundert zu. »Sie können sich wohl nicht losreißen, was?«

De Jong winkte zurück. In der Hand hielt er den Zettel, den er draußen von der Fensterscheibe abgerissen hatte. »Jetzt brauche ich doch eine Goldwaage«, sagte er, »wenn auch nur für ein Wort.«

»Was meinen Sie?«

De Jong hatte sein Smartphone zur Hand. »Das haben Sie mir doch geschickt.« Er zeigte dem Ladenbesitzer die Nachricht, in der das für die Goldwaage vorkam: *Übrigens, wussten Sie schon, daß ich am Montag endgültig zumache?*

Daneben legte er den Zettel vom Schaufenster.

»Stimmt, das ist von mir«, bestätigte Schmedebach, der nicht so recht wusste, worauf de Jong hinauswollte.

»Das hier also auch?«, erkundigte sich der Exkommissar und öffnete Bühlows SMS. Zeigte das Foto mit der krakeligen Handschrift: *Ihr denkt, daß das hier oben ein ruhiger Job ist. Aber ihr habt ja keine Ahnung. Hic Rhodus, hic salta. R. S.*

»Nein, natürlich nicht«, sagte Schmedebach. Er starrte die Zeile an. Machte ein Gesicht, als wäre er doch nicht ganz überzeugt. »Wie kommen Sie denn darauf?«

»Es ist so«, sagte de Jong. »In allen drei Texten steht ein daß mit scharfem S. Dabei ist es falsch. Da müsste ein Doppel-S stehen.«

Schmedebach starrte. Und nickte.

»Bitte, denken Sie jetzt nicht, ich wollte Sie wegen eines Rechtschreibefehlers belangen. Darum geht es nicht. Es ist nur, weil Sie neulich auch darüber nachdachten, ob man Dinge ungeschehen machen könne. Wissen Sie noch, als Sie bei mir auf dem Boot waren ...«

Sein Gegenüber nickte. Und presste die Lippen zusammen. »Und jetzt denken Sie ...«

»Ich weiß nicht so recht, was ich denken soll. Deshalb bin ich hier.«

Schmedebach saß eine ganze Weile stumm da, mit zusammengepressten Lippen. Endlich fing er an zu reden. Seine Stimme klang ein wenig heiser. »Ich habe ihn getötet, gut. Nein, nicht gut. Aber es war kein Mord. Nichts aus Vorsatz, das müssen Sie mir glauben. Sondern aus dem Affekt. Aber es war geschehen und nicht mehr zu ändern. Ich wollte mich stellen, hab es dann aber doch nicht getan. Mein Vater, verstehen Sie? Er hat immer gesagt, ich kann so was nur gegen die Wand fahren. Hätte ihn nicht gewundert.«

»Ja, aber Schöpping. Der hat Sie beobachtet.«

»Eines Tages kommt er hier in den Laden. Dass er das gesehen hat. Und dass es ihm nicht um Geld geht. Dass es darum geht, das Richtige zu tun. Weil es darum immer geht. Er gab mir Bedenkzeit. Und an dem Abend, da kam es über mich. Wieder mein Vater: Wenn du eine Sache machst, dann mach sie richtig. Wer A sagt, muss auch B sagen.«

»Und Schöpping war B?«

»Was hätten Sie denn gemacht, de Jong? Das mit Rambeaux – das ist alles so was von falsch gelaufen. Aber jetzt lag er da draußen, im Venner Moor. Das war wahrhaftig kein Kinderspiel gewesen, ihn dort hinauszuschaffen. Eine richtige Schufterei. Ich habe Todesängste dabei ausgestanden. Und dann sollte das umsonst gewesen sein? Das hab ich ihn gefragt, in der Nacht, als ich da zu ihm hochgegangen bin. Denkst du, ich mach das und dann ist alles umsonst? Aber er hat gesagt, dass ihn das nicht interessiert. Er ging nach draußen auf diesen Balkon. Wollte mir irgendwas zeigen. Und dann …«

»Haben Sie ihn hinuntergestoßen.«

Wieder saßen sie eine gefühlte Ewigkeit gegenüber und schwiegen.

Dann entfuhr Schmedebach ein langer, gequälter Seufzer. »Und was jetzt?«

»Sie schaffen das«, sagte de Jong. »Egal, was Ihr Vater dazu sagen würde oder nicht sagt. Sie machen nichts ungeschehen, sondern bringen die Sache zu Ende.«

»Und wie?«

»Sie stellen sich. Ich rufe Hauptkommissar Bühlow an. Der kann in ein paar Minuten hier sein. Und dann sagen Sie ihm: Ich war es. Ich habe die beiden Männer getötet. Das ist schwer, ich weiß. Aber Ihr Vater irrt sich: Sie kriegen das hin.«

Der ehemalige Ladeninhaber starrte weiter vor sich hin. De Jong stand auf und kramte so lange in den offenen Kisten, bis er die Gläser wiedergefunden hatte. Ein zweites Mal befreite er sie vom Zeitungspapier, entdeckte die Flasche Ouzo, die immer noch in der Ecke auf dem Boden stand, und goss ihnen beiden ein. Sie tranken schweigend.

Erst nach etwa zehn Minuten sah Schmedebach de Jong an. »Hätte er das nur nicht gesagt.«

»Wer? Schöpping?«

»Nein. Der Schnorrer.«

»Was gesagt?«

»Er hat rumgeprotzt, dass er jetzt reich würde. Und dass er sich was Schönes als Altersruhesitz zulegen würde. Mit Blick auf den Kanal.«

»Ja, und?«

»Stell dir bloß mal vor, hat er gesagt, ich hätte deinen gut gemeinten Rat befolgt. Dann wäre ich jetzt ganz schön am Arsch.«

»Welchen Rat?«

»Wie wär's denn mal mit Arbeiten. Das hab ich ihm oft gesagt, wenn er vor meinem Laden die Leute angequatscht hat. Es ist doch auch nicht gerecht: Da rackerst du dich ein Leben lang ab – und wofür? Am Ende machen sie dir den Laden einfach dicht. Und dann kommt so einer, der einfach nichts macht, nur rumsteht und die Leute anquatscht. Und der kauft sich eben mal einfach so ein Häuschen mit Blick auf den Kanal …«

»Da ist es mit Ihnen durchgegangen.«

Schmedebach nickte traurig.

»Wie wär's denn mal mit Arbeiten«, wiederholte de Jong.

29. Kapitel

Eine Zukunftsstudie der Stiftung *Schöner wäre Wohnen e. V.* bezeichnete das Wohnungsproblem als *das* soziale Problem des einundzwanzigsten Jahrhunderts. Während Politiker aller Parteien regelmäßig darüber hinwegredeten, indem sie bekannten, dass bisher viel zu wenig getan worden sei, es dann jedoch bei diesem selbstkritischen Kommentar beließen, prognostizierte die Stiftung, dass in den kommenden Jahren die Schere zwischen denen, die dringend eine Wohnung brauchten, sich aber keine leisten konnten, und denen, die wirklich nicht noch eine weitere brauchten, sich aber eine kauften, weil sie sich eben eine leisten konnten, immer weiter auseinandergehen werde. Soziale Konflikte seien vorprogrammiert. Die wenigen Reichen aber würden ihre Zweit- oder Drittimmobilie in der City nur dann bewohnen, wenn sie ein Grundgefühl von Sicherheit hätten. Nur, was sei das für eine Sicherheit, wenn man von der Presse dafür gebrandmarkt werde, dass man legal Eigentum erworben habe und abgesehen davon in der schönen Wohngegend wie auf dem Präsentierteller sitze? Schon bald würde man begreifen, dass die vor langer, langer Zeit gefällte Entscheidung, die Stadtmauern einzureißen und an ihrer Stelle einen harmlosen Grünstreifen zurückzulassen, wenn nicht grundfalsch, dann aber doch naiv und voreilig gewesen sei. Und die neue Türmerin von Münster, die soeben in ihr Amt eingeführt wurde, würde weniger nach feindlichen Landsknechten Ausschau halten, sondern vielmehr nach dem großen, heranrückenden Heer der Wohnungslosen, das sich daranmache, die schön, wenn auch kostspielig gestalteten urbanen Wohn- und Lebensräume der gut betuchten Bürger einfach zu überrennen.

Ronald Langhorn alias der Commandante hatte das Glück, im Inneren der Burg zu wohnen und von dort aus komfortabel zum Widerstand gegen die Spekulanten zu blasen, und er war damit bestimmt nicht der Einzige. Im lokalen Fernsehen warf er den Immobilienhaien vor, nichts aus der Geschichte gelernt zu haben und warnte, dass jede Phase der Gentrifizierung unweigerlich eine Proletarifizierungsphase nach sich ziehe. Die Interviews beendeten seine Absatzflaute und schoben sein Buch auf die Bestsellerliste, und eines Tages bekam er sogar einen Auftritt in *Druckfrisch*. Was Kira Nevinghoff anging, so blieben die beiden medienpolitisch weiterhin erbitterte Gegner.

De Jong verfolgte all dies nur am Rande. Er spendete belegte Brötchen, wenn Achim Bühlow zum Domplatz fuhr, um wieder einmal an einer Demo gegen Mietpreiserhöhungen teilzunehmen, und einmal nahm er auch selbst an einer teil. Abgesehen davon überlegte er, zum Schlossplatz zu radeln, als Kira Nevinghoff *The finals of the fittest* feierlich eröffnete, Wettkämpfe, die von der linken Presse genüsslich als »Hungerspiele« diffamiert wurden, ließ es aber dann doch sein.

Seine Besuche in der denkmalgeschützten Justizvollzugsanstalt setzte er dagegen fort, wenn sie auch jetzt nicht mehr Eugen Küppers galten, sondern Schmedebach, der ihm regelmäßig erzählte, wie schlimm das Schweigen bisher für ihn gewesen sei und wie befreiend und läuternd es sei, jetzt für seine Taten büßen zu können.

An einem Abend, an dem die Luft sich kühl und herbstlich anfühlte, obwohl die Sonne immer noch schien, und an dem Spohn darauf bestand, draußen auf dem Achterdeck zu essen, obwohl es dazu eigentlich zu kalt war, bekam de Jong einen Anruf. Keine SMS, einen Anruf, und er kam von Giulia.

»Wieder zurück aus Frankreich?«, erkundigte er sich, versuchte neutral und wenig interessiert zu klingen, aber es gelang ihm nicht.

»Schon länger«, sagte sie. »Ich war auch schon bei dir auf dem Schiff, spontanerweise.«

»Nein«, sagte er.

»Dein Gast hat mir von dir ausgerichtet, dass Frauenbekanntschaften zurzeit nicht deine Sache seien.«

De Jong nahm sich vor, gleich nach diesem Telefonat das *Alte Mädchen* von oben bis unten zu durchsuchen. Irgendetwas musste es doch geben, das sich als Mordwaffe eignete. »Das war ein dummes Missverständnis«, sagte er. »Wie ist dir das Schweigen bekommen?«

Und dann hörte er nach einem kurzen Schluchzer Giulias Bericht, dass sie und Mr Perfect nicht mehr zusammen seien. Jetzt, nach der Schweigewoche. Dass ihr aufgefallen sei, dass sie überhaupt nichts vermisst habe, wenn er nichts sagte. Und dass ihr das zu denken gegeben habe.

»Du hast also sein Schweigen genossen?«

»Nein, das kann man eigentlich nicht sagen. Im Gegenteil eigentlich. Da war immer sein wissender Blick, verstehst du? Naja, du kennst ihn ja nicht, aber diesen wissenden Blick, den hat er trotzdem immer gehabt. So als hätte er immer recht, auch wenn er überhaupt nichts gesagt hat. Der Blick und seine stillschweigende Rechthaberei in allem hat mich am Ende nur noch genervt.«

»Das tut mir leid«, sagte de Jong, als sie für kurze Zeit schwieg.

»Und dann der Kursleiter, Frederico«, fuhr sie fort. Sogar Sex sei verboten gewesen, wegen der Geräusche.

»Verstehe«, sagte de Jong. »Ein Schweigewochenende, ist ja klar.« Seine Eifersuchtsfantasien von den beiden waren offenbar stark übertrieben gewesen.

»Ja, und dann ist mir auch aufgefallen, dass ich in dieser Hinsicht bei Hugh gar nichts vermisst habe.«

Das war der Moment, in dem sich de Jong vornahm, sich niemals mit einer Frau auf ein Schweigewochenende zu begeben. »Aber jetzt bist du in der Stadt?«, fragte er und sah Spohn dabei zu, wie er mit einem Topf voller Sauerkraut und gestampfter Kartoffeln aus der Küche kam und ihn auf den Tisch stellte.

»Nein, ich bin noch bei meinen Eltern. In Hamburg.«

»Verstehe.«

»Willst du denn, dass ich komme?«, fragte sie.

De Jong musste nicht überlegen. »Aber sicher. Komm her. Am besten gleich.«

»Was würdest du davon halten, wenn wir zusammen wegfahren.«

»Warum nicht?«, sagte er. »Gern.«

»Ans Meer. Nach Holland, irgendwo wo man herumsitzen und nichts tun kann.«

»Klingt gut.«

»Also gut. Heute in einer Woche bin ich da. Pack schon mal die Koffer.«

* * *

In der Zwischenzeit zog Hauptkommissar Achim Bühlow auf dem *Alten Mädchen* ein. Vorübergehend. Auch das war eine spontane Entscheidung gewesen. De Jong hatte Bühlow gefragt: »Wie steht's jetzt mit der Wohnung?«

Und Bühlow hatte geantwortet: »Frag mich besser nicht.«

Da sich de Jong aber nicht daran gehalten hatte, kam heraus, dass auf dem Couchtisch in seinem Jugendzimmer, im Haus seiner Eltern, schon ein Angebot auf dem Tisch lag: Zwei Zimmer, Küche und Nasszelle, erste Etage, direkt über einer Kneipe, zentrumsnah in Westbevern. Keine Haustiere, Damenbesuch nur nach Vereinbarung. Kalt 1200 Euro. Zweieinhalb Monatsmieten Kaution. Küchenübernahme 1500 Euro.

»Also gut«, hatte de Jong erwidert. »Wie wär's, wenn du bei mir auf dem Boot wohnst? Nur bis du was Besseres gefunden hast als das.«

»Wie das denn jetzt auf einmal?«

»Ich hab doch gesagt, ich überleg mir was«, hatte der Exkommissar gemeint. »Was tut man nicht alles für einen Kollegen in Not.«

»Exkollegen«, verbesserte Bühlow.

Also hatte das *Oude Meisje* jetzt eine Dreierbesatzung, was relativ eng war. Deshalb verbrachte Joachim Bühlow die Dates mit seiner neuen Flamme namens Eliza auch außerhalb, bis auf einen Aufwartungsbesuch, mit dem er seinen Mitbewohnern Gelegenheit gegeben hatte, sie kennenzulernen. Abgesehen davon brauchte der Kommissar noch Eingewöhnungszeit. De Jong hatte ihn schon mehrmals ermahnt, beim Zähneputzen nicht in den Kanal zu spucken, da das Schiff über sanitäre Anlagen verfüge und sie hier nicht im Dschungelcamp seien.

Spohn nervte immer noch, trieb aber nicht nur seine Laufbahn als Philosoph voran. Neuerdings plante er wieder einmal, ein Buch zu schreiben, einen politischen Thriller diesmal, eine Art Weiterentwicklung von *Jurassic Park*: Wissenschaftler hatten eine Möglichkeit gefunden, mithilfe winziger DNA-Spuren berühmte Schurken der Geschichte wiederauferstehen zu lassen: Kaiser Nero, Caesar, Hitler, Stalin, Pol Pot und Charles Manson. Die saßen dann in einem Park, und die Leute konnten sie bestaunen. Aber eines Tages gelang es einem von denen, die Sicherheitsanlagen zu überwinden … so war in etwa die Handlung. De Jong aber war inzwischen völlig klar, dass Spohn damit niemals zu Potte kommen würde. Er würde spät aufstehen, essen und trinken und am Ende einfach beschließen, gar nichts mehr zu tun. Und tagtäglich mit seiner guten Laune nerven.

Manchmal hatte de Jong das Gefühl, dass aus seinem tiefsten Inneren Schmedebachs Stimme raunte: Stell dir vor, raunte er, du stehst jeden Morgen brav auf und verrichtest dein Tagewerk. Und am Ende hast du nicht mehr als einer, der immer erst nachmittags aufsteht und dann auch noch alles Mögliche anstellt, nur kein Tagewerk. Der am Ende nur Däumchen dreht. Und du denkst, wo ist denn hier die Gerechtigkeit, wenn er das Gleiche hat wie ich.

Aber zum Glück und im Gegensatz zu Schmedebach hatte de Jong ja Gelegenheit gehabt zu sehen, wohin so etwas führte. Deshalb würde eher die Welt untergehen, als dass er dem ehemaligen Bänker die berühmte Frage stellte: Wie wär's denn mal mit Arbeiten?

* * *

Eine Woche später. Es war der letzte Sommerabend, wenn man dem Wetterbericht trauen wollte. Mit dem nächsten Tag würde es wechselhaft, deutlich kühler und für die Jahreszeit zu regnerisch werden. Heute sirrten die Mücken noch einmal zum Abschied, und auf den Kanalseitenwegen überholten sich die Freizeitsportler gegenseitig.

De Jong saß auf dem Achterdeck auf gepackten Koffern und wartete. Wer nicht kam, war Giulia. Naja, vielleicht kam sie ja noch, aber es wurde von Minute zu Minute unwahrscheinlicher. Schließlich war de Jong ein ausgewiesener Giulia-Kenner, weshalb es ihn letztlich nicht überraschte, dass sie es sich anders überlegt haben könnte.

Er erwog sogar schon, Ronja Hinsbeck anzurufen und ein zweites berufliches Treffen anzuberaumen. Auch wenn sie hundertmal vergeben war, was hatte das heutzutage noch zu bedeuten? Wie auch immer – bis jetzt zögerte er noch.

»Sie kriegen das schon hin, Käpt'n, da bin ich sicher.« Konrad Spohn trat plötzlich neben ihn, die Zahnbürste noch im Mund, weshalb seine Aussprache etwas undeutlich war. »Es muss ja weitergehen, wie man so schön sagt.«

Und de Jong wurde zum ersten Mal von der Erkenntnis überrascht, dass er Spohns Gesellschaft auf dem Boot nicht nur als nervend, sondern auch hin und wieder als angenehm empfand. Und das nicht, obwohl der Mann alles Mögliche ankündigte und es dann doch sein ließ und in den Tag hineinlebte. Sondern *weil*. Es lehrte ihn, mehr Vertrauen zu entwickeln, dass das Leben seinen Gang nahm. Dass man ihm nicht immer Beine machen konnte. Sich nicht immer einbilden, man sei seines Glückes Schmied. Die Menschen, denen man das zu oft eingeredet hatte, waren hektisch aktiv und kamen sich selbstbestimmt vor. Sie hielten niemals inne, sondern bildeten sich stets weiter, hielten ihren Körper fit und waren auf der Suche nach mindestens einer Sinnperspektive, der sie allerdings gleich wieder misstrauten, sobald sie sie gefunden hatten, weil sich auch der Sinnperspektivenmarkt in ständigem Wandel befand.

Sie standen unter Strom, hielten das, was sie antrieb, für ihr eigenes Ich, für ihren Ehrgeiz. Und sie bemerkten nicht, dass nicht sie es waren und nicht ihre Sinnperspektive, die in ihnen brodelte und drängte, sondern der Markt, der sich längst nicht mehr mit ihrer Arbeitskraft zufriedengab, sondern alles von ihnen wollte, ihren Körper, Haut und Haare, ihr Privatleben, ihr Liebesleben, ihren Schmerz und ihr Lachen. War es nicht ein fataler Irrtum, wenn man sein Leben für das Streben nach Glück hielt, es in Wirklichkeit aber nichts weiter war als ein Preis-Leistungs-Verhältnis?

»Wissen Sie«, meinte Spohn, »ich hab mal von einem Weisen gelesen, der Name ist mir entfallen. Der hat unbedingt dazu geraten, bevor man in den berühmten Zug des Lebens einsteigt, einen Moment auf einer Wiese Platz zu nehmen und in Ruhe einen Grashalm zu kauen. Nicht um einer ominösen Erkenntnis willen, sondern einfach deshalb, weil man später, wenn der Zug einmal losgefahren ist, nicht mehr dazu kommt.«

Am späteren Abend war klar, Giulia hatte es sich anders überlegt. Bühlow, gerade zurück von seinem Date mit Eliza, winkte ihnen auf dem Weg zum Badezimmer zu, das Handtuch unter dem Arm. Sie winkten zurück.

»Wie ist die Geschichte eigentlich ausgegangen?«, erkundigte sich de Jong. »Die mit dem Philosophen und dem Glück vor dem Tod.«

»Krösus hat sich überschätzt und einen Feldzug vermasselt«, sagte Spohn. »Kyros, der Feldherr, wollte ihn hinrichten. Auf dem Scheiterhaufen fing Krösus an zu jammern und Solons Namen zu rufen, das rettete ihm das Leben. Kyros wurde nämlich neugierig von der Jammerei, ließ das Feuer löschen und wollte wissen, wer dieser Solon war.«

»Tja«, meinte de Jong. »Ich wusste es: Reichtum macht nicht glücklich.«

»Egal was einen glücklich macht«, präzisierte der selbsternannte weise Mann, »es passiert nur eben nicht vor dem Tod, sondern erst danach.«

»Immerhin«, meinte de Jong. »Dann ist das ja wenigstens etwas, worauf man sich freuen kann.«